10分間ミステリー　THE BEST

『このミステリーがすごい!』大賞編集部　編

宝島社
文庫

宝島社

10分間ミステリー　THE BEST

CONTENTS

CONTENTS

THE BEST 10分間ミステリー

CONTENTS

10分間ミステリー THE BEST

――刑務所から逃げた男の逃走劇
脱走者の行方　影山匙（※3）　387
――編集者の隠し事
部屋と手錠と私　水原秀策（※2）　397
――友人の彼女の浮気を目撃
微笑む女　中村啓（※2）　409
――完全犯罪、成功なるか
その朝のアリバイは　山本巧次（※3）　421
――心に届け、死者の電話
電話ボックス　柳原慧（※1）　431
――君の悩みはママの悩み
ゆうしゃのゆううつ　堀内公太郎（※2）　441
――定年を迎えたバス運転手の一日
最後の客　梶永正史（※3）　453

CONTENTS

10分間ミステリー THE BEST

射撃のプロの華麗な仕事術
特約条項 第三条　**安生正**（※2）　539
玉砕の島、心震える大戦秘話
サクラ・サクラ　**柚月裕子**（※1）　549

〈初出〉
（※1）…『10分間ミステリー』（二〇一二年、宝島社文庫）
（※2）…『もっとすごい！10分間ミステリー』（二〇一三年、宝島社文庫）
（※3）…書き下ろし

虹の飴

海堂尊

海堂 尊（かいどう・たける）

1961年、千葉県生まれ。

第4回『このミステリーがすごい!』大賞・大賞を受賞し、『チーム・バチスタの栄光』にて2006年にデビュー。

◎著書
『チーム・バチスタの栄光』（宝島社文庫）
『ナイチンゲールの沈黙』（宝島社文庫）
『螺鈿迷宮』（角川文庫）
『ジェネラル・ルージュの凱旋』（宝島社文庫）
『ブラックペアン1988』（講談社文庫）
『夢見る黄金地球儀』（創元推理文庫）
『死因不明社会 Aiが拓く新しい医療』（講談社ブルーバックス）
『医学のたまご』（理論社）
『ジーン・ワルツ』（新潮文庫）
『ひかりの剣』（文春文庫）
『イノセント・ゲリラの祝祭』（宝島社文庫）
『ジェネラル・ルージュの伝説』（宝島社文庫）
『極北クレイマー』（朝日文庫）
『外科医 須磨久善』（講談社文庫）
『トリセツ・カラダ カラダ地図を描こう』（宝島社）
『マドンナ・ヴェルデ』（新潮文庫）
『ブレイズメス1990』（講談社文庫）
『アリアドネの弾丸』（宝島社文庫）
『モルフェウスの領域』（角川文庫）
『ゴーゴー・Ai アカデミズム闘争4000日』（講談社）
『ナニワ・モンスター』（新潮文庫）
『極北ラプソディ』（朝日文庫）
『玉村警部補の災難』（宝島社文庫）
『日本の医療　この人を見よ「海堂ラボ」vol.1』（PHP新書）
『ほんとうの診断学――「死因不明社会」を許さない』（新潮選書）
『ケルベロスの肖像』（宝島社文庫）

『スリジエセンター1991』（講談社）
『輝天炎上』（角川文庫）
『日本の医療　この人が動かす「海堂ラボ」vol.2』（PHP新書）
『トリセツ・ヤマイ　ヤマイ世界を俯瞰する』（宝島社）
『日本の医療　知られざる変革者たち「海堂ラボ」vol.3』（PHP新書）
『ランクA病院の愉悦』（新潮文庫）
『カレイドスコープの箱庭』（宝島社文庫）
『アクアマリンの神殿』（角川文庫）
『いまさらですが、無頼派宣言。』（宝島社）
『スカラムーシュ・ムーン』（新潮社）
『ポーラースター　ゲバラ覚醒』（文藝春秋）

◎編集
『松本清張傑作選　暗闇に嗤うドクター――海堂尊オリジナルセレクション』（新潮文庫）

◎監修
『救命　東日本大震災、医師たちの奮闘』（新潮文庫）

◎共著
『死因不明社会２ なぜAiが必要なのか』（講談社ブルーバックス）
『「このミステリーがすごい！」大賞10周年記念　10分間ミステリー』（宝島社文庫）
『医療防衛 なぜ日本医師会は闘うのか』（角川oneテーマ21）
『私の銀座』（新潮文庫）
『短篇ベストコレクション　現代の小説2012』（徳間文庫）
『第70期将棋名人戦七番勝負全記録　名人400年目の防衛』（朝日新聞社）
『私だけのふるさと　作家たちの原風景』（岩波書店）
『もっとすごい！10分間ミステリー』（宝島社文庫）
『共鳴する頭脳　羽生善治対談集』（マイナビ）
『このミステリーがすごい！　四つの謎』（宝島社）

「甚五郎《じんごろう》先生、次回の加賀《かが》フェアには、なにとぞご参加を」

そう言った俺の顔に煙を吹き付け、天井を見上げる因業《いんごう》ジジイ。優れた技の持ち主でなければ、鉈《なた》で頭をかち割ってやりたいところだ。

ごま塩頭で短髪の甚五郎は、煙を虚空に吐き、そっぽを向く。

「ワシは過去の栄光など、どうでもいいのだ」

「しかし伝説の五色飴《ごしょくあめ》も和菓子業界では今やその味を知る人も少なくなり、もし今、甚五郎名人に何かがあったらその時は……」

名人という尊称にぴくりと眉を動かすが、すぐに無表情で煙管《キセル》を長火鉢に叩《たた》きつけ、灰に落とす。真っ赤な炎が一瞬光り、そして消えた。

通い続けて早五年。拒否され続ける屈辱にすっかり慣れた俺は、いつものように肩をすくめて、すごすごと部屋を出ていこうとした。

その時だった。

「お前さんがここに通うようになって、何年になる？」

虚を衝《つ》かれながらも答える。

「加賀フェアが始まった頃からですから、かれこれ五年になりますね」

「五年、か。通い続けたその根気だけには感心させられるな」

少し面映《おもは》ゆい。俺が加賀に通い詰めたのは、甚五郎しか作れない五色飴をもう一度味わいたかったから……などということでは決してなく、片町《かた》のスナックのママと懇《ねんご》ろになったせいだ。でもそろそろ終わりにしようと思った矢先に呼び止められる。世の中、ままならぬ。

「ひょっとして、ついに五色飴を再現してくださるお気持ちになったのですか？」

ドテラ姿の甚五郎はきっぱり言う。

「くどい。五色飴の再現など、せんわ」

頑固ジジイめ。俺は脱力した。

「どうやら私はからかわれているんですね。それでは失礼します」

「無礼者。ワシは依頼を受けるふりをして気を引こうなどという、チンケな真似などせんわ」

それは確かにおっしゃる通りだ。

座敷に戻り、甚五郎の前に座り直す。頭《こうべ》を垂れると、甚五郎は嬉《うれ》しそうな顔をした。

「そういう謙虚な姿勢なら、教えてやらんでもない」

ああ、めんどくさ。だが世の中の名人と呼ばれる人種は、時に人寂しさからこうした問答をしかけてくるものだ。

「ワシは過去の栄光にこだわる小者ではない。挑戦を続け、ついに新たな境地にたどりついたのじゃ」

「と言いますと、五色飴を超える新作が？」

「その通り。できたのじゃ」

がっかりして、こっそりため息をつく。今必要なのは伝説の五色飴というブランドであって、新作飴ではない。でもせっかくなので話は聞いてみることにした。聞くだけならタダだ。

甚五郎は煙管を長火鉢の縁に叩きつける。深夜の竹林に響く鹿威《ししおど》しのような音がした。

「聞いて驚くな。今回の飴は、虹の飴、だ」

伝説の五色飴は味が五回変化したそうだから、虹の飴は味が七回変わるのだろう。

「試食させていただけますか」

「そう言うと思って、準備しておいた」

半紙にくるまれた虹の飴はさくらんぼの大きさで、ずしりと重い。ひねりをほどくと、白くまん丸な飴が顔を出す。つまみあげると一瞬、微光を放った。

「虹の飴というからには、てっきり七色だと思ったのですが」

「七色を混ぜると白になるのは常識だ。ただしひとつ注文がある。虹の飴は嚙《か》み砕いてはならぬ。ゆっくり舐《な》めるのじゃ。でないと本当の価値がわからん」

言われるがままに口に含む。するとどうだろう。味が七回変わるどころではなく、同時に七色の味が舌の上に炸裂《さくれつ》した。ほっぺたが落ちるとはこのことだ。俺は口を押さえながら、虹色の法悦に浸る。走馬燈のように思い出が駆け巡る。そんな自分を、幽体離脱した俺が天井から見下ろしていて、その幽体離脱した俺までが虹を味わっている。

こんな経験は初めてだ。これでは甘味の多国籍軍による多重爆撃ではないか。

五分後、虹の飴は完全に溶け、甘露の夢から覚めた俺は言う。

「す、素晴らしい。でも、ひとつだけ気になることが。トリップみたいになりましたけど、まさか麻薬成分とか使ってませんよね」

甚五郎は煙管を長火鉢に叩きつけ、怒号を俺の頭上に落とした。

「バカモン。飴というお菓子は未来を背負って立つ子どもたちが楽しむものじゃ。そんな子どもたちをヤク漬けにするなんて、このワシがやるはずなかろう」

「でも知らぬ間に麻薬成分が含まれた素材を使っているかもしれませんし、材料同士が化学反応を起こしているかもしれません。決して外部には漏らしませんから、念のため素材を教えてもらえませんか？」

甚五郎は「仕方なかろう」と呟《つぶや》くと、小声で俺に材料を告げた。どれもふつうの食材で、どう混ぜ合わせても麻薬反応など示しようがないことはすぐにわかった。

俺は前のめりになって言う。

「これは是非、ウチの独占で扱わせてください」

甚五郎はうなずき、次に首を振った。

「そのつもりじゃが、こちらも頼みがある。虹の飴を作るには手間がかかる。量産ができなくて、一日一個が限度、月三十個がせいぜい。だから一粒一万円としたいんだが」

開いた口がふさがらないとはこのことだ。どこの世界に飴玉ひとつに一万円も出すような変わり者がいるだろう。こんな依頼は即座に断るべきだ。

だがそんな理性的な俺の判断にもかかわらず、俺はその言葉を切り出せずにいた。それほどまでに虹の飴がもたらした愉悦はすさまじかったわけだ。

しばらく考えて、俺はダメもとで言ってみた。

「一粒千円にならないでしょうか。それなら何とか」

「いきなり九割の値引きとは。但馬屋《たじまや》、ヌシも強欲よのう」

但馬屋というのは、俺の勤務先の総合商社の名前である。

「ま、通い詰めたヌシの熱意で出来た飴だからな。わかった。その条件で手を打とう」

いやはや、何事も言ってみるものだ。俺は素早く思考を巡らせる。

一粒千円はいいとして（いや、本当は全然よくないが）、それで利益を出すには一粒二千円の値付けが必要だ。そんな報告をしたらあのカミソリ上司がどう言うか、目に見える。

なので俺は一気に勝負に出た。即座に上司に電話を掛けたのだ。

今の勢いで押し切らなければ、あのしぶちんの説得など、未来永劫《えいごう》不可能だ。

案の定、コストカッターで名を馳《は》せた上司は激怒した。

──一個二千円の飴玉だと？　ふざけるな。そんなもの、一体誰が買うんだ？

「一度味わったら、必ずもう一度味わいたくなります。リピーターがいれば採算は取れます」

ふだん従順な俺が断固とした口調で言うものだから、カミソリ上司も少し考えたようだ。

──それならひとつ条件がある。グルメ評論家の吉森《よしもり》先生が加賀に滞在しているはずだから、そのご判断を仰げ。吉森さんにはこちらから依頼しておく。

吉森かあ。何でも褒めるから影響力に乏しいし、何よりヤツの味覚そのものを信用していない俺は必死に食い下がる。

「吉森先生の味覚は市民から卓越しすぎていて、社会ニーズと掛け離れてしまうことがあります。吉森先生だけではなく、素人の評価も取り入れてみたいのですが」

──わかった。では通りがかりの素人を二名、判定者に追加しろ。その三人の過半数がもう一度食べてみたいと言ったら、商品化を検討する。これでどうだ？

俺は電話を切った。これなら上出来だ。

俺のやり取りを側で聞いていた甚五郎は微笑した。

「君も酔狂だねえ。一個二千円の飴玉なんて売れっこないのに」

待ち合わせの場に姿を見せた吉森はいきなり言った。どうやら上司にしこたま吹き込まれているようだ。俺は吉森の言葉を無視してビジネスライクに切り出す。

「まずは二人の素人を、その辺で捕まえましょう」

それも依頼に入っているのか、たちまち吉森が二人ゲットしてきた。ひとりは冴《さ》えない中年サラリーマン。こほこほと空咳《からぜき》をし、体調は悪そうだ。モニターとして使えるのだろうか。

もうひとりは小学生。こっちは元気だが、無口なのは緊張しているせいかもしれない。さすがに小学生はまずいのでは、とも思ったが、考えてみれば飴という商品の重要なターゲットなので容認した。

喫茶店に入った俺は、ウーロン茶を四つ注文し、三人に飴玉を手渡す。

小学生は真面目顔で、素直にナメ始める。するとその隣で吉森はテーブルの上に半紙を広げ、かりかりと小刀で飴玉の表面を削り始めた。俺は思わず悲鳴を上げる。

「何してるんですか」

「僕はこうして食物を徹底的に解剖し、成分分離してから評価するんです」

「それじゃあ台無しです。甚五郎名人は、決して噛み砕かずに舐めるようにと……」

「本当に素晴らしいお菓子なら、こうした破壊分析にだって耐えるはずですよ」

それを見ていた中年男性は、虹の飴を口に放り込むと、がり、と噛んだ。

「だから、噛んじゃダメなんですってば」

顔色の悪い中年サラリーマンは、耳を貸そうとしない。

「私は時間がないもので。それに評論家の偉い先生が、美味《おい》しい飴は、粉々にしても美味しいとおっしゃるんですから、噛み砕いたっていいでしょ？」

もごもご口を動かし、ごくんと飲み込む。

しばらく男の様子を窺《うかが》っていた俺は、おそるおそる尋ねる。

「この飴をもう一度食べてみたいと思いますか？」

男は、ぼそりと答える。

「ま、タダなら食べてやってもいいかな」

がっくりした俺を尻目に、こほこほと空咳をしながらサラリーマンは立ち去った。

その時には、吉森のヤツは粉々にした虹の飴の半分を粉薬のようにして口に流し込んでいた。もごもごと口を動かしながら言う。

「ふうん、加賀の和三盆《わさんぼん》がベースか。そこに魔法の粉、山椒《さんしょう》とは思い切った趣向ですね。おや、八角まで。これじゃあ麻婆豆腐のレシピじゃないか。ということは金比羅《こんぴら》市の優曇華《うどんげ》飴の系譜かな」

内心、舌を巻いた。さすがグルメ評論家のニュータイプ。でも御託はいいからさっさと残り半分を舐めて衝撃を受けろ、と俺は苛々《いらいら》した。

ところが次の瞬間、吉森は飴の残り半分をコップの水にちゃぽん、と沈めてしまった。

俺は呆然《ぼうぜん》とする。

「これが僕の特技、グルメ水溶分析法です」

言いながら吉森は小指の先を水につけ、ぺろりと舐める。目を閉じ、天井を見上げ、ぼそりと言う。

「製法は凡庸《ぼんよう》で冒険もナシ。御社の企画にはそぐわないです。秀逸なのはネーミングだけです」

てめえ、そのまんま味わってみろ、と言いかけたが自重した。

お客に飴の味わい方まで強制はできない。吉森みたいな変態お菓子愛好家だっているだろう。それならその評価は甘受しなくてはならないわけだ。

吉森はスマートフォンを取り出し、矢のようなスピードでタイピングを始める。

「評価をお宅の上司に報告したら、ビジネス終了です。さて発信、と」

こうして、生まれたばかりの虹の飴の市場生命は、あっけなく絶たれてしまったのだった。

失意に暮れる俺の背広の裾《すそ》が引っ張られる。振り返ると、三人目の判定者の小学生だ。見ると、右手を俺の方に差し出している。

「もうひとつ食べたいの？」

うなずく小学生。でも手元にはひとつも残っていないし、商品化も潰《つい》えた。この子は二度と虹の飴を食べられないのか、と不憫《ふびん》に思った瞬間、背中から声がした。

「それならワシの家に来るか？」

甚五郎が笑っていた。

「判定の様子は物陰から見ていた。まああんなものだろう。だがお客を見つけてくれたことには感謝する。虹の飴は、この子が食べ飽きるまで、毎日作り続けることにしよう」

「たったひとりのお客のために、ですか？」

「ああ、それで充分さ。ひとつの飴はひとりしか味わえない。ならばお客もひとりいればいい。的外れなハンチク評論家とか、自分の舌で味わおうとしない玄人《くろうと》気取りの素人なんか、こっちから願い下げだ。なあ、坊よ」

頭をなでられた小学生は、甚五郎の言葉の意味がわからないまま、うなずいた。

甚五郎は、振り返らずに言う。

「ヒマがあったらまた立ち寄るがいい。お前さんには特別にあの飴を用意しておくから」

俺はその後ろ姿に頭を下げた。

ひと月後。但馬屋食品部に「虹の飴」なる新商品の発売予定を問い合わせる電話があった。そのような商品は取り扱っていませんと答えると、電話の主はひと言、そうですか、と言い、こほこほと空咳をしながら、残念そうに電話を切ったという。

最後の容疑者　中山七里

中山七里（なかやま・しちり）

1961年、岐阜県生まれ。

第８回『このミステリーがすごい！』大賞・大賞を受賞し、『さよならドビュッシー』にて2010年にデビュー。
◎著書
『さよならドビュッシー』（宝島社文庫）
『おやすみラフマニノフ』（宝島社文庫）
『連続殺人鬼カエル男』（宝島社文庫）
『さよならドビュッシー前奏曲 要介護探偵の事件簿』（宝島社文庫）
『魔女は甦る』（幻冬舎文庫）
『静おばあちゃんにおまかせ』（文春文庫）
『ヒートアップ』（幻冬舎文庫）
『スタート!』（光文社文庫）
『切り裂きジャックの告白　刑事犬養隼人』（角川文庫）
『七色の毒　刑事犬養隼人』（角川文庫）
『贖罪の奏鳴曲』（講談社文庫）
『追憶の夜想曲』（講談社文庫）
『いつまでもショパン』（宝島社文庫）
『アポロンの嘲笑』（集英社）
『テミスの剣』（文藝春秋）
『月光のスティグマ』（新潮社）
『嗤う淑女』（実業之日本社）
『ヒポクラテスの誓い』（祥伝社文庫）
『総理にされた男』（NHK出版）
『闘う君の唄を』（朝日新聞出版）
『ハーメルンの誘拐魔』（角川書店）
『恩讐の鎮魂曲』（講談社）
『どこかでベートーヴェン』（宝島社）
◎共著
『「このミステリーがすごい!」大賞10周年記念　10分間ミステリー』（宝島社文庫）
『５分で読める！ひと駅ストーリー 乗車編』（宝島社文庫）
『もっとすごい！10分間ミステリー』（宝島社文庫）
『５分で読める！ひと駅ストーリー 夏の記憶 西口編』（宝島社文庫）
『５分で読める！ひと駅ストーリー 冬の記憶 東口編』（宝島社文庫）
『本をめぐる物語　栞は夢を見る』（角川文庫）
『ほっこりミステリー』（宝島社文庫）
『５分で読める！怖いはなし』（宝島社文庫）
『５分で読める！ひと駅ストーリー 猫の物語』（宝島社文庫）
『サイドストーリーズ』（角川文庫）
『このミステリーがすごい！四つの謎』（宝島社）
『５分で読める！ひと駅ストーリー 食の話』（宝島社文庫）
『このミステリーがすごい！三つの迷宮』（宝島社文庫）
『アイアムアヒーロー　THE NOVEL』（小学館）

「さて、話はいよいよ佳境に入って参りました」

警部がそう告げると、居並ぶ橘《たちばな》家の四人は皆一様に表情を固くした。

折りしも屋敷の外では、篠《しの》つく雨がその勢いを和らげることなく屋根と壁を叩《たた》き続けている。元より携帯電話の通話圏外にあり、電気の供給と共にテレビやオーディオの音が途絶えている今、その雨音と警部の声だけが耳に入る全てだった。

「思えば、ここで我々が孤立を余儀なくされたのも、その中に私という警察官が紛れ込んだのも偶然の集積でした。この別荘の立つ高台は風光明媚《めいび》な避暑地なのですが、この場所をまさかこんな豪雨が襲うとは誰が予想したでしょう。お蔭《かげ》で屋敷と集落を結ぶ道路は崖崩れで寸断、突如として発生した当主兵衛《ひょうえ》氏の殺害事件に関しても県警本部の応援が一切得られない有様となりました。本来であれば鑑識並びに司法解剖の所見なりを基に捜査するところなのですが、そういう事情ゆえに純粋な論理だけで話を進めざるを得ません」

「それはまあ、致し方のないことでしょう」と、長男の藤一郎《とういちろう》が納得顔で言う。「何にしてもオヤジがあなたを来賓として招いたことは僥倖《ぎょうこう》だった」

「有難いお言葉ですな。では、話を続けましょう。被害者である橘兵衛氏は近郷では並ぶ者のいない資産家でした。従って氏が寝室で他殺死体として発見された時、真っ先に思い浮かんだのは遺産目当ての殺人でした」

再び、部屋の中の空気が緊張する。

「以前より明らかにされている財産分与の割合は兄弟に等分。相続法に沿った、まことに妥当な割合です。ただしその総資産が十億を超えるとなると、話は一気にキナ臭くなる。長男藤一郎さんと長女伊津子《いつこ》さん、それぞれが経済的に逼迫《ひっぱく》していたとあれば尚更です。藤一郎さんと奥さんの不由美《ふゆみ》さん、伊津子さんと入り婿の圭輔《けいすけ》さん、この四人に共通の動機と考えられる」

「ちょっと待った」と、圭輔が警部の言葉尻を捕らえた。

「お義父さんの実子である二人はともかく、どうして不由美義姉さんや俺に動機があるのさ」

「もちろん、お二人とも直接の相続人ではありませんが、配偶者が数億の資産を相続するとなれば無頓着ではいられないでしょう。殊に兵衛氏は名にしおう吝嗇《りんしょく》家で、存命中の財産分与はおろか、わずかな小遣い銭さえ惜しんだ人物でした」

「それは……その通りだけど」

「兵衛氏の死体を不由美さんが発見したのは今朝の朝七時、氏が寝室に消えたのを皆さんが目撃したのが昨夜の十一時。その間、氏が寝室から出るのを見た人はいませんので、兵衛氏はその八時間のうちに殺されたことになります。ここまではよろしいですね？」

四人は渋々といった体で頷《うなず》いた。

「犯行は単純です。寝室に置いてあったブロンズ像で兵衛氏の頭部を強打。打撲傷は一箇所しかありませんから、恐らく一撃だったのでしょう。犯人は事を済ませると内側から鍵を掛け、財布から現金を抜き取った上で窓から逃走しました。外部の犯行に見せかけたかったのでしょうが、ご承知の通り屋敷に通じる道は一昨日から封鎖されているので、外部に何者かが潜んでいたという仮説は非常に苦しいといわざるを得ません。そして、次に問題になるのは四人のアリバイです」

「アリバイ、といっても」

不由美は語尾に困惑を滲《にじ》ませる。

「昨夜みたいな真っ暗闇の中じゃあ、いつ誰がどこにいたかなんて」

「仰《おっしゃ》る通りです。昨夜の十時くらいに停電し、皆さんはカンテラの明かりを頼りに部屋を行き来していました。乏しい光源の下でできることは限られています。藤一郎さん夫婦は十一時には早々と寝室に消え、圭輔さん夫婦と私は応接間でカードゲームに興じていましたが、これも深夜零時過ぎには終わり、それから三人とも各々の寝室に引き揚げました。この広い屋敷で各々の寝室は離れた場所に位置しているため、それからお互いが何をしていたのかは立証が困難です。ご夫婦同士の証言もこういう場合には無効となりますから、結局は誰にもアリバイが成立しません」

「警部さんはどちらかの夫婦が嘘《うそ》を吐《つ》いていると言うのね」

伊津子は抗議するように言った。

「でもあたしのは嘘じゃないわよ。もし夫がその時間内に寝室を出たのなら、あたしはちゃんとそう証言しますから」

「とは言え、どなたにもアリバイが成立しないことに変わりはありません。それでは、方法という観点から推理してみましょう。殺害にブロンズ像が使用されたという仮定は、そのまま採用していいでしょう。寝室をひと通り拝見しましたが、像の他に血が付着している物もなく、兵衛氏の死体が動かされた形跡もなかった。その打撲痕と像に血の付着していた部分とは形も適合している。このブロンズ像は重さが約一キロ。空洞のない銅製品で、こう言っては何だが凶器としてうってつけです。持ちやすく重さも手ごろ、女性にも振り回すことができる。つまり誰にでも使える訳ですから、この方面から容疑者を消去していくことは適《かな》いません」

「指紋は付いていなかったんですか」

藤一郎の問いに警部は首を振る。

「もちろん、その可能性はありますが、殺害後に偽装工作を行っている犯人が指紋の拭き取りを忘れたというのは考えにくいですね。現場には寝具を含めて拭き取りに使える布が身近にありますし」

「長々と拝聴させてもらったけど、つまり動機にしろアリバイにしろ方法にしろ、この四人全てが容疑者のままってことだよな」

主輔が皮肉を込めて言うと、警部は苦笑いで応えた。

「ええ。ここで私の推理は頓挫しました。なかなか小説のようには上手くいかない。だがここまで考えた時、私はふと自分の中に違和感を見つけました。話の流れにどうしても引っ掛かる箇所がある……。それは犯人の行った偽装工作の件です」

四人の容疑者が揃《そろ》って怪訝《けげん》な顔をした。

「内部の犯人が外部の者の犯行に見せかける。よくある話ではありますが、ことこの事件に関してはまるで意味がありません。何故なら先ほど申し上げたように、この屋敷に通じるただ一つの道は崖崩れによって一昨日から遮断されているからです。侵入できない外部の人間が犯行に及んだなどナンセンスもいいところです。では、どうして犯人はわざわざ意味のない偽装工作を行ったのか」

警部は反応を確かめるように言葉を切ったが、誰一人として言葉を差し挟む者はいない。

「考え抜いた挙げ句に私が到達した解答は一つだけでした。それは、そもそも犯人が偽装工作を無意味だとは思わなかったという結論。言い換えれば、犯人は道路が寸断されている事実をまるで考慮しなかった」

四人の表情が凝固した。

「つまり犯人は、一昨日に起きた崖崩れのことを犯行時には完全に失念していたのです。もう皆さんはお気づきでしょう。犯人はその際、記憶をなくしていました。そして、私は兵衛氏からご家族を紹介された時、その中のお一人が医療過誤によってウェルニッケ脳症を発症していると教えられたのを思い出したのです。以前に胃の手術を受けた際、担当医が高カロリー輸液に必要なビタミンを入れ忘れたのが原因でした。ウェルニッケ脳症の記憶障害は前向健忘《ぜんこう》といって、新しい記憶が数時間しか頭に残りません。昨夜犯行に及んだ犯人が前日に起きた崖崩れを忘れていたのも当然でした」

全員の視線が一点に集中し始めた。

「その人物は、記憶障害を理由に財産の管理と処分を制限される成年被後見人に認定されました。従って兵衛氏の三人目の実子でありながら実質的に遺産の相続には与《あずか》れません。せっかくの遺産も自分の意思で遣うことができないのです。そういう理由で、遺産目当ての動機がなかったので容疑者から外していましたが、兵衛氏の吝嗇ぶりとその人物が小遣い銭にも窮していた事実を考え合わせると、少額の現金を巡る争いが衝動的な犯行に結びついたものと思われます。実際に兵衛氏の財布から現金が抜かれていますからね。問題は、恐らくその人物が殺害の記憶すら失っていることです。今までの私の説明も、その人物はまるで他人事のように聞き流していましたから」

警部は沈痛な面持ちで溜《た》め息を吐くとこう言った。

「どこを見ているんですか。私はあなたが犯人だと言ってるんですよ」

そして、この私を指差した。

「お気の毒だとは思いますが、これも職務です。あなたを橘兵衛氏殺害の容疑者として逮捕します」

私が殺した？

そんな馬鹿な。

私は単なる読者か観客のように事の推移を見守っていただけなのに。

「幸いというか、あなたの病状では検察も不起訴を検討せざるを得ないでしょう。この家の顧問弁護士も間違いなく刑法第三十九条を主張するでしょうしね」

待ってくれ、私に父さんを殺した憶《おぼ》えはない。昨夜だって、私は十一時過ぎに。

十一時過ぎに――私はどうしていた？

思い出せない。

「だが、不起訴になったとしても相応の施設に収容されるのは覚悟しておいてください」

そして、警部の持つ手錠がこちらに迫ってきた。

抜け忍サドンデス　乾緑郎

乾 緑郎 (いぬい・ろくろう)

1971年、東京都生まれ。

『完全なる首長竜の日』にて第9回『このミステリーがすごい!』大賞・大賞を受賞。『忍び外伝』で第2回朝日時代小説大賞も受賞し、新人賞二冠を達成。

◎著書
『忍び外伝』(朝日文庫)
『完全なる首長竜の日』(宝島社文庫)
『塞の巫女 甲州忍び秘伝』(朝日文庫)
『海鳥の眠るホテル』(宝島社文庫)
『鬼と三日月』(朝日新聞出版)
『鷹野鍼灸院の事件簿』(宝島社文庫)
『機巧のイヴ』(新潮社)
『思い出は満たされないまま』(集英社)
『鷹野鍼灸院の事件簿　謎に刺す鍼、心に点す灸』(宝島社文庫)

◎共著
『「このミステリーがすごい!」大賞10周年記念　10分間ミステリー』(宝島社文庫)
『5分で読める!ひと駅ストーリー 降車編』(宝島社文庫)
『もっとすごい!10分間ミステリー』(宝島社文庫)
『5分で読める!ひと駅ストーリー 夏の記憶 西口編』(宝島社文庫)
『5分で読める!ひと駅ストーリー 猫の物語』(宝島社文庫)
『このミステリーがすごい!四つの謎』(宝島社)
『決戦!大阪城』(講談社)
『5分で読める!ひと駅ストーリー 旅の話』(宝島社文庫)
『妙ちきりん「読楽」時代小説アンソロジー』(徳間文庫)
『決戦!川中島』(講談社)

「この中に裏切り者がいる」

狡猾《こうかつ》そうな目を細め、唇の間からちろちろと桃色の舌を覗《のぞ》かせて、蝮丸《まむしまる》が言った。

天正八（一五八〇）年――。

坂東《ばんどう》へと向かう足柄《あしがら》路の途上にある、荒《あば》ら屋同然の民家。

「裏切り者？」

お絹《きぬ》が口を開く。年の頃十五、六の、見たところ純朴そうな小娘だが、手練手管を使って殺した男の数は百人を下らない。

「人別帳を奪うため、追っ手が放たれた。どうあっても我々を幻庵宗哲《げんあんそうてつ》様のいる小田原には入れさせないつもりのようだ」

角力のような巨体を震わせながら、蝦蟇太夫《がまだゆう》が言う。体に反して、妙に甲高い耳障りな声をしていた。

「悪源太《あくげんた》を殺し、主膳《しゅぜん》にこのような深手を負わせたのも、伊賀《いが》からの追っ手か」

土間に敷かれた茣蓙《ござ》むしろの上に横たわる、血だらけで息も絶え絶えの男を見下ろしながら蝦蟇太夫が言った。

隅にはもう一人、荒縄で縛られた老齢の男が倒れていた。こちらは散々殴られたのか、顔は痣《あざ》で赤黒く変色し、唇や瞼《まぶた》は腫《は》れ、鼻の下に乾いた血がこびりついている。

「そう考えるのは早計じゃないのかい。相州《そうしゅう》は風魔《ふうま》衆の縄張りだよ。私らが幻庵様を通じて北条家《ほうじょう》に仕官しようとしていることに気づいて、乱波《らっぱ》どもが人別帳を狙いに来ているのかもしれん」

「何でそう思うんだ」

お絹の言葉尻を捕らえ、蝮丸が上唇を舐《な》めながら言う。

「そういうお前が、相州の乱波どもにこの件を漏らしたんじゃないのか」

「何だって」

お絹は眉尻を鋭く吊《つ》り上げた。

「どちらにせよ、悪源太の持っていた人別帳の一部は失われた。あれがなければ我々の仕官はままならぬ」

蝦蟇太夫が一触即発の二人を制した。

人別帳とは、南伊賀を統《す》べる上忍、百地《ももち》丹波守《たんばのかみ》が手元に秘蔵する帳面である。全国各地に散った伊賀者たちの消息が事細かに記されたものだ。各家に紛れ込んだ者の中には、武者として近習衆《きんじゅ》にまで出世した者、家臣の側女《そばめ》として子を産んでいるくノ一もいる。これが人手に渡るのは、伊賀にとっては死活に関わることだ。

この場にいる連中は、お互いに手を組んで伊賀から抜けてきた。盗み出した人別帳を手土産に、北条家の家老であり相州乱波の元締めでもある幻庵宗哲に会い、士分として仕官するつもりだった。

ところが――。

お互いに裏切りのないよう、人別帳を五つに引き裂いて分けて持ち、足柄峠の入口にある古刹《こさつ》を落ち合い先に決めたが、仲間の一人、悪源太が殺されて人別帳を奪われ、それを知らせに来た多岐川《たきがわ》主膳も斬《き》られて瀕死《ひんし》の重傷を負っていた。危険と見た抜け忍たちは古刹から引き、通り掛かった娘を襲って、強盗よろしくその住処《すみか》に押し入り、家にいた老父を縛り上げた。

「こっちに来て酒を注《つ》げ」

青ざめた顔で板の間の隅で俯《うつむ》いている娘に向かって蝮丸が言う。

戸惑《とまど》った様子で近づいてきた娘の手を握り、膝元に引き寄せると、蝮丸は娘の着物の裾《すそ》を割って手を差し入れ、股ぐらをまさぐり始めた。目に涙を浮かべ、娘が嫌がって身を捩《よじ》る。

「いい加減にしろ。まだやるつもりか」

眉根を寄せて蝦蟇太夫が言う。

「悪いか。俺はいらいらしているんだ」

娘の体をまさぐりながら蝮丸が答える。

「お前の汚い尻なんか見たかないよ。今はそんなことしている場合じゃないだろ」

鬱陶しそうにお絹が言う。蝮丸は舌打ちすると、半ば突き飛ばすようにして娘を解放した。慌てて娘は蝮丸から離れ、再び板の間の隅で膝を抱え、怯《おび》えた目で抜け忍たちを見守る。

その時、土間に倒れている主膳が呻《うめ》き声を上げた。どうやらまだ息はあるようだ。

「手当をしてやった方がいいんじゃないか。お前、主膳のこれだろう」

人差し指と中指の間に親指を挟み、お絹の方に突き出しながら蝦蟇太夫が言う。

「まあ、そうだけどね」

「……拙者の傷口に触るな」

ふと主膳が口を開き、か細い声を上げた。

「傷口に毒でも塗られたらたまらん」

「ふん。私のことも信用できないのかい」

面白くなさそうにお絹が言う。

「娘、頼む、汗を拭いてくれ」

主膳が言うと、困惑顔で娘は立ち上がり、体を拭くための手水《ちょうず》を取りに外に出た。

「逃げないだろうね」

「老父がいるから大丈夫だろう。それに娘一人逃げたところで何もできまい」

蝦蟇太夫がそう言った時、外から娘の悲鳴が聞こえてきた。

「何だ」

お絹が呟《つぶや》き、蝦蟇太夫が声を潜《ひそ》めて言う。

「蝮丸、様子を見て来い」

「俺に指図するな」

言い捨て、蝮丸が小屋の外に出て行った。

すぐに戻ってくるものと思われたが、暫《しばら》く経《た》っても何も起こらない。蝦蟇太夫とお絹は互いに目配せし、立ち上がった。入口の戸板を横に開くと、すぐのところに蝮丸が俯《うつぶ》せに倒れている。傍《かたわ》らでは娘が、手の平で顔を覆って蹲《うずくま》り、体を震わせて泣いていた。

「これは……」

蝦蟇太夫が、転がっているものに気がついた。悪源太の生首だ。両眼に深く棒手裏剣が突き刺さり、無念の形相で、白々と明け始めた空に浮かぶ明星を見上げている。

「おのれ、見つかったか」

お絹は震えている娘の腕を摑《つか》んで無理やり立たせ、小屋の中に引き摺《ず》り込んだ。戸板を厳重に閉め切ると、お絹は自分とあまり年端も変わらぬ娘の胸倉を摑み、ぐらぐらと前後に揺らした。

「蝮丸を殺《や》ったのはどんなやつだった。見ていた筈《はず》だ。答えろ」

娘は涙目で首を左右に振るばかりである。おそらく、手水を取るために外に出たところで悪源太の生首を見つけて悲鳴を上げ、出てきた蝮丸が、伊賀からの追っ手か、風魔衆のいずれかに襲われたのだろう。

娘を床に突き飛ばし、お絹は馬乗りになって嫌がる娘の衣服を脱がしに掛かった。

「何をしている」

「決まってるだろ。この女と着ているものを取り替えて逃げるのさ」

確かに、刺客が見境なく殺しているなら、この娘も一緒に殺されていた筈だ。どうやら面も割れているらしい。

「待て。主膳はどうするんだ」

「放っておけよ、そんな死に損ない」

無情に言い放ち、お絹は自らも衣服を脱いで裸になると、娘から引《ひ》っ剝《ぺ》がした地味な色合いの野良着を着込んだ。

「伊賀を抜けたら、お前は主膳と夫婦《めおと》になるつもりじゃなかったのか」

「女は仕官できないから、そうするつもりだっただけだ」

そう言ってお絹は倒れている主膳を見る。

「あのままじゃ苦しかろう。せめて行く前に止《とど》めを刺してやってくれ」

仕方ないというように頷き、蝦蟇太夫は腰の刀を抜くと、喉笛を掻《か》き切るために主膳の傍らにしゃがみ込んだ。

「うっ」

その蝦蟇太夫の背中に刃が深く突き刺さる。

「何を……」

よろめきながら蝦蟇太夫が立ち上がり、お絹の方を振り向く。

「私に背を向けるとは馬鹿だね」

飛び退《の》きながらお絹が言う。

「お前と一緒に逃げたんじゃ目立って仕方がない。懐の人別帳はいただくよ」

「おのれ……」

恨み言を口にする間もなく、蝦蟇太夫は口から血を吐き出して倒れた。その懐を探り、お絹は人別帳の切れ端を取り出す。

「悪源太の分が足りないが、これだけでも十分だ」

そう呟き、お絹は裏手の戸板に手を掛け、出て行こうとした。

その背中に衝撃が走る。

お絹は手の平で空《くう》を掻いたが、何も摑むことができず、土間に卒倒した。見上げると、そこには先ほどまで莫蓙むしろの上で呻き声を上げていた主膳が立っている。

「お前こそ油断が過ぎたな。傷口を改めなかったのは手落ちだ。悪源太を殺したのは拙者だ。その返り血を体に塗って、深手を負っているふりをしていたのだ」

「仲間を風魔に売ったのか」

「まあな。数人まとめての仕官はままならぬようだから、仕掛けさせてもらった。お絹、お前だけは最初の約束通り、妻《めと》に娶ってやろうかと思っていたが、話を聞いていて気が変わった。やはり忍びの女は信用ならんな」

そう言うと、主膳はお絹の返事を待たずに刀の先で心の臓をひと突きした。

「さてと……」

主膳は小屋の中を見回す。蝦蟇太夫とお絹の死体の他は、虫の息で縛られ、土間の隅に転がされているこの家の老父と、裸に剝《む》かれて土間に突っ伏して泣いている娘だけだった。

お絹が脱いで放り出した着物を拾い、主膳はそれを娘に掛けてやる。

「巻き込んでしまってすまなかったな。命まで奪う気はない。さらばだ」

懐から金子《きんす》を取り出し、詫びのつもりか娘の傍らに放り投げると、主膳は小屋の外に出た。戸口には、蝮丸の亡骸《なきがら》と、悪源太の生首が転がっている。人気のない森の奥に向かって、主膳は声を張り上げた。

「伊賀の多岐川主膳だ！　人別帳は揃《そろ》った。さあ、拙者を幻庵様のところへ……」

その時、主膳の背に鋭い痛みが走り、血に塗《まみ》れた刀の切っ先が鳩尾《みぞおち》の辺りを貫いて飛び出し、すぐに引き抜かれた。

主膳は地面に倒れる。先ほどまで土間に突っ伏して泣いていた娘が、裸身に小袖を羽織り、刀を手に仁王立ちしている。

「伊賀者なんてこんなものか？　一人一人連れ出して殺るつもりだったが、勝手に殺し合ってくれて、手間が省けたよ」

冷たい目で見下ろしている娘の正体を察し、主膳は呻く。蝮丸はこの娘に殺られたのか。

「風魔衆がお前なんざを本当に幻庵様に目通りさせると思ってたのかい。お目出度《めでた》いやつだな。人別帳だけもらっとくよ」

主膳の額に刃を突き立てると、娘は懐から血に塗れた人別帳を取り出した。

「よし。やっと全部揃った。殺すだけなら容易《たやす》い仕事だったのにな」

にんまりと微笑《ほほえ》むと、娘は倒れている蝮丸の亡骸《なきがら》の顔に、ぺっと唾を吐きかける。

「ちっとも良くなかったよ、この短小が」

小屋の中に戻ると、娘は縛られて土間の隅に転がされている老父の縄を解いた。譫《うわ》言《ごと》のように老父が娘に向かって呻き声を上げる。

「悪いね。お前が連れていた娘は私が殺して外に埋めた。見分けがつかないのかい？　惚《ほ》けてるんだね」

優しく老父の頭を撫《な》でてやると、娘は立ち上がり、出て行こうとした。

「……骸《むくろ》なら、まだあと二つ埋まってるぜ」

背後から声がした。

あっと思って娘は振り向く。

老父のふりをしていたその男が、人別帳を取り戻すため、くノ一を連れてここに住んでいた父娘と入れ替わり、待ち伏せしていた伊賀の追っ手だと気づいた時には、もう遅かった。

初天神　降田天

降田 天 （ふるた・てん）

鮎川颯と萩野瑛の二人からなる作家ユニット。

第13回『このミステリーがすごい！』大賞・大賞を受賞し、『女王はかえらない』にて2015年にデビュー。

◎著書
『女王はかえらない』（宝島社文庫）
『匿名交叉』（宝島社）

◎共著
『このミステリーがすごい！三つの迷宮』（宝島社文庫）
『5分で読める！ひと駅ストーリー 旅の話』（宝島社文庫）

視線に気づいたのは、夜風が湯煙を払ったときだった。山間《やまあい》の一軒宿、男湯の露天風呂には自分しかいないと思っていたが、もうひとり客がいたらしい。

岩の囲いの向こう、黒々と広がる斜面には、年の瀬に降った雪がまだらに残っている。さらさらと聞こえてくるのは、すぐ下を川が流れていく音だ。その先は滝になっていて、滝壺《たきつぼ》が大きな口を開けて流れを呑《の》んでいる。いい塩梅《あんばい》で景色を眺めているうちに、知らず鼻唄が出ていた。

視線の主にちょっと頭を下げると、相手は湯煙をかき分けて近づいてきた。タオルを乗せた頭は黒々として、腹がたるみかけてはいるが肌には張りがある。四十前といったところか。還暦を超えた俺から見れば若造だ。

妙になれなれしいやつで、岩に腰かけたり湯に入ったりをくり返しながら、「ご旅行ですか」だの「どちらから」だのと尋ねてくる。俺も人嫌いなほうではないから適当に返事をしていたら、ちょっと会話が途切れたとき、岩に座っていた若造が急にざぶんと湯に体を沈めた。

「あのっ、あなた、桶家《おけや》丑之《うしの》助《すけ》さんじゃありませんか」

湯が跳ねて、俺の垂れ下がった頬を叩《たた》いた。

ずいぶんなつかしい名前だ。もう三十年近くも前、俺が噺家《はなしか》だったときの。

何食わぬ顔で否定するには間が空きすぎた。俺が何も言わないうちに、若造は「やっぱり」と顔を赤くした。

「歌ってる声を聞いて、もしかしてと思ったんですよ。子どものころに一度、あなたの噺を聞いたことがあるんです。〈子ども落語〉、覚えてませんか。若手の噺家さんが何人か、町の体育館に来てくれて。丑之助さんの演目は『初天神《はつてんじん》』でした」

もちろん覚えていた。忘れるはずがない。

「僕は両親と一緒に聞きに行って、あの『初天神』に感動したんです。絶対また聞こうと思ってたのに、あれからすぐに引退しちゃったと知ったときはショックでしたよ。いったいどうして」

そりゃ悪いことしたな、と俺は曖昧にかわした。

「CDなんかもなくて弱りましたよ。大人になって、いくつかの公演がネットに音声だけアップされてるのを見つけて聞いてるけど、さすがにあの『初天神』はありません」

俺は湯に浸かった自分の手を見ていた。皮膚は木の皮のように硬くなり、しわとしみが目につく。

「〈子ども落語〉でのあのオチは、丑之助さんがアレンジしたオリジナルだったんですね。あとで知りました」

早口でまくしたてる若造の顔が赤いのは、温泉のせいだけではなさそうだ。記憶のなかの体育館にこの顔を探してみたが、見つけられるはずもなかった。そもそもあの日、俺は舞台の袖ばかりを気にして、客の顔など見てはいなかったのだから。

若造はざぶりと顔を洗った。

「丑之助さん、お願いです。こうして会えたのも何かの縁と思って、あの『初天神』をもう一度聞かせてくれませんか」

いきなり何を言うかと思えば。呆気《あっけ》に取られて間の抜けた声が出た。

「はあ、そんなもん忘れちまったよ」

「筋なら僕が覚えてますから」

「噺し方だって忘れちまってるよ」

「そこをなんとか」

若者が勢いよく頭を下げた拍子に、タオルが湯のなかへ飛び込んだ。あたふたと拾って絞りながらも「お願いします」と赤い顔を寄せてくる。

「なんなんだ、おめえは」

子どものころに一度聞いただけの噺に、それほど思い入れを抱くものだろうか。奇異に感じる一方で、まあいいかという気持ちも働いた。親が子のおねだりに振り回される『初天神』を、子のような歳の若造にねだられる、こんな巡り合わせもおもしろい。

『おとっつぁん、初天神に行くんだろ。おいらも連れてっておくれよう』

『だめだ、だめだ。おめえはすぐ、あれ買ってくれ、これ買ってくれって言うんだから』

『あれ買ってくれ、これ買ってくれって言わねえよ。約束する。男と男の約束だ』

軽く咳《せき》払いをして始めてみたとたん、すらすら言葉が出てくることに驚いた。下手くそなのは当然、喉も舌も思うように動かないが、忘れてはいないのだ。

『おとっつぁん、こんなに店があるのに、今日はおいら、あれ買って、これ買ってって言ってないでしょ。いい子だよねえ』

『おう、そうだな、いい子だ』

『いい子だから、何かごほうび買ってよ』

若造が笑い声をたてた。木の葉のさざめきも、寄席に響く笑い声に思えてくる。

『おい、ちゃんと足もと見て歩け。着物汚したらおっかあに叱られるぞ。俺まで叱られるんだからよ。下見ろって言ってんだ、ばか』

自然に手が動き、湯を叩いていた。その手を目もとへ当てて泣き真似《まね》をする。

『おとっつぁんがぶったから飴《あめ》落としたぁ』

『どこに落としたんでぇ』

『腹んなか。ねえ、代わりに凧《たこ》買ってよう』

『やっぱりおめえなんか連れてくるんじゃなかった』

しぶしぶ凧を買う芝居。

『おとっつぁんが揚げて、それからおめえに糸持たせてやるから、凧持って向こうのほう行きな。もっと向こうだ、もっともっと。おい、そこはだめだ、上に木の枝が張り出してるだろ。もっとあっちへ寄れ』

方向を示そうと左右に振る手が湯を弾《はじ》く。

『いてえっ。おいガキ、どこ見てやがる』

『おっと、すいませんね。そいつはうちの倅《せがれ》でして、このとおり謝りますから勘弁してやってください。さあ金坊、もっとあっちへ寄れ。あっちだ、あっちっつってんだろ』

『いてえっ。いい大人が凧揚げに夢中になって人の頭叩くたあ』

『おっと、すいませんね。そいつはうちの親父でして、このとおり謝りますから勘弁してやってください』


糸を操る仕種《しぐさ》で空を仰げば、まんまるい月が浮かんでいる。


『どうだ、高く揚がったろう』

『すごい。おいらにも持たせて』

『まあ、待て、もっと高いとこへ揚げてやるから。おっ、いい風が来たぞ。うひょう、こりゃいいや。ここをこう、よっと、どうだ』

『ねえ、おいらにも持たせてよ』

『うるせえな、こんちきしょう。これはガキが持つもんじゃねえんだ』

『こんなことなら、おとっつぁんなんか連れてくるんじゃなかった』

ふつう『初天神』はここで終わる。俺はちらりと若造を見た。期待に満ちた顔で続きを待っている。あの日の俺の『初天神』を。

束の間、川のせせらぎに耳を澄ました。その先にある滝壺《サゲ》を思った。

『いてえっ。親子喧嘩《げんか》なら家でやれ』

『あれま、すいませんね。それはうちの亭主と倅でして、このとおり謝りますから勘弁してやってください。まったくあんたたちは、心配して来てみりゃこれなんだから』

『おっかあ』

『おさよ』

湯に顔がつくほど頭を下げたから、若造から俺の表情は見えなかったろう。

『天神参りで、これがほんとのかみさんのご加護』

若造が手を叩いた拍子に、また頭のタオルが落ちそうになった。慌てて押さえた若造の目は、笑いの形を保ちながら潤んでいる。

「ありがとうございました。実はこの『初天神』には特別な思い入れがあるんです。あのころ僕の両親は離婚寸前で、〈子ども落語〉は家族そろって出かける最後のイベントになるはずでした。でも親子のやりとりで笑う僕を見て、オチで泣いてしまった僕を見て、両親は考え直しました。丑之助さんの噺が、家族の人生を変えたんです」

勝手に身の上話を披露して、若造は噛《か》みしめるように間を置いた。俺もちょっと言葉が出なかったから、静けさのなかで自分の鼓動がよく聞こえた。

「どうしてああいうオチにしたんですか」

うるせえな、こんちきしょう。頭のなかに用意した答えが、声にならなかった。

小夜子《さよこ》――かつての恋人の姿が目に浮かぶ。兄弟子がしつこく言い寄っているのは知っていた。あの日、袖で聞いている兄弟子への牽制《けんせい》のつもりで、「おっかあ」に「おさよ」という名を与えた。兄弟子の不興を買った俺は、それから一年もしないうちに落語の世界にいられなくなった。

俺は答えを濁して立ち上がった。若者も一緒に上がるようだ。

そろいの浴衣で脱衣所を出ると、子ども用の浴衣に身を包んだ少女が、わざとらしく頬を膨らませて待ち構えていた。

「お父さん、遅い。お父さんなんか連れてくるんじゃなかった」

「僕が『初天神』を聞いてるのを一緒に聞いてたせいです」

若造の声に苦笑が混じった。生意気に、急に親の顔になって娘に応じる。

「ごめんごめん。でもそういう言い方したらだめだって言ってるだろ、さよ」

さよ、と俺は思わず口にしていた。若造が少しはずかしそうな笑みを向けてくる。

「今日はお会いできて本当に幸運でした。ここへはよく来るんですか」

最初に「ご旅行ですか」と訊《き》かれたとき、俺はそうだと答えた。嘘《うそ》だった。少なくとも慰安や観光が目的ではなかったし、帰るつもりもなかった。

去年の暮れに小夜子が死んだ。落語界を追放された俺と一緒になり、子にも恵まれず、苦労に苦労を重ねた一生だった。しわとしみが目につく顔をくしゃくしゃにして、おもしろい人生だったと笑った。ここへは昔、小夜子と来たことがある。滝壺を覗《のぞ》き込んではしゃいだものだった。

俺は図々しい若造に笑みを返した。

「また来てえもんだ」

有り金をはたいてしまったから、いつになるかわからないけれど。

親子を見送り、背筋を伸ばした。

かみさんのもとへ行くのは、もうちょっと先でもいいよな――小夜子。

「これがほんとのかみさんのご加護」

タオルを扇子《せんす》代わりにして、ぽんと手のひらを打つ。

「あたしの人生のオチも変えてみようかね」

父のスピーチ　喜多喜久

喜多喜久（きた・よしひさ）

1979年、徳島県生まれ。

第9回『このミステリーがすごい！』大賞・優秀賞を受賞し、『ラブ・ケミストリー』にて2011年にデビュー。

◎著書
『ラブ・ケミストリー』（宝島社文庫）
『猫色ケミストリー』（宝島社文庫）
『リプレイ2.14』（宝島社文庫）
『桐島教授の研究報告書　テロメアと吸血鬼の謎』（中公文庫）
『化学探偵Mr.キュリー』（中公文庫）
『恋する創薬研究室　片思い、ウイルス、ときどき密室』（幻冬舎文庫）
『二重螺旋の誘拐』（宝島社文庫）
『化学探偵Mr.キュリー２』（中公文庫）
『真夏の異邦人　超常現象研究会のフィールドワーク』（集英社文庫）
『研究公正局・二神冴希の査問　幻の論文と消えた研究者』（宝島社文庫）
『化学探偵Mr.キュリー３』（中公文庫）
『創薬探偵から祝福を』（新潮文庫nex）
『化学探偵Mr.キュリー４』（中公文庫）
『アルパカ探偵、街をゆく』（幻冬舎文庫）

◎共著
『「このミステリーがすごい！」大賞10周年記念　10分間ミステリー』（宝島社文庫）
『５分で読める！ひと駅ストーリー 乗車編』（宝島社文庫）
『もっとすごい！10分間ミステリー』（宝島社文庫）
『５分で読める！ひと駅ストーリー 夏の記憶 東口編』（宝島社文庫）
『５分で読める！ひと駅ストーリー 冬の記憶 西口編』（宝島社文庫）
『５分で読める！ひと駅ストーリー 本の物語』（宝島社文庫）
『５分で読める！ひと駅ストーリー 食の話』（宝島社文庫）

「……お父さん。お父さんってば！」

——誰かが私の体を揺すっている。

いけない。いつの間にかうとうとしていたようだ。眠気をなんとか抑えつけ、私はゆっくり顔を上げた。目の前に、心配そうに私の顔を覗《のぞ》き込む娘の姿があった。

「……どうした？　まだ式までは時間があるだろ」

「なんだか心配になっちゃって」と、娘は眉を顰《ひそ》める。晴れの舞台だからだろう、普段よりかなり化粧が濃い。ドレスはレンタルだが、時間を掛けて選んだだけあって、とてもよく似合っている。

「大丈夫なの？　朝からやけにフラフラしてるけど」

「……ああ。ただの寝不足だよ。心配しなくていい」と、私は苦笑してみせた。「昨日の夜はほとんど眠れなかったんだ。なんとか寝ようとしたんだが、スピーチのことばかりが頭に浮かんでくるんだよ」

「なーんだ。心配して損した」

娘が、子供の頃を偲《しの》ばせるあどけない笑顔を浮かべた。

「そんなに緊張することないよ。リラックス、リラックス」

彼女は私の後ろに回って、両肩をぽんぽんと叩《たた》いてくれた。

「うん。ありがとう」

私は娘の手に触れてから、ポケットの中の便箋を取り出した。薄っぺらなその紙には、今日、結婚式で私がやるスピーチの内容がつらつらと書かれている。数日前から暗記しようと頑張っているが、覚えた端からぽろぽろとこぼれ落ちていってしまう。緊張のせいで、全く原稿に集中できない。

そもそも、私は人前で話をするのがものすごく苦手だ。高校生の時分、全校生徒の前で読書感想文を読まされたことがあったが、あの時も一週間ほどひどい不眠症に悩まされたものだ。

しかし、いくら苦手でもやらねばならない。少しでも内容を頭に入れておこうと、何重にも折り目が入った便箋を睨《にら》みつける。あと二年で五十歳。気持ちはまだ若いつもりでいるが、そろそろ老眼鏡のお世話にならねばならないようだ。

スピーチ原稿を眺めているうちに、大学の研究室にいた頃、セミナーの準備で四苦八苦した記憶が自然と蘇《よみがえ》ってきた。

セミナーといっても、大したものではない。研究室のメンバーの前で、その月の自分の研究成果を報告するだけだ。それだけのことで、私は自分でも嫌になるほど緊張した。

不安を打ち消すため、研究室で助手をしていた妻に頼んで、セミナーの発表練習に毎月付き合ってもらっていた。アドバイスが欲しい、という気持ちが二割。少しでも彼女と一緒にいたい、という気持ちが八割。私は、妻に片思いをしていた。

考えてみれば、私が妻にプロポーズしたのも、二人きりの発表練習の場でのことだった。あれは寒い時期で、その当時、私は大学四年生だった。

暖房が効いた会議室で、長時間ディスカッションをしていたせいで、私の思考力はかなり低下していた。のぼせた頭で妻を見つめているうちに、これはもしかすると、千載一遇の好機なのでは、という自分勝手な閃《ひらめ》きが舞い降りた。

「——あの！」

発作的に立ち上がった私を見て、「はい？」と、妻は首をかしげた。その仕草は、素晴らしく可愛《かわい》かった。私はただ本能の赴くままに、「ぼっ、僕と結婚してくださいっ！」と叫んでいた。

唐突すぎる求婚。妻は目を大きく見開いたまま、完全に動きを止めてしまっていた。

そこでようやく、私は自分がとんでもない失策をやらかしたことに気づいた。

プロポーズの台詞《せりふ》はともかく、順番が大問題だった。私は別に彼女と交際していたわけでもないし、そもそも好きだという気持ちすら伝えていなかった。通常のプロセスをすっ飛ばした、極めて非常識なプロポーズだったのである。

——やっちまった……。

自らの勇み足っぷりに絶望しかけた私だったが、次の瞬間、予想もしていない答えが返ってきた。

「──お受けします」

「へえ？」と、私は間抜けな声を出した。「ほ、本当ですか？」

「ええ。本当です」

妻は恥ずかしそうに微笑《ほほえ》んでいた。信じられなかった。彼女は私のプロポーズを受け入れてくれたのである。

「ただ、籍を入れるのはもう少し待っていただけませんか」

私は奇跡的な展開に戸惑いつつ、「その、もう少しというのは、どのくらい少しでしょうか？」と慌てて訊《き》いた。

「いまやっている実験が終わって、論文が出るまで、ですね」と妻は明言した。

論文というのは、化学の専門誌に載る学術論文のことである。

当時、彼女は論文執筆に必要なデータを集めるために、昼も夜もなく実験に没頭していた。私はそんな彼女のひたむきさを尊敬し、また魅力を感じもした。だから、それが終わるまで待って欲しいという気持ちは理解できた。重要な研究に取り組んでいるから、うつつを抜かすようなことはできない──妻はそう考えて、あんなことを言ったのだろうと勝手に納得していた。

私が妻の言葉に秘められた真意を知ったのは、彼女の実家に挨拶に行った時のことだった。

彼女の父親、私にとっての義理の父は、極めて純粋な有機化学者だった。出世や派閥争いに興味がなく、教授になってからもずっと実験を続けていたそうだ。

そんな彼は、化学者として、一つの目標を持っていた。それは、自分の名を冠した化学反応を開発することだった。

鈴木カップリング、根岸カップリング、玉尾《たまお》酸化、薗頭《そのがしら》反応、光延《みつのぶ》反応……これらは全て、日本人の名前がついた化学反応である。有機化学で使われる反応には、その反応を開発した研究者の名前が付いているものが多い。

妻の父は、どんなマイナーな反応でも構わないから、何としても後世に名を残したいと願っていた。自分の生きた足跡を歴史に刻みつけたいと希求していた。

しかし、努力の甲斐《かい》なく定年を迎え、願いを叶《かな》える前にアカデミックの世界を去ることになってしまった。

退官の日の朝、すでに研究の道に入っていた私の妻は、父親に言った。私が反応を開発すれば、お父さんと同じ名字の人名反応ができあがります、と。

妻の父は、その話を本当に嬉《うれ》しそうに語ってくれた。

それから数年。懸命な努力と圧倒的な化学センス、そして一握りの幸運が後押しをしてくれたおかげで、妻はある画期的な反応を見出しかけていた。

そんな大事な時期に、私はうっかりプロポーズをしてしまった。結婚で苗字が変われば、反応に使われる名前も変わってしまう。論文に旧姓を併記することもできるが、それでは名前としての純度が低下してしまう。だから彼女は、「論文を出すまでは結婚しない」と言ったのだ。妻もまた、純粋な化学者だった、というわけだ。

何も考えずにプロポーズをしたものの、私は学生だったし、結婚を急ぐ必要はなかった。私は妻の論文が専門誌に掲載されるのを待って、改めてプロポーズをし直した。

「僕と、結婚してくださいますか」

「はい。ずいぶんお待たせしました」と、妻は照れくさそうに笑っていた。ほとんど化粧をしていない彼女の素顔を、私は他のどんな女性より美しいと思った。

娘が、私の肩を揉《も》みながら呟《つぶや》いた。

「それにしても、お父さんがいきなり大学に入るとか言い出したときはビックリしたよ。なんて言うの？　届かなかった夢を摑《つか》み直す、みたいな？」

「ま、そんなところかな」

私は若い頃から働き詰めの生活を送ってきた。給料の大半を資産運用に回したおかげで、バブル期にはかなり儲《もう》けさせてもらった。貯金が、もう働かなくてもやっていける、という額に達したところで、私は思い切って会社を辞めた。寂しい思いをさせた分を取り返すように、私は娘との時間を大切にするようになった。

そんなある日、娘に化学を教えていた私は、自分がちっとも化学の原理を理解していないことに気づいた。教科書を読んでも、説明不足でよく分からない。

それならいっそ、大学で基礎から学び直そう、と私は考えた。そして、四十を過ぎてからの猛勉強の末、私は遅れてきた新入生となった——。

懲りずに原稿に目を通していたが、余計なことばかり思い出されてしまい、ちっとも覚えられない。もういい。私は便箋を丸めて、くずかごに放り込んだ。どうせ新郎のスピーチなど、添え物のようなつまらない儀式に過ぎないのだ。

緊張するのは仕方ない。きっと失敗もするだろう。それでも、スピーチをする私の隣には妻がいてくれる。

それに、式には私の娘も同席してくれる。物心が付く前に母親を亡くしているとはいえ、きっと少なくない葛藤《かっとう》があったはずだ。それをおくびにも出さず、再婚する私を笑顔で送り出してくれる娘を、私は誇らしく思う。

私は胸に手を当て、背筋をぐっと伸ばした。

優しい娘と年下の妻に恥をかかせないように、せめて胸を張ることにしよう。

なんでもあり

深町秋生

深町秋生（ふかまち・あきお）

1975年、山形県生まれ。

第3回『このミステリーがすごい！』大賞・大賞を受賞し、『果てしなき渇き』にて2005年にデビュー。

◎著書
『果てしなき渇き』（宝島社文庫）
『ヒステリック・サバイバー』（宝島社文庫）
『アウトバーン　組織犯罪対策課　八神瑛子』（幻冬舎文庫）
『デッドクルージング』（宝島社文庫）
『アウトクラッシュ　組織犯罪対策課　八神瑛子Ⅱ』（幻冬舎文庫）
『ダブル』（幻冬舎文庫）
『ダウン・バイ・ロー』（講談社文庫）
『アウトサイダー　組織犯罪対策課　八神瑛子Ⅲ』（幻冬舎文庫）
『ジャックナイフ・ガール　桐崎マヤの疾走』（宝島社文庫）
『猫に知られるなかれ』（角川春樹事務所）
『ショットガン・ロード』（朝日新聞出版）

◎共著
『「このミステリーがすごい！」大賞10周年記念　10分間ミステリー』（宝島社文庫）
『5分で読める！ひと駅ストーリー 乗車編』（宝島社文庫）
『もっとすごい！10分間ミステリー』（宝島社文庫）
『5分で読める！ひと駅ストーリー 本の物語』（宝島社文庫）
『5分で読める！ひと駅ストーリー 旅の話』（宝島社文庫）

会場は盛大な歓声に包まれていた。桐崎《きりさき》マヤが手下の女たちを率いて、ケージのなかへ入ると、客たちの声はさらに熱を帯びた。

金網フェンスに囲まれた円形の闘技場。マヤは軽くステップを踏んで身体をほぐす。ウォーミングアップは控室で充分こなしている。額や背中はすでに汗で湿っていた。セコンドについた女たちが、闘いに臨むボスに激励を飛ばす。「マヤさん、殺《や》っちゃってください！」「マヤさん、超ヤバいっす！」

マヤは対戦相手の蔵前《くらまえ》シズノを見やった。シズノは仁王立ちの姿で、マヤに眼《ガン》つけている。

華奢《きゃしゃ》な体格のマヤと違って、シズノの身体は筋肉の塊だ。国体で入賞した経験を持つ元女子アマレス選手で、そこいらの男よりもはるかにマッチョな体型の持ち主だ。がっちりとした肩幅と鍛え抜かれた僧帽筋。呆《あき》れるほどに盛り上がった上腕二頭筋とクルーカットに刈りこんだ金髪頭が、独特の威圧感をかもしだしている。

マヤとシズノは格好も対照的だ。シズノはアマレス用の赤いシングレットを着用し、両手には青い総合格闘技用のオープンフィンガー・グローブを着けている。〝ミス・サイボーグ〟というダサい二つ名をつけられているが、シズノを形容するにはぴったりといえた。目下、五連続ＫＯ勝利を収めている注目株だ。

一方のマヤは、黒革のパンツに迷彩色のタンクトップ。ボクシングシューズを履いているが、拳はグローブなしのベアナックルだ。背中まで伸びた艶やかな黒髪が、ステップを踏むたびにさらさらと揺れる。街をうろつくときと変わらない。格闘技大会では浮きまくった姿だが、それでもオッズは〝ストリート・オブ・デス〟と呼ばれるマヤが有利だった。ときおり試合に出ては、派手に荒稼ぎしている。

この非合法の地下格闘技興行〝COYOTE《コヨーテ》〟のルールはごく単純だ。武器は持ちこまない。集団で襲いかからない。目や局部を攻撃しない。バーリ・トゥード《なんでもあり》の格闘技スタイルを踏襲しているが、肘《ひじ》打ちや頭突きまでもが許され、グローブの着用義務もない。粗暴な喧嘩《けんか》ファイトを売りにし、女も参加することができる。

大会は、おもに地方の廃業したホテルや旅館の大宴会場などで開かれる。観客数は五百人から八百人程度だ。KO決着や流血試合が多いため、血に飢えた賭博《とばく》好きの紳士淑女がアジア各国から集まる。ひそかにネット中継もされているため、興行のたびに巨額のマネーが動く。むろんファイトマネーもけっこうでかい。そのうえマヤは手下を使って、自分に大金を賭《か》けさせている。シズノを痛めつければ、ファイトマネーだけでなく、巨額の払戻金がマヤの懐に入る。

ポロシャツを着た屈強な黒人レフェリーが、ふたりをケージの中央に呼び、流暢《りゅうちょう》な日本語でルールを説明した。凶器の有無を確かめるためにボディチェックをする。その間、シズノは長身のマヤを上目で睨《にら》みつけている。だが、マヤはといえば、シズノのセコンドについている岸《きし》ジムの会長に笑いかけていた。

会長の岸は、横浜でボクシングジムを経営する傍ら、暴力団や海外マフィアともつるむ地下格闘技界の重鎮だ。禿頭《はげあたま》を茹《ゆ》でダコのようにまっ赤に染めて、八つ裂きにしてやるぞと、マヤを目で恫喝《どうかつ》してくる。

岸との因縁は深い。マヤが初めて岸ジム所属の選手と対決したさい、試合前日にヤクザを雇ってマヤを襲撃するなど、岸があれこれと姑息《こそく》な手段を使ってきたのが始まりだった。怒ったマヤは、彼の貴重な手駒を五人も潰《つぶ》してきた。ミス・サイボーグは、彼が用意した最強の刺客というわけだ。

両者は一旦、コーナーに分かれた。マウスピースをはめる。試合のブザーが鳴ると同時に、マヤは頭を低く屈《かが》めてダッシュした。ローキックを放ち、シズノの膝関節を破壊しにいく。

虚を突かれたシズノは後ろに退き、背中を金網フェンスに預けた。マヤは素手のジャブを、シズノの顔面に繰り出した。パンチはシズノのガードに防がれる。シズノが右ストレートで応酬した。マヤは屈んでかわし、カウンターで頭突きをかました。

鼻骨を砕こうとしたが、首をひねったシズノにかわされた。的を外れたマヤの額が、シズノの鎖骨を叩《たた》いた。

ある程度のダメージを与えたらしく、シズノが顔をしかめた。マヤお得意の喧嘩殺法に呑《の》まれまいと、サイドステップで間合いを取ろうとする。

マヤは逃すまいと、黒髪をたなびかせ、シズノを追う。さらにベアナックルのワンツーを首に見舞う。最初からトップギアで戦うマヤに観客がどよめく。

シズノがボディブローで返してきた。それをマヤは左肘で払いのける。

「痛《いて》えな……」

マヤは眉をひそめて足を止めた。肘が、ハンマーで殴られたかのように、びりびりと痺《しび》れる。

岸会長とシズノが妖《あや》しい笑みを浮かべていた。

蔵前《くらまえ》シズノは思わず笑った。

たかが街の喧嘩屋ごときに、反則をしなければならないのは不本意だったが、このあたりで潰さなければ、岸会長の沽券《こけん》にかかわる。

シズノは逆襲を開始した。避けられないように、ボディ中心に拳を叩きこむ。マヤは両腕で防御したが、表情をさらに曇らせた。それはそうだろう。骨の髄まで痛むはずだ。まともにパンチが入れば、あばら骨がへし折れ、臓物が押し潰される。

シズノの両拳は凶器と化していた。分厚く巻いたバンテージと拳の間に、固めたシリコンを仕込んである。シズノの豪腕で打てば、どんな相手ものたうち回る。

マヤの太腿《ふともも》を殴りつけた。肉を打つ音が響く。岸会長が叫ぶ。「ナイスブロー！　焦るな！　足を止めろ！」マヤの目から余裕が消え、鋭い視線をレフェリーや岸会長に向ける。

よそ見してる場合か。シズノはわき腹を殴りつけた。当たりは浅かったが、マヤの身体がくの字に曲がる。

シズノは知らせてやりたかった。無駄だと。レフェリーはむろん買収してある。激しいトレーニングを積んだうえ、マヤの手下のようなゴロツキたちと違って、腕利きのカットマンも雇っている。一切の死角はない。本来の実力だけでなく、政治力でも敵《かな》わないのだと、このさい徹底的に教えておく必要があった。

岸会長の声は、いつもより熱を帯びていた。

「あのメスは、ド汚《きたね》え真似《まね》をするから油断するな！」

マヤが口を曲げた。汚《きたね》え真似はどっちだと言いたげだ。

だが、それはお互いさまだ。やつはシューズの先に鉄板を入れてきたときもあれば、寝技勝負のときに、親指を相手の尻の穴に突っこんできたときもある。ジムの仲間はそれでやられた。

シリコン入りの拳で殴るのにためらいはない。ルール無用の〝なんでもあり〟なのだから。戦いはケージに入る前から始まっている。最後は、やつのきれいなツラをグシャグシャに潰してやる。

「どうした、マヤ!」「びびってんじゃねえぞ!」後退するマヤに客席から声が飛ぶ。マヤの手下が必死に叫ぶ。「マヤさん、ガードあげて!」

シズノは心のなかでほくそ笑んだ。凶器パンチでマヤの前腕を打った。おそらく骨が折れている。やつの顔色が変わり、ついに腕をだらりと下げた。仕上げの時間だ。ガラ空きになったマヤの顔に、右ストレートをぶっ放す。

だが――。シズノの心臓が跳ね上がった。マヤは反対に突っこんできた。必殺の拳が、マヤの頬を掠《かす》める。やつはカウンターで頭突きを食らわせてくる。シズノの目に火花が散った。頭蓋《ずがい》骨が鈍い音を立て、右眉に衝撃が走る。

シズノは間合いを取ってダメージを確かめた。眉のあたりを切ったらしい。血が顔を伝う。しかし、ふらつきはない。当のマヤは、悔しそうに眉間にしわを寄せている。なんて女だ。まともに浴びれば、死ぬかもしれないというのに。岸会長の言う通り、油断はできない。

1ラウンド終了を告げるブザーが鳴った。自陣のコーナーに戻ると、岸会長が手を叩いて出迎えた。

「よくやったぞ。その調子だ」

タオルで血が拭われ、カットマンが血管収縮剤とワセリンを浸した綿棒を、眉の傷口に押し当てる。岸会長に背中を叩かれる。

「だが焦るんじゃねえ。あのメスは捨て身で攻撃してくるからな。じっくりなぶり殺せ」

シズノはうなずき、シリコン入りの拳をぶつけ合わせた。さっきの頭突きを外したのが、マヤにとって運の尽きだったのだ。

第二ラウンドのブザーが鳴った。シズノは慎重に近づき、ジャブを見舞った。肘や肩でブロックされたが、このさいどこでもかまわない。苦痛を与えるのに変わりはない。

マヤが素早いジャブを返してくる。ちょうどカットした眉のあたりだ。下手な悪あがきだ。拳が眉を掠る。痛みはない。その程度で傷が開いたりはしない。

「あれ？」

シズノは足を止めた。右眉から瞼《まぶた》にかけて、生温かい液体が伝った。血が彼女の右目を覆う。

視界の半分が閉ざされようとするなか、妖しい笑みを浮かべるマヤの顔が見えた。

まったく。やってくれる。マヤは思った。

腕がじんじんと痛む。おそらく骨はイカレてるだろう。こんな凶器パンチをまともに受けたら、三途《さんず》の川を渡りかねない。岸もずいぶんとエゲツない真似をするものだ。たしかに鉄板の入ったシューズで、お仲間を蹴とばしたときもあった。アナルに指も突っこんだ。しかし、仕かけてきたのはやつらのほうだ。呆れた連中だ。やはり策は用意しておくものだ。戦いはケージに入る前から始まっているのだ。

マヤは笑いかけた。ケージの外にいる岸ジム側のカットマンに向かって。耳に綿棒を挟んだ彼は、素知らぬ顔でマヤから視線をそらす。

事態を悟った岸が、試合そっちのけでカットマンに摑《つか》みかかる。借金だらけのカットマンは首を必死に振っていた。現金《ゲンナマ》攻撃は、なにも岸の専売特許というわけではない。

カットマンは仕事をしてくれた。水と潤滑クリームで止血するフリだけしたのだ。目の前には血だらけのシズノ。じりじりと後じさりしている。彼女は急激に戦意を失いつつあった。ジャブで距離を測り、渾身《こんしん》の力をこめて、左のハイキックを繰り出す。右目をふさがれたシズノには見えない位置から蹴る。

シューズがシズノの側頭部と衝突する。マヤのキックは男の選手をも昏倒《こんとう》させる。ボウリングの球がぶつかり合うような固い音がし、シズノがマットに転がった。大の字になったまま、起き上がろうとはしなかった。彼女は白目を剝《む》いている。

客席が大きく沸いた。レフェリーはシズノが失神しているのを見ると、しぶしぶ両腕を交差させて試合を止めた。ケージの下では、岸がカットマンに右フックを喰《く》らわせていた。

手下に肩車されたマヤは、その様子を満足げに見下ろした。手段を選ばない〝なんでもあり〟の勝負では、自分に一日の長がある……。

境界線　城山真一

城山真一（しろやま・しんいち）

1972年、石川県生まれ。

第14回『このミステリーがすごい！』大賞・大賞を受賞し、2016年1月に『ブラック・ヴィーナス　投資の女神』を刊行。

◎著書
『国選ペテン師 千住庸介』（泰文堂）
『天才株トレーダー・二礼茜　ブラック・ヴィーナス』（宝島社文庫）
『仕掛ける』（宝島社文庫）
『看守の流儀』（宝島社）
『相続レストラン』（角川文庫）

原田卓也《はらだたくや》は、富山駅近くのビジネスホテルで遅い朝食をとった。

ホテルのフロントで地方紙を買い、部屋に戻ってさっと目を通す。六月後半のこの時期は、経済面に大きな会社の株主総会の記事が日替わりで掲載されている。今日は、となりの石川県に本社を構える卓也の会社の記事が大きく扱われていた。社外取締役が経営を監視する新しい制度の導入が、株主総会で決定したと書いてある。記事自体は、卓也の会社をべた褒めする内容だった。

ふいに目の前の記事がかすみ、別の見出しが浮かんできた。

──こんな提灯《ちょうちん》記事のあとに、新聞はどう書くつもりだろうか。

スーツの上着に袖を通し、チェックアウト時間ぎりぎりで部屋を出る。富山駅の北口から外に出て、曇り空の下を富岩《ふがん》運河《うんが》環水公園まで歩いた。運河の真ん中にある棟の最上階までエレベーターでのぼり、パノラマの景色を眺める。西側は石川県、南側は岐阜県。どちらに向かおうか、まだ決めかねていた。

スラックスのポケットから携帯電話を取り出した。昨日から切ったままだった電源を入れる。妻と娘の画像を見よう──指先を動かそうとした矢先、着信音が鳴った。会社の経理部の番号だった。

少し逡巡《しゅんじゅん》したあと、通話ボタンを押して耳にあてた。『原田か』──上司だった。

「はい」

『何度も電話したんだぞ』いつもうるさい男だったが、今日は別人のように優しい声だった。

『いま、どこにいる』

「──富山です」

沈黙が流れた。やがて上司が小さな声を発した。『まだ、富山か……』つぶやくような声だったが、それはしっかりと卓也の耳元まで届いていた。

瞬間、何かが喉元までせり上がり、目の前の景色が微妙にゆがんだ。

それが恐怖だと気づいたのは、電話を切ってからだった。別の言葉を期待してもいた。自分自身、ずっと葛藤《かっとう》していた。だが、答えを唐突に突きつけられた。いや、本当はわかっていた──迷う権利などないのだ。

卓也は富山駅に引き返した。駅構内の地下にある百円均一のショップで必要な道具を購入した。店を出て、大通り沿いを歩いた。片側三車線の道路は、両側とも車の往来が激しかった。三十分ほどゆらゆらと歩いて、市街地を抜けた。広い駐車場を構えた郊外型の小売店が目につくようになった。コンビニエンスストアに入ってミネラルウォーターを買う。冷えた液体が喉の奥に流れ込んでも、渇きは一向におさまらなかった。

店の駐車場に一台のタクシーが停まっていた。五十代半ばの男性運転手が、軒下で空を見上げてタバコの煙を吐いていた。卓也は、襟元の社章を外してコンビニのごみ箱にそっと放り込んだ。運転手に近づき「乗せてもらえますか」と声をかけた。

「はい、どうぞ」運転手は即答し、タバコを始末した。卓也は車に乗り込んだ。

「どちらまで？」

「国道四十一号線を岐阜方面へ向かってください」

窓の外に広がる景色は、質感を持たない平板な絵のように、ただ視界を通り過ぎていった。卓也の耳には、さきほどの上司の言葉が張りついたままだった。

あの上司は、数日後にこういうだろう――思いとどまれといおうとしたんですが、いきなり電話を切られてしまって。彼のためを思うとすぐに警察には通報できませんでした。

まだ会社に入りたてのころ、飲み会で別の上司が漏らした言葉がふと脳裏をよぎった――ちゃんと教育しておかなきゃいけないんだ。

「ええっとお……」間延びした運転手の声が、上司の声をかき消した。「どのあたりまで行けばよいでしょうか」

「とりあえず県境を越えてください。そのあたりになったら、また説明します」

「わかりましたあ。お客さん、ご家族は？」

「妻と、娘が一人います」それが糸口となって、運転手はその後も「娘さんはいくつ?」「かわいいときだね」と、途切れることなく話しかけてきた。

百均の買い物袋を握りしめた。空っぽにしようとしていた感情の器に何かが入り込んでくる。このままではコントロールが効かなくなりそうだった。

卓也は、「少し考えたいことがあるので」といって運転手の言葉を遮った。

「そりゃ、すみませんでした」運転手が前を向いたまま、肩をすくめる。

車内が急に静かになった。助手席の後ろ側に張り付けられた「車内禁煙」のシールをぼんやりと眺める。考えたいことはたくさんあった。だけど、いまは何も考えない。

いつのまにか車が停《と》まっていた。眠っていたわけではない。ずっと何も見ていなかった。いまさらながら外の景色を見渡す。ここは山沿いの場所——木々に囲まれて、遠くにぽつぽつと住宅が見えた。車通りはない。

「どうしたんですか」

「あんたを連れていけるのはここまでだ」

運転手の様子におかしなものを感じた。声音はさきほどまでとは違って、どこかぶっきらぼうだ。

「この先で道路の工事でもしているんですか」

「いや、そうじゃない。もう少し行けば県境よ。だけど、俺はこれ以上、車を先には進ませたくない」

「どうしてですか」

「あんた、死ぬつもりなんだろ。おそらく──岐阜の山奥で」

「違いますよ」

「嘘《うそ》をつかなくたっていい。その袋の中身、ロープだろ。あと、雰囲気もあるからね。こっちは、そういう人間を何度か見てきたんだ」

運転手は、タバコを取り出して火をつけた。車内は禁煙のはずなのに。

「あんた、何したんだい」言葉遣いは横柄だが、冷たさは感じなかった。卓也の上司とはまるで逆だった。

「いいから、話しな」

「実は……会社の金に手をつけました」

話しだすと、腹の底にたまっていた澱《おり》が不思議と消えていった。

長年やってきた経理の仕事に嫌気がさしていた。あるときFX投資で大金を手にしたサラリーマンの記事をネットで見た。こんなふうになりたいと思った。少額だがFX投資を始めた。最初はうまくいった。少しの投資で大きな利益を得た。自分には才能がある。カリスマ投資家になれるのではないかと本気で考えた。徐々にレバレッジを大きくしていった。だが大きな損を出した。むしゃくしゃした。こんなものすぐに取り返せる。身銭を切りたくなくて、損の穴埋めに会社の金を使った。

ずっと経理にいた卓也は金の動かし方を熟知していた。いくつかの口座の金を動かし、ときには、取引先から入金された金を別口座にすぐに動かしたりして、ごまかしてきた。しかし、綱渡りの日々はついに終わりを迎えた。

上場企業の経理部で横領事件――いまは社外取締役がいて、外部からの監視の目が厳しい。会社は、仕方なく警察へ通報する。地元メディアは大きく取り上げるだろうし、株価にも影響が出る。逮捕されれば、家族は世間の冷たい目にさらされる。だが、当の本人が姿を消し、死体となってみつかれば、会社は目をつぶる。死者にむちは打たない。本音では不祥事を隠したい会社にとって、公表しない名分ができるのだ。

卓也に与えられた選択肢はふたつ。警察へ出頭する。あるいは、このままどこかで死ぬ。会社は死を望んでいるのかもしれない。だが、死ぬのは怖かった。妻とも娘とも会えなくなる。昨夜、金沢から電車で富山に移動し、ホテルで一泊した。夜は一睡もできず朝を迎えた。どちらを選ぶのか結論が出ないまま、富山駅のあたりをさまよった。そんなとき、上司から電話があった。あの言葉がよみがえる――まだ、富山か。

言外の意味を想像すると、いまも心が冷える――死ぬつもりか。もしそうなら、できるだけ遠くへ行ってくれ。

「お客さん、石川の人だろ」

「……はい」運転手の声で我に返った。

「やっぱりね」

「どうして」無意識に襟元のあたりをさする。北陸では有名な会社だが、社章はタクシーに乗る前に外したはずだ。

「富山を抜けて岐阜で死のうとするのは、たいてい石川の人間だ。富山の人間だったら岐阜よりももう少し遠くまで行こうとするからな」

運転手がタバコの煙を吐き出す。「石川の人間が石川や富山で自殺したら、地方紙の社会面に警察発表の記事が出ちまう。死ぬ人間も周りの連中もそれを嫌うんだ」

運転手のいうとおりだった。石川、富山は地域的なつながりが強く、社会面の記事は重なることが多い。どちらかの県で変死体が見つかり人物が特定されれば、石川、富山の地方紙は必ず取り上げる。

卓也がまだ新人だったころ、酔った上司が酒の席で話してくれた。昔、経理部で大きな不正事件があったとき、社員の変死体が石川県加賀地方の山中でみつかったという。

――こんな地方都市だったら、ドコドコ在住で年齢ウン十代の男性と書かれれば、だいたいは、わかっちまう。家族や会社が新聞社にお願いして、おくやみ欄への掲載を控えてもらっても、どこの誰が死んだかなんて、かんたんに予想できるんだ。

その上司は半ば冗談をいうような口調で、こう締めくくった。「だから、不祥事を起こしたときにどこで死ねばいいのか、会社はちゃんと教育しておかなきゃいけないんだ」

石川県から近い場所で自殺らしき変死体が見つかったら、会社に迷惑がかかる。だが、ある程度遠い場所、たとえば岐阜の山奥でなら、岐阜県警の報道発表を石川県のメディアが取り上げることは、ほとんどない。金沢市在住の三十代男性の会社員が失踪したことと、岐阜県内の変死体とはつながらない。死ぬならこれが一番の方法、おそらく会社もそれを望んでいるはず。だから自分は、会社のために――

ふと視界が白くなる。タバコの煙だった。顔を上げると、運転手がこっちを見ている。

「どこだろうが、死んじゃだめだぜ」

運転手がタバコを消しながら、言い放った。「ぜったいにな」

「でも、僕は――」

「越えさせないよ。この車に乗っている限り、俺はあんたを越えさせないからな」

越えさせないのは県境か。いや、生死の境目か。卓也はふと思いを巡らせた。この運転手は車に乗ってすぐに客の様子がおかしいことに気づいていたのだろう。家族のことを根掘り葉掘り訊《き》いてきたのは、妻子との思い出を呼び覚まし、死へ向かう卓也の気持ちを折るためだったのではないか。

「会社なんかのために死ぬこたあねえんだよ。だって、あんた、ほんとは生きたいんだろ」

　生きたいんだろ——運転手の言葉が鼓膜に響く。膝の上の手が震えだした。言葉にならない自分の声は、他人の声のようだった。歯を食いしばっても、漏れる嗚咽《おえつ》を止めることはできなかった。

「近くに駐在所がある。そこに向かうよ」

　卓也はうなずいた。

　タクシーは県境の手前でゆっくりとUターンをした。

今ひとたび

森川楓子

森川楓子（もりかわ・ふうこ）

1966年、東京都生まれ。

第6回『このミステリーがすごい！』大賞・隠し玉として、『林檎と蛇のゲーム』にて2008年にデビュー。別名義でも活躍中。

◎著書
『林檎と蛇のゲーム』（宝島社文庫）

◎共著
『「このミステリーがすごい！」大賞10周年記念　10分間ミステリー』（宝島社文庫）
『5分で読める！ひと駅ストーリー 降車編』（宝島社文庫）
『もっとすごい！10分間ミステリー』（宝島社文庫）
『5分で読める！ひと駅ストーリー 夏の記憶 東口編』（宝島社文庫）
『5分で読める！ひと駅ストーリー 冬の記憶 東口編』（宝島社文庫）
『5分で読める！ひと駅ストーリー 本の物語』（宝島社文庫）
『5分で読める！ひと駅ストーリー 旅の話』（宝島社文庫）

このたび、世間を震え上がらせた一連の残酷な事件の犯人が捕まったと聞いて、心の底から安堵《あんど》いたしました。

この半年あまりの日々、幼子をもつ親御さんたちはどれほど怯《おび》え、怒りを募らせてきたことでしょうか。子供たちは外出を控えるようになり、公園で遊ぶ子らの可愛《かわい》い姿を目にすることもめっきり少なくなっておりました。子供たちの声がようやく街に戻ってくるかと思うと、それだけで胸がいっぱいになります。捜査関係者の方々の執念が実を結んだこと、一市民として本当に感謝しております。

犯人が逮捕されたと申しましても、むごたらしく奪われた四人の幼い命が帰ってくるわけではありません。ご遺族の苦しみ、哀《かな》しみは、生涯癒されることはないでしょう。胸が張り裂ける想いがいたします。

殺されたのは、男の子が一人、女の子が三人……いずれも四歳から五歳の、無力な幼児ばかりでした。犯人は、子供が喜びそうなおもちゃを用いて興味を引き、自室に連れこんで犯行に及んだと聞いております。疑うことを知らぬ子供らの好奇心を利用した、あまりにも卑劣な犯行方法ではありませんか。考えるだに鳥肌が立ちます。

……板東《ばんどう》？　それが犯人の名前でしたか。板東光男《みつお》……ですか。はあ……。いえ、失礼しました。そのような名前など、私にとってはまったく意味がないのです。あのような鬼畜に、人の名前を与えることすらおぞましい。ただ「犯人」とのみ呼ばせていただきます。

犯人が供述しているという犯行動機は、まともな人間には理解不能な、身勝手きわまりないものです。自分が恵まれない幼少時代を過ごしたから、いじめられっ子だったから、友達ができなかったから、女性と付き合えなかったから……その鬱憤のはけ口を、抵抗できない幼児に向けるなんて。同情の余地などありません。ご遺族の皆様が願ってらっしゃる通り、極刑をもって償ってほしいと思います。

世の中には、死刑廃止を訴える人々がいます。いわく、冤罪《えんざい》の可能性がぬぐいきれないとか、どんな犯人にも更正の可能性はあるとか、犯罪者にも人権があるとか。私に言わせれば笑止です。

今回の事件に関しまして、冤罪の可能性はございません。犯人の自宅から多数の証拠が見つかっている上、本人も罪を認めており、犯人しか知り得ない情報をいくつも明らかにしているそうですからね。

人権やら更正やらいう美しい言葉も、私の神経を逆撫《さかな》でするだけです。幼い我が子を奪われた親が、犯人の更正など望むものですか。人らしく生きる権利など、与えてやりたいものですか。遺族の望みはただ一つ、鬼畜の死だけです。かなうことなら、この手で縊《くび》り殺してやりたい。できるだけ苦しみを長引かせながら……！

失礼いたしました。つい興奮しすぎたようです。弁護士の先生を前に、不穏当なことを申し上げました。

ご遺族の方々の苦しみや憎しみは、私にとって、他人事ではないのです。新聞やテレビで、うつろな目をした犯人の顔写真を見るにつけ、あの日のことが思い出されてなりません。ごく平凡で幸せだった私たちの家庭が、おぞましい犯罪者の手によって粉々に砕かれたあの日。

昌也《まさや》は、結婚九年目にしてやっと授かった子でした。

私はもともと体が丈夫でなく、二度の流産を経験しておりました。半ば諦めかけていたところに、三度目の妊娠です。もしや、今度もまた……と悪夢に怯えながら、いくつもの神社に安産の祈願をし、山ほどのお守りをいただいて参りました。その御利益のおかげか、生まれてきてくれたのは健康そのものの男の子。私も主人も、ただただ涙を流して喜びました。

昌也という名は、主人の父から一文字いただいて付けました。主人の両親と私の仲は、決して良かったとは言えません。が、昌也の誕生をきっかけに、義父も義母も人が変わったように私に優しくしてくれるようになりました。浮気性だった夫は、すっぱりと女遊びをやめて、毎晩まっすぐ家に帰ってくるようになりました。陰気だった我が家が、あの小さな赤ちゃん一人のおかげで、笑いの絶えない明るい家庭に生まれ変わったのです。奇跡のように幸せでした、本当に……。

私たち家族の愛情につつまれて、昌也はすくすくと成長しました。人なつっこくて、可愛い子でした。親のひいき目ではありません。ご近所の方々もみんな、「こんな愛くるしい子は見たことがない」と口を揃《そろ》えて言ってくれました。

可愛いだけでなく、とても心の優しい子でした。薬局の店先に置いてあるカエルの人形が、雨に濡れているのがかわいそうだと言って、傘を差しかけてやるような。

あの子のそんな微笑《ほほえ》ましい姿を見るにつけ、切ない想像をしたものです。いつか昌也は、カエルではなく可愛い女の子に傘を差しかけるようになるのだろう。今は「ママが世界一大好き」と言ってくれる昌也も、いずれはその言葉を他の女性に向けるようになるのだろう。そんな日が来るのが、少し恐ろしい……。

今にして思えば、むなしいことでした。昌也がガールフレンドを私に紹介してくれる日なんて、永遠に来なかったのですから。

昌也を失って、私たちの生活は崩壊しました。

おまえが昌也から目を離したせいだと、主人も義父母も、私の実の両親までも、私を責め立てました。まるで私が、この手で我が子を殺《あや》めたかのように。

夫は以前の愛人とよりを戻し、めったに家に帰ってこなくなりました。義父母は、昌也の写真やおもちゃを抱きしめては、毎晩むせび泣くばかりでした。昌也を奪われてから一年後、私たちは離婚いたしました。夫はその後、愛人と再婚したものの、酒が過ぎて体を壊し、数年前に亡くなったと聞いております。義父母については、消息も何も存じません。もはや、赤の他人ですから。

私ですか……？　私は再婚せず、今日まで独りで暮らしております。パートの稼ぎと実家からの援助のおかげで、なんとか食べてはいけます。

パートのない日は、一日じゅう部屋にこもって、昌也の服やおもちゃに語りかけて過ごします。あの子のものは処分できなかったのです。破れた落書き帳や、折れたクレヨンまで……何一つとして、捨てる気になんてなれませんでした。

話が先走ってしまったようです。あの日のことをお話ししましょう。

私はいつものように、昌也を連れて近所のスーパーに買い物に行きました。私が魚を選んでいるほんのわずかな間に、あの子はいなくなったのです。

最初は、お菓子の売り場にでも行ったのだろうと軽く考えておりました。けれど、そこに昌也の姿はありませんでした。

昌也を呼ぶ私の声は、だんだん大きくなりました。ついには半狂乱になって子の名を呼ぶ私を、買い物客たちが怪訝《けげん》そうに眺めておりました。

店内に、迷子の放送を入れてもらいました。その子なら、女と一緒に歩いているのを見たという証言をする人が出てきました。

防犯カメラには、中年の女性がぬいぐるみのような物をちらつかせて、昌也に話しかけている姿が映っていました。人なつっこい昌也は、愛想のいい女性の笑顔に、なんの警戒心も抱かなかったことでしょう。女が昌也の手を引いて歩く姿は、周囲の人には、まったく違和感のない親子連れに見えたはずです。

女と昌也が店を出て行くところが、カメラに映っていました。翌日、昌也の衣類と靴が河原に捨てられているのが見つかりました。

それきりです。犯人の手がかりも、昌也の行方も、何一つつかめないまま日が過ぎてゆきました。

昌也を想って泣き崩れた日々が、今では幻のように思えます。一年が過ぎ、二年が過ぎ……私の涙は涸《か》れ果てました。

昌也の消息がまったくつかめないことが、かえって私の慰めになりました。

悪い報《しら》せがないということは、あの子はきっと生きているのだ。防犯カメラに映っていたあの女は、子供を殺すつもりではなく、ただ昌也が可愛かったから連れ去ってしまったのだ。だから昌也は、大事に匿《かくま》われて、のびのびと成長しているに違いない。

私が見上げる、この空の下で。あの子もきっと、私と同じ雲を見上げているのだ。
そう考えて、自分を支えて参りました。

――二十年という月日が、どうしても信じられずにおります。私の中で、昌也はあどけない幼児のままなのです。

二十年の歳月を経れば、あれほど顔が変わるものなのですね。当然とはいえ、困惑いたします。私の昌也は、くりくりと大きな目をした明るい子でしたのに。報道された犯人の写真は、うつろな目をした醜い男でしたから。

けれど、一目でわかりました。目の下に薄いアザがありますでしょう。それがあの子の特徴です。いえ、アザなどなくても、見間違うはずがない。私は昌也の母ですから。

幼児連続殺人事件の犯人が逮捕されたことにより、二十年前の誘拐事件も解決の糸口が見えて参りました。あの子を育てた女が、供述を始めたそうです。事故死した我が子に、昌也がよく似ていたから、可愛くて連れ去ってしまったのだと。

本人は誘拐された記憶がなく、実の両親のことも覚えていないと言っていると聞きました。本当でしょうか？　あの子は本当に、自分をさらった女を、実の母と信じてきたんでしょうか？　おなかを痛めてあの子を産み、四年間、あれほど慈しんで育てた私のことを忘れて？

どうしても信じられないのです。あの子と……いえ、板東……でしたか。それが今のあの子の名でしたか。その鬼畜と話をさせてください。

何を話すのか……？　いえ、それはわかりません。あれはもはや、私には理解不能な怪物になり果てていることと覚悟しております。

それでも、ただ今いちど、会いたいのです。それだけです。

許されるならば、差し入れをさせていただけないでしょうか。あの子が大好きだった「ママのバナナケーキ」を、一口だけでも食べさせてやりたいのです。

今ひとたび。

どうぞ、お願い申し上げます。

全裸刑事《デカ》チャーリー　七尾与史

七尾与史（ななお・よし）

1969年、静岡県生まれ。第8回『このミステリーがすごい！』大賞・隠し玉として、『死亡フラグが立ちました！』にて2010年にデビュー。
◎著書
『死亡フラグが立ちました！』（宝島社文庫）
『失踪トロピカル』（徳間文庫）
『ドS刑事　風が吹けば桶屋が儲かる殺人事件』（幻冬舎文庫）
『ドS刑事　朱に交われば赤くなる殺人事件』（幻冬舎文庫）
『殺戮ガール』（宝島社文庫）
『山手線探偵　まわる各駅停車と消えたチワワの謎』（ポプラ文庫）
『山手線探偵2　まわる各駅停車と消えた初恋の謎』（ポプラ文庫）
『沈没ホテルとカオスすぎる仲間たち』（廣済堂出版）
『死亡フラグが立ちました！　カレーde人類滅亡!?殺人事件』（宝島社文庫）
『ドS刑事　三つ子の魂百まで殺人事件』（幻冬舎文庫）
『死亡フラグが立つ前に』（宝島社文庫）
『バリ3探偵　圏内ちゃん』（新潮文庫nex）
『妄想刑事エニグマの執着』（徳間書店）
『山手線探偵3　まわる各駅停車と消えた妖精の謎』（ポプラ文庫）
『ドS刑事　桃栗三年柿八年殺人事件』（幻冬舎）
『すずらん通り ベルサイユ書房』（光文社文庫）
『表参道・リドルデンタルクリニック』（実業之日本社）
『バリ3探偵　圏内ちゃん　忌女板小町殺人事件』（新潮文庫nex）
『僕はもう憑かれたよ』（宝島社）
『ヴィヴィアンの読書会』（PHP文芸文庫）
『トイプー警察犬　メグレ』（講談社タイガ）
『ティファニーで昼食を　ランチ刑事の事件簿』（ハルキ文庫）
『偶然屋』（小学館）
『バリ3探偵　圏内ちゃん　凸撃忌女即身仏事件』（新潮文庫nex）
◎共著
『「このミステリーがすごい！」大賞10周年記念　10分間ミステリー』（宝島社文庫）
『5分で読める！ひと駅ストーリー 降車編』（宝島社文庫）
『もっとすごい！10分間ミステリー』（宝島社文庫）
『5分で読める！ひと駅ストーリー 夏の記憶 東口編』（宝島社文庫）
『5分で読める！ひと駅ストーリー 冬の記憶 西口編』（宝島社文庫）
『5分で読める！ひと駅ストーリー 本の物語』（宝島社文庫）
『5分で読める！ひと駅ストーリー 旅の話』（宝島社文庫）

ヌーディスト法案が施行されて一年がたつ。人々の価値観が多様化してついに日本は全裸生活を認めることとなった。反対勢力も強く、国会は揉《も》めに揉めたがヌーディスト派である時の総理大臣が「全裸は究極のエコだ」と意味不明な理屈でごり押しして、彼は生まれたままの姿で法案の施行を高らかに宣言したのである。それに伴い、公然わいせつ罪は意味がなくなったので廃止された。しかし全裸と非全裸の共存は予想以上に困難で各地で様々な問題が持ち上がっている。先日も山手線で全裸専用車両が運用されたばかりだ。

それは警視庁も例外ではなかった。全国初の全裸刑事が登場したのである。彼の名前は茶利《ちゃり》太郎《たろう》。四十二歳。階級は巡査部長。周囲からチャーリーと呼ばれている。法案施行前の彼はがっしりとした体型のトレンチコートの似合う刑事だった。顔立ちも昭和の刑事ドラマに出てくるようないぶし銀の風格を漂わせている。捜査一課強行犯第5係に属する、数々の難事件を解決に導いてきた刑事である。その正義感と熱血ぶりから上司たちと対立することがしばしばあった。

「どうした、七尾《ななお》。捜査に集中しろ！」

ガイシャを検分していたチャーリーが股間を屹立《きつりつ》させながら僕を怒鳴りつける。

「集中なんてできるわけねえだろっ！」

と絶叫したいところだがぐっとこらえる。こんなのでも僕の上司だ。僕は二十五歳のペーペー巡査。上意下達《じょういかたつ》が徹底された警察組織において階級は絶対だから逆らえない。

僕は「すみません」と詫《わ》びてとりあえずチャーリーの股間から視線を遠ざけた。わざとやっているのかチャーリーは僕の視界に局部が収まるよう微妙に移動しながら調整してくる。そのたびに視線をそらしてやり過ごすわけだが、それが集中できない原因でもある。本庁でも彼の扱いには困っているようだ。女性は目のやり場に困って仕事にならないし、上司たちも「せめてパンツだけは穿《は》け」と注意するが、全裸は法律で認められた権利だからと聞く耳を持たない。最近ではチャーリーに同調する刑事たちも出てきた。キャリア組とノンキャリア組の確執は昔からあったが、今では制服組と全裸組の対立が目立つようになってきた。

「落ちていたセカンドバッグの中から運転免許証が見つかりました。ガイシャは笹村《ささむら》光男《みつお》。五十二歳」

ガイシャは一糸まとわぬ状態で仰向けになって路上に横たわっていた。明らかにヌーディストだ。

「七尾、見ろ。美しいだろ、彼の体は。笹村は俺たちの世界でもカリスマだった。全日本のヌーディストたちの憧れであり目標だったんだ」

「こ、これがですか？」

僕は耳を疑った。ガイシャはどう見てもメタボ腹がみっともない禿《は》げオヤジだ。妙にきめ細かい色白の肌をしているがそれが美点とは思えない。

「許せねえ。これは俺たちに対する挑戦だ」

チャーリーが拳を握りしめる。瞳はうっすらと充血していた。すると突然彼は思いもよらぬ行動に出た。

「ちょ、ちょっと……チャーリーさん、何やってるんすかっ！」

チャーリーはガイシャの上に自分の腹を重ねるようにしてうつ伏せになった。いい年したオヤジが真っ裸で体を重ねて顔をつき合わせている。チャーリーの尻の盛り上がりが妙にたくましい。なんだか悪い夢を見ているようだ。

「こうすると感じるんだ、ガイシャの無念をよぉ。七尾、お前もやってみろ。まずは服を脱げ。服なんてものは虚飾だ。そんなもの着てるから物事の本質を見失うんだ」

「け、結構です……」

そのうちチャーリーは自分の鼻先をガイシャの鼻にこすり合わせながら泣き出した。

「悔しかったよなぁ、無念だよなぁ。俺にはあんたの気持ちが分かるぜ。絶対にホシをあげてやるからよ」

いつの間にか彼の顔は涙と鼻水でグシャグシャになっていた。その体液が降り注ぎ、ガイシャの顔もベタベタになっている。

「チャーリーさん、まずいっすよっ！」

我に返った僕は慌てて彼の両足首を握って引きずり下ろした。よりによってこんな男が僕の上司なのだ。

「ホシの手がかりは？」

チャーリーは何事もなかったように立ち上がり、ついでに股間も立ち上げながら尋ねてくる。顔と声だけなら一流の刑事だ。

「え、ええっと現場近くに凶器と思われるハンマー。そして鉄アレイ。そしてなぜか目覚まし時計が落ちてました。さらにガイシャとは別人と思われる男性の写真数枚と名前と特徴を細かくメモしたノートが入ったポーチが見つかってます」

白い手袋をはめたチャーリーは数々の遺留品を確認している。笹村は背後から後頭部をハンマーで殴られたようだ。犯人に関する目撃情報は今のところ出ていない。

「ハンマーはともかく、目覚まし時計ってのがよく分かりません。鉄アレイも不明ですね。さらにノートには同じヌーディストでも違う人物の写真とプロフィールが書かれてます」

目覚まし時計や鉄アレイは何に使われたというのか。特に鉄アレイは十キログラムだから持ち歩くのだけでも大変だ。現場まで持ってくるくらいだから犯人にとって必要なものであるのは間違いない。その上犯人はそれらを現場に残している。そしてガイシャとは違う男性の写真とメモ。犯行の動機は？　目的は？　謎が多すぎる。

「ホシのめどはついた。あとは見つけるだけだ」

「マジっすか？」

本来は名刑事だと噂《うわさ》に聞いていたが、たったこれだけの手がかりでもうめどがついたというのか。

「ああ。ホシは頑張り屋さんでお寝坊さんでおっちょこちょいだ。これだけそろえば対象は絞り込める。今日中には逮捕できるさ」

「ホシが頑張り屋さんでお寝坊さんでおっちょこちょい？　どういうことですか」

「簡単な推理だ。ホシはガイシャをハンマーで殴り殺している。そのためにはそれなりの腕力が必要だ。だからホシは犯行のまさに直前まで腕力を鍛えていた。それがあの鉄アレイだ。つまりホシは相当に頑張り屋さんだといえる」

「目覚まし時計は？」

「ホシは疲れるとすぐに寝てしまう人間なんだろう。やつはギリギリまで腕力を鍛えて犯行に及んだ。相当に疲れたはずだ。そこでやつはその場で仮眠を取って体力を十分に戻してから逃走した。しかしホシはお寝坊さんなのだろう。だから寝過ごしてしまわないよう自前で目覚まし時計を用意してセットしたんだ」

「な、なるほど！　最後のおっちょこちょいはどうなんです」

「写真をよく見てみろ。別人とはいえガイシャとよく似ていないか？　つまりホシは人違いをしたんだ。違う相手を殺したんだよ。さらに凶器や鉄アレイ、目覚まし時計を現場に残したままだ。持ち去るのを忘れたんだろう。つまりホシは相当におっちょこちょいだ」

僕は感心するあまりため息を漏らしてしまった。チャーリーは険しい目で犯人の逃走したと思われる方向を睨《ね》め付けると、

「俺の股間はだませない」

とつぶやいた。あやうく股間を見てしまうところだった。

そしてチャーリーが予告した通り、その日のうちに犯人が確保された。近所のたばこ屋で「頑張り屋さんでお寝坊さんでおっちょこちょいな人物を知りませんかね？」と聞き込みをしたら店主のおばあちゃんが、

「それなら三丁目の源《げん》さんだよ」

と教えてくれた。刑事たちはその足で三丁目の源さんを任意で取り調べたらすぐに自供した。互いの顔の見えないインターネットの掲示板で論争が殺意に発展したという。相手を調べあげた上で犯行に及んだつもりが別人を殺してしまった。さらに持ち物も一式ごと現場に置き忘れたようだ。おっちょこちょいにもほどがある。

そして数日後。僕は島田《しまだ》刑事部長に呼び出された。刑事部長といえば警視庁刑事部

のトップである。広い刑事部長室で僕は大いに緊張していた。

「呼び出したのはほかでもない。君の上司の茶利くんのことだ。君も分かっていると思うが彼は実に問題が多い。いくら法案が通ったとはいえあれでは現場の士気にも関わる。そう思うだろ？」

僕は「はい」と心から首肯《しゅこう》した。優秀な刑事であるのは認めるが、彼の股間が気になって仕事にならない。昨夜なんて彼の股間のイチモツに「裸になれ！」と説教される夢まで見た。

「それだけじゃない。いくら法律で認められているからといって世間の風当たりは強いんだ。マスコミにも連日たたかれてる。そこで君に命令だ。なんとか彼を説得してスーツを着させるんだ。いいか、何度も言うがこれは命令だからな。結果が出せないようなら君にも覚悟してもらう。君が望まないことになるかもしれない。明日のこの時間、スーツ姿の彼をここに連れてくるように。以上！」

「そ、そんなぁ……」

「これ以上君と議論するつもりはない。すぐに取りかかってくれたまえ」

僕は部長室を出た。期限は明日。時間がない。僕はチャーリーを呼び出して、真正面からぶつかる決意をした。その日の夜、僕はチャーリーを呼び出して、近所の居酒屋で三時間にわたって彼を説得した。しかし彼は首を縦に振らない。行き詰まった僕は泣いてすがって最後に土下座までした。

「分かったよ、七尾。その件については何とかする。しかし俺もヌーディストとしてのプライドがある。それだけは守らせてもらうぞ。だけど悪いようにはしない。俺に任せてくれ」

「チャーリーさん！」

僕は泣きながらチャーリーに抱きついた。全裸の男に抱きついたのは生まれて初めてだ。

そして次の日、チャーリーと僕は刑事部長室に立っていた。

「そうか、やっと分かってくれたか、茶利くん。すばらしいスーツだ。ちなみにどこで買ったのかね？」

「え、ええっと……近所の『洋服の赤山』です」

「私もあそこを愛用している。やはり君は全裸よりスーツが似合う刑事だよ」

刑事部長は嬉《うれ》しそうに笑った。チャーリーが僕にウィンクを送ってくる。部長はご機嫌だ。僕のことも惜しむことなく労《ねぎら》ってくれた。そして部長室をあとにしようとしたその時、部長に「ちょっと待て」と呼び止められた。

「な、なにか？」

「い、いや。どうやら気のせいだ。俺も疲れてるんだな。行ってよろしい」

部長は目元をゴシゴシとこすりながら言った。僕たちは頭を下げてそそくさと部屋を出た。

「バレたんじゃないかってヒヤヒヤもんでしたよ」

廊下を肩を並べて歩きながら僕はチャーリーに言った。

「このために今日は朝四時起きだったんだぞ。まあ、これもかわいい後輩のためだ。俺のせいで僻地《へきち》に飛ばされたんじゃ、たまんないからな。かといって俺にも全裸刑事としてのプライドがある」

「四時起きだったんですか。奥さんも大変ですね」

「朝の早起きだけじゃない。ペンキ代が大変なんだ。立体感を出すためにかなり厚塗りしたからな。それに股間を引っ込めるのも案外難しいんだぞ」

僕はチャーリーのスーツを眺めた。美術系の学校を出ているというだけあって彼の奥さんが描くスーツは本物を思わせた。

五十六　加藤鉄児

加藤鉄児（かとう・てつじ）

1971年、愛知県生まれ。

第13回『このミステリーがすごい！』大賞・隠し玉として、『殺し屋たちの町長選』にて2015年にデビュー。

◎著書
『殺し屋たちの町長選』（宝島社文庫）

◎共著
『5分で読める！ひと駅ストーリー 旅の話』（宝島社文庫）

信子《のぶこ》がゆっくりと目覚めた。

医者からは、今夜が峠だと、聞かされていた。妻は自分がもうすぐ死ぬことを知らない。

「よく眠ってたな」

これが、最後の会話になるかもしれなかった。

それでも、なるべく普段通りに聞こえるよう、素っ気なく仁衛《じんえ》は告げた。すべてが白く映る病室で、パイプ椅子に腰を据えたまま、動こうともしない。

見合いで互いに妥協した、始まりの日から五十年以上、ずっとよい夫ではなかったのだ。この期に及んで、情けない姿を見せようとは思わなかった。

「アンタこそ……アタシが苦しんでるってのに……そこで眠りこけてたんでしょ」

弱々しい声ではあったが、今日も信子は辛辣《しんらつ》だった。口の悪さは、仁衛以上だ。

『この薄情者！　アンタなんか、さっさとくたばっちまえ！』『なんちゅういい様だ。お前こそくたばっちまえ！』『お生憎様《あいにく》。アタシはね、アンタの死に顔を拝める日が早く来ないかと、それだけを楽しみにしているのさ』『縁起でもないことを、しゃあしゃあとぬかしやがる。はあ、どうしてこんな女とくっついちまったんだろう』『それはこっちのセリフだよ。アンタみたいな甲斐性《かいしょう》なしを面倒見てやってんだ。ありがたく思うんだね』『なんだと、このクソ女！』『どっちがクソだい。このクソ男！』

そんな罵《のの》り合いが、子供のいない夫婦の間で、毎日のように続いた。続いたということは、途切れなかったということだ、半世紀も。

信子の口元が喀痰《かくたん》で汚れていた。仁衛はティッシュを探したが、数年前に患った緑内障のせいで、視野が狭い。棚の上にティッシュは見つかったが、今度は膝の疼痛《とうつう》のために、立ち上がることができない。

やっと信子の口元を清めると、仁衛は見つめた。

若いころ、ふくよかだった頬には、骨と筋が浮かんでいる。野良仕事のパートに明け暮れて、女だてらに焼けていた肌は、透き通るように白かった。

互いに歳をとった。けれど信子の場合は、それだけではない。

「どうしたの……薄情者……元気、ないわね」

薄情者と口火を切って、妻はいつもの会話を望んでいる。だが、あれほど豊富に取り揃《そろ》えていた返し文句が、いまは一つも浮かんでこない。本当に薄情な夫だ。

せめてものつもりで、信子の手を握る。潤いを失ったしわくちゃな手が、温かい。

「ねえ……覚えてる？　五十二番……」

信子がか細い声で訊《き》いた。五十二番とは、何のことだっただろう。

「忘れちゃったの？　あんなに付き合ってあげたのに……」

思い出した。かつて二人の間で流行《はや》った、他愛もないやりとりだ。

「明けぬれば暮るるものとは知りながら　なほ恨めしきあさぼらけかな」

小倉百人一首、五十二番目の歌――。

二十年も前のことだ。

部品工場を定年退職して、無為な日々を過ごしていた仁衛に、信子は『モーロクされても困るから』と趣味を持つことを勧めた。

百人一首を選んだ理由は、もう記憶にない。子供の遊びだと甘く見ていたのだろうが、還暦過ぎの衰えた頭には、かなりの難業だった。

『ああ、もう。どうしてそんなにダメなのかしら。イライラするわね』

四苦八苦する仁衛を見かねて、信子が助け舟を出してくれた。信子が上の句を詠《よ》み、仁衛が下の句を諳《そら》んじる。歌かるたの定法の日々が、数年は続いたろうか。

『いい加減にして。いつまでアタシに上の句を詠ませるのさ』『物覚えが悪いにも程があるわ。何とかならないの』『アホ！　そこは〝名こそ流れてなほ聞えけれ〟でしょ』『どうしようもないわね、このウスラトンカチは。モーロクする前に、さっさとくたばっちまえ！』

悪罵も月日の分だけ重ねられた。

一進一退を繰り返しながら、夫に諳んじることのできる下の句が増えていく。

やがて仁衛がすべての下の句を覚えると、信子の役目は、一から百まである番号から、一つを選ぶだけになった。仁衛はその番号の歌をそらで吟《ぎん》ずるのだ。一覧を片手に正否を確認する妻の姿を見て、『毎日付き合っているんだから、お前も覚えたらどうだ』と誘ってみたこともある。信子は『なんでアタシが。モーロクしそうなのは、アンタなのよ』と、まるで興味を示さなかった。

容赦のない叱咤《しった》激励は、さらに数年間続いた。

そして仁衛の脳裏に、百ある歌のすべてが刻まれた。

「へえ……やるじゃない……そんなふうに思ったことなんて、一度もないくせに……」

藤原道信朝臣《ふじわらのみちのぶあそん》の歌に、ただの出題者だった信子が、知ったような口ぶりだった。

「次の五十三番は……確か……女の人の歌だったわよね」

女の人とは、右大将道綱母《うだいしょうみちつなのはは》のことを言ったのだろう。いまさらなぜ百人一首の話をしたがるのか、わからなかった。

「歎《なげ》きつつ……」

不意に信子は歌った。

「……ひとりぬる夜の明くる間は……いかに久しき……ものとかは知る」

息は絶え絶えに、声は弱々しく、両眼は胡乱《うろん》なままに、けれど確かに歌った。

ぬるとは、寝るの意味だ。若き日の記憶が蘇《よみがえ》る。夜勤のある職場だった。夫は夜に家を出て、朝に帰る。日中パートで働く妻とは、すれ違いも多かった。

興味がないのでは、なかったのか。

「信子、お前……」

「やっぱり……アンタは鈍いわね」

悪態をつきながら、信子が手を握り返してきた。口元には、笑みさえ浮かんでいる。

「次も……女の人……五十四番、儀同三司母《ぎどうさんしのはは》」

信子は詠み手まで知っていた。

あれほど多くの時間を二人で費やしたのだ。先にすべてを記憶した妻は、澄ました顔をして、物覚えの悪い夫を待ち続けたのだ。

ならばきっと、歌の意味も知っている。

「忘れじの……」信子が震える声で紡いだ。「行末《ゆくすゑ》までは難《かた》ければ……今日《けふ》を限りの……命ともがな」

今日を限りの命ともがな――。

そして、信子は知っている。まもなく自分が逝《い》くことを。

白い枕の上で緩慢に、首から上だけが仁衛のほうへと向く。

瞳には慈愛、頬には哀惜。鼓動さえままならない身で、必死に訴えてくる。

「さあ……次は……男の人……アンタの番よ」

五十五番、大納言《だいなごん》公任《きんとう》――。

これから信子がしようとしていることが、仁衛にはわかっていた。

妻の眼から一筋がこぼれる。すでに夫は、どうしようもなく泣き濡《ぬ》れていた。

情けないことだ。

もう時間がないのだ。

「滝の音は……絶えて久しくなりぬれど……」

上の句を詠んだところで言葉に詰まった。下の句は、〝名こそ流れてなほ聞えけれ〟だ。忘れたわけではない。どうしても声にできない。口汚い妻の前で、口汚い夫が台無しだ。嗚咽《おえつ》がせり上がってくる。

「どう……したの……あんなに練習したのに……だらしないわねえ」

消えかかった声だが、傲慢《ごうまん》な物言い。間違いなく信子だ。何物にも代えがたい、仁衛の妻だ。

「信子……お前は……お前は……」

五十五番の歌を詠めば、その次は――。

「五十六……」信子が言った。

「もう歌うんじゃない。お願いだ……」

夫は懇願した。妻はかすかに首を振る。

「アンタ……何を言っているの……大事なことなのに……忘れちゃったの」

意識が混濁しているのか。歌でなければ、何だというのだ。

信子の視線が、仁衛の元に届いた。夫の手の中で、妻の手が力を失っていく。

「今年で……五十六年よ……アタシたちが一緒になって……本当に長かったわ」

信子のまぶたが、閉じられようとしている。彼女の意志が、そうさせるのではない。

「こんな大事なことを……忘れちゃうなんて……本当に薄情よね……アンタもさっさと……くたばっちまえば……いいのよ」

ささっさとくたばっちまえ――ずっと信子の口癖だった。

この五十六年間で何千回、いや、何万回聞かされたことだろう。そしてその数の分だけ、お前こそくたばっちまえと、返してきた。

悔やんだ。望んでもいないのに、いまからかなえられるのは、仁衛のほうだ。

それでも、信子は待っている。

「……お前こそ……くたばっちまえ……」

仁衛は声を絞った。連綿と続けられた夫婦の儀礼だった。

滲《にじ》んだ視界の向こう側で、信子の頬が、淡い笑みを湛《たた》えた。

「次の歌よ……最後だから……ちゃんと……覚えておきなさい」

まぶたはすでに閉じていた。夫に伝えるべく、唇だけが歌を詠む。

五十六番、和泉式部《いずみしきぶ》――。

「……あらざらむ……この世の外《ほか》の……、思ひ出……に」

歌は、上の句で途切れた。

「信子！　信子！」妻の名を、夫はただただ呼び掛ける。

けれど信子は、いつまでもそのままだった。

下の句が詠まれることもなかった。

やがて仁衛は、自分が問われたのだと知った。あの頃のように、応えた。

「今ひとたびの……逢《あ》ふこともがな……」

狭い病室には、残された者の嗚咽だけがこだまする。

それは日々罵り合いながら、五十六年もともに歩んだという老夫婦の、最後の別れの時だった。

●現代訳（野ばら社『百人一首　改版』より引用）
五十二番（夜が明けて昼になれば、またその日が暮れて、日が暮れれば夜が来て、

あなたに逢うことができる――それはわかり切っているのだが、やはり別れなければならない朝はうらめしく思われますよ）

五十三番（ひとり悲しく寝て、あなたを待っている。その晩の夜明けまでの間が、どんなに長いものであるか、そんなことご存じないでしょう）

五十四番（いつまでも忘れないと言ってくださるお言葉は嬉《うれ》しいけれど、あなたが、いつまでもその約束を守ってくださることは難かしいでしょう。いっそ、そういう優しいお言葉をきいた今日、この日を最後として、あなたに愛されながら、私は死んでしまいたい）

五十六番（病んでいる私は、もう間もなくこの世に別れを告げることになるでしょう。せめて、死後あの世へ行ってからのなつかしい思い出になるように、もう一度お逢いしたいものです）

転落　ハセベバクシンオー

ハセベバクシンオー （はせべばくしんおー）

1969年、東京都生まれ。

第２回『このミステリーがすごい！』大賞・優秀賞を受賞し、『ビッグボーナス』にて 2004年にデビュー。

◎著書
『ビッグボーナス』（宝島社文庫）
『ダブルアップ』（宝島社文庫）
『ビッグタイム』（宝島社文庫）
『「相棒」シリーズ　鑑識・米沢の事件簿～幻の女房～』（宝島社文庫）
『「相棒」シリーズ　鑑識・米沢の事件簿２～知りすぎていた女～』（宝島社文庫）
『歌舞伎町ペットショップボーイズ』（双葉文庫）
『25 NIJYU-GO』（双葉文庫）

◎共著
『「このミステリーがすごい！」大賞10周年記念　10分間ミステリー』（宝島社文庫）

1

牧村仁美の隣人・安藤勝江①

「下に救急車が停まったでしょ。転落事故だ、なんて騒ぎになって。で、落っこちたのがうちのお隣の牧村《まきむら》さんちのベランダからだっていうじゃない。だから、ああ、ついにやっちゃったんだって思ったわけ。え？　うーん、まあ、だから虐待よ。このマンション、壁が薄いわけじゃないんだけど、聞こえてくるのよねえ。牧村さんの声が大きかったのかもしれないけど、とにかく、やれ、ご飯の食べ方が汚いだの、テレビをつけっぱなしにするなだのなんだのって。タカシくん、まだ五歳でしょう。そんな、なんでもちゃんとできるわけないじゃない。それでもタカシくんは、すみません、すみませんって。ごめんなさいじゃなくて、すみませんよ。五歳なのに。あれ、母親に『謝るときは、ちゃんとすみませんって言え』なんて言われてたんだと思うわ。児童相談所の人も様子を見に来てたみたい。あ、私じゃないわよ、通報したの。やっぱり、そこの公園なんかで遊ばせてるときでも、様子が変だったんじゃないの？　それでピンと来た人が児童相談所に連絡したんだと思う。ああ、そうなの？　虐待とかしてる親は、子供を外に出さないものなの？　ふーん、ああ、そう言われてみれば、最近はあまりタカシくんが外で遊んでるの、見かけなくなったかもしれないわね。ほら、やっぱりよくない兆候だったんじゃないの――？」

牧村仁美の友人・奥平慶子①

「ええ。仁美《ひとみ》から相談されてました。自分が虐待する母親になるなんて、仁美もショックだったみたいで。仁美は、普通の家庭って言ったら変だけど、自分自身が虐待を受けたという経験はなかったみたいです。よく、『虐待の連鎖』なんて聞くじゃないですか。自分は虐待されたわけじゃないのに、どうして虐待をしてしまうんだろうって。いえ、カウンセリングとかには行ってなかったと思いますよ。自分で本を読んだり、ネットで調べたりして。彼女なりに悩んで、抜け出したいと思ってたみたいです。うーん、どうだろう。結局、折り合いというか、自分の中で整理はつけられなかったんじゃないかな。タカシくんを虐待してしまう原因がね、わからなかったみたいだから。自分では、タカシくんの顔が、父親に似すぎているからだって思っていたみたい。顔を見ていると、憎たらしくなってくるって――」

牧村仁美の隣人・安藤勝江②

「でもタカシくん、きれいな顔してるでしょう。ね、そう思わない？　でしょう。あれは将来、男前になる顔よね。ほら、あれに似てない？　ＮＨＫの朝のドラマの──、うぅん、今やってるのじゃなくて、何年か前にやってたのに出てて人気が出て、最近はほら、宇宙船かなんかの映画にも出てる、えーと……、あ、そうそう、その人その人。大きくなったらあんな感じになるんじゃないの、なんて娘と話したことあるのよ。あ、ＮＨＫって言えば、牧村さんちに受信料の集金の人が来たときね、すっごい剣幕で追い返してたわ。『うちは絶対ＮＨＫは見ないから。受信料なんて、絶対払わないから』って。大声出して。そういえば、生活保護を受けてると、ＮＨＫの受信料が免除になるって、そうなんでしょう。だから、あれ？　集金の人が来るってことは、生活保護じゃないんだ。働いてない、働いてない。それで母子家庭だから、てっきりそういうのもらってるのかと思ったんだけど、そうじゃなかったみたい。とにかく、感情的になりやすい人だったんじゃないかしらね。あんな風に集金の人に食ってかかったりして。だからホント、心配だったのよ、タカシくんのことが──」

牧村仁美の友人・奥平慶子②

「タカシくんの父親ですか？　ええ、同棲《どうせい》はしてたけど、籍は入れてなかったんです。まあ、役者っていったって、あの頃は全然仕事なかったみたいですし。そういうのって、結構悲惨ですよね。夢に向かって努力している人は輝いているとかいうじゃないですか。まあ、人にもよるんでしょうけど、夢の途中にいても醜い人はいるんですよ。やっぱり不安じゃないですか。自分の夢が現実になるのかどうかわからないわけだし。それに嫉妬？　自分と同じ夢に向かってて、一歩も二歩も先を行っている人に対しての。だからすごく苛立《いらだ》ってたみたい。それでそういう不満とか、イライラした感情を全部仁美にぶつけてたみたいで。ええ、ＤＶですよね。そういうのがあったと思います。だから、仁美のタカシくんへの虐待は、それが影響してるんじゃないかって、私は思ったんです。そういう意味では、やっぱり『虐待の連鎖』ですよね」

×　×　×

タカシが一歳になる一ヶ月前に、彼は出て行った。普段通りに仕事に出かけて、そのまま帰ってこなかった。共演していた女優の元に転がり込んだことは後で知った。その頃、彼はＮＨＫのドラマで注目され、仕事が続々と舞い込み始めていた。

「タカシ《こいつ》が、福を運んでくれたのかもしれないな」

出て行く前の日、タカシを抱きながら、目を細めてそんなことを言っていた。

「おまえは汚い」

「おまえのことは大嫌い」

私は、タカシが心の底から傷つくことをわざわざ選んで言った。タカシの反応で、それらの言葉が私の期待通りの働きをしたことがわかると、私はとても満足した。しかし同時に、そんなことで満足する自分に戸惑った。

タカシの頭を、雑誌で思い切り叩《はた》いた時、なにか一線を越えてしまったような、もう後戻りのできないところまで来てしまった感覚に襲われた。しかしそれが、どういうわけか快感を伴っていた気がして、吐き気がした。敢えて危険を冒して、スリルを楽しむ、そんな感覚に似ていた。エスカレートしていくであろうことは火を見るよりも明らかだった。湧き上がる得体の知れない衝動を抑える自信は、もはやなかった。このままでは、いずれ必ず取り返しのつかないことになるだろう。それは、確信に近い予感だった。

×　×　×

牧村仁美の隣人・安藤勝江③

「まあ、こんな言い方するのもアレだけど、タカシくんにとってはよかったんじゃないかしらね。目玉風船をつけようとして落っこったんでしょ？　え？　ああ、そうね、結構多いわね、カラス。ベランダの手摺《てす》りに止まってて、びっくりすることあるから。意外に大きいのよね、カラスって。あ、カラスの話はどうでもいいわね――」

×　×　×

カラスは嫌い。大嫌い。彼が出演していた映画のタイトルに「カラス」という文字が含まれているものがあるから。

空気が抜けた目玉風船には穴が開いていた。針、いや、もっと太いもの、鉛筆のようなもので故意に開けた穴が。すぐにタカシの仕業だと思った。

近頃の私は、タカシのすることにほとんど関心がなくなっていたのだが、私を怒らせることは別だった。

タカシを叱る絶好の機会。タカシが風船に穴を開けたことは、私にとってはそれだけのことでしかなかった。

子供の他愛のない、意味不明な悪戯《いたずら》。ただそれだけのことだと思っていた。たかが五歳のタカシのすることに、意味や理由、あるいは目的があるとは思っていなかった。

しかしそれは、私が理解することを放棄していただけだった。

タカシがどうして目玉風船に穴を開けたのか？

それがわかったのは、新しい目玉風船を設置するために、ベランダに立てた脚立に乗った私を、タカシが突き飛ばした時だった。

オサキ油揚げ泥棒になる

高橋由太

高橋由太（たかはし・ゆた）

1972年、千葉県生まれ。

第8回『このミステリーがすごい！』大賞・隠し玉として、『もののけ本所深川事件帖 オサキ江戸へ』にて2010年にデビュー。
◎著書
【妖狐オサキシリーズ】
『もののけ本所深川事件帖　オサキ江戸へ』（宝島社文庫）他
【小風シリーズ】
『唐傘小風の幽霊事件帖』（幻冬舎時代小説文庫）他
【仙次シリーズ】
『つばめ屋仙次　ふしぎ瓦版』（光文社文庫）
『忘れ簪　つばめや仙次　ふしぎ瓦版』（光文社文庫）
【ぽんぽこシリーズ】
『ちょんまげ、ちょうだい　ぽんぽこ　もののけ江戸語り』（角川文庫）他
【ぞろりシリーズ】
『もののけ、ぞろり』（新潮文庫）他
【黒猫サジシリーズ】
『ねこみせ、がやがや　大江戸もののけ横町顛末記』（幻冬舎文庫）他
【猫は――シリーズ】
『猫は仕事人』（文春文庫）他
【新選組シリーズ】
『新選組ござる』（新潮文庫）他
【もののけ犯科帳シリーズ】
『雷獣びりびり もののけ犯科帳』（徳間文庫）他
【その他】
『にんにん忍ふう　少年忍者の捕物帖』（光文社文庫）
『契り桜』（光文社文庫）
『紅き虚空の下で』（光文社文庫）
『斬られて、ちょんまげ　新選組!!!　幕末ぞんび』（双葉文庫）
『都会のエデン　天才刑事　姉崎サリオ』（光文社文庫）
『神木町あやかし通り天狗工務店』（幻冬舎文庫）
『神様の見習い　もののけ探偵社はじめました』（宝島社文庫）

油揚取《あぶらあげとり》の狐《きつね》
光沢寺境内の藪《やぶ》は、代官町へ抜けて行く横道なり。この道を油揚豆腐を持て通るに忽《たちま》ち失ふ。商人なども度々取らる、と。こはこの藪に狐あり。此《こ》の如《ごと》き怪をなすといへり。

裏見寒話《うらみかんわ》『奇談異聞辞典』（柴田宵曲《しばたしょうきょく》編）より

――おいら、知らないよ。

古道具を扱う鵙屋《もずや》の手代《てだい》である周吉《しゅうきち》の懐から、白狐が顔を出して怒っている。いや、白狐のように見えるが、人語を操る狐なんぞいるわけがない。オサキという狐の姿をした化け物の類《たぐい》である。

「本当だね、オサキ」

周吉は何度も念を押す。正直なところ、鵙屋のもののけ部屋でケケケッと笑っている妖狐《ようこ》のことを信じていいものか分からなかった。

いつもなら、幼いころから一緒にいるオサキを疑ったりはしない。

しかし、今回ばかりは信じ切ることができなかった。

先月、本所深川の稲荷《いなり》通りに小川《おがわ》屋という豆腐屋ができた。そして、その豆腐屋の油揚げを狐が奪うという事件が起こっていた。

――おいら、泥棒なんてしないよ。

と、オサキはむくれているが、大好物の油揚げのためなら、江戸城にだって忍び込みかねない魔物の言葉である。信じろという方が無理というものだ。

――美味《おい》しくない油揚げは食わないねえ。

ぷうと頬を膨らませてオサキは言い放つ。一度、小川屋の油揚げを買って与えたことがあるが、オサキは残してしまった。

――ちゃんと豆腐作りの修業をしていないと思うねえ。

小川屋の油揚げの味を思い出したのか、ぶつぶつと文句を言っている。確かに小川屋の主人は生粋《きっすい》の豆腐屋ではなく、もとは百姓で、畑仕事に飽きて豆腐屋を始めたばかりの男である。

――商いは飽きないようにやるものだねえ。

オサキときたら、鵙屋の主人である安左衛門《やすざえもん》の口癖までおぼえてしまった。

とにかく、オサキに言わせると小川屋の油揚げはまずいらしい。

周吉は戸惑いながらも言う。

「でも、『狐が盗むほど旨《うま》い油揚げ』だって評判になっているよ」

瓦版にも〝油揚げ泥棒狐〟の記事が載り、最近では店先に押すな押すなの行列ができているというのだ。オサキの言うほどまずい油揚げとは思えない。

「一枚くらい取ったことがあるんじゃないのかい？」

――おいらを疑うなんてひどい周吉だねえ。

江戸に油揚げ好きは多いが、わざわざ油揚げだけを奪い取る酔狂な人間はいないだろう。どうせ泥棒をするのなら銭も一緒に奪うはずだ。江戸中さがしたって、油揚げ泥棒なんてするのはオサキくらいのものに思える。しかし、

――世間知らずの若旦那だねえ、ケケケッ。

オサキは笑う。

相変わらず腹の立つ魔物だ――。周吉は生意気なオサキの鼻を、ぺしゃんこにしてやろうと言ってやる。

「宣伝のために小川屋が一芝居を打ったと言うんだろう？」

いくら周吉でもそれくらいのことは考える。

宣伝をしなければ客は来ない。江戸の商人であれば、一度は宣伝に頭を悩ませるはずである。宣伝にかける銭も馬鹿にならない。それが瓦版に取り上げてもらえば、一銭もかけずに店の宣伝ができる。

しかも、都合のいいことに、このごろの瓦版の主流は続き物、つまり一つの出来事を物語のように何度かに分けて記事にするものである。一度、話題になれば、しばらくは取り上げてもらえる。瓦版に取り上げてもらうために工夫をする店など珍しくも

ない。

だが、小川屋の主人夫婦は上総《かずさ》の田舎から出て来たばかりで、信心深いと評判である。宣伝のために〝お狐さま〟を利用するとは思えない。

やっぱり周吉にはオサキの他に油揚げ泥棒の見当がつかない。

――仕方のない周吉だねえ。

自信たっぷりのオサキの言葉に周吉は腹を立てるより興味を引かれた。

「オサキは犯人を知っているって言うの？」

○

「オサキ、眠いよ……」

周吉は欠伸《あくび》を嚙《か》み殺す。

早朝というより夜の闇が残る時刻にオサキに叩《たた》き起こされ、稲荷通りにやって来たのである。江戸田舎と呼ぶのがぴったりの田畑と雑木林の並ぶ一画だ。

薄闇《うすやみ》の中、周吉は道端の藪にオサキと一緒に隠れている。

――豆腐屋の朝は早いって決まっているねえ、ケケケッ。

いつもなら起こしても起きないくせに、今日にかぎってオサキは張り切っている。

事件を解決したら升屋の油揚げを買ってあげるよ――。そんな周吉の言葉を真に受けているようだ。

ふざけ半分に言った自分の言葉を後悔しつつ、周吉が欠伸を嚙み殺していると、足音が聞こえてきた。

藪の中から覗《のぞ》き込めば、棒手《ぼて》振り姿の小川屋の主人がやって来た。

本所深川の外れにある小さな店だけあって奉公人もろくにいない。主人と言っても、朝から晩まで額に汗して働いているのだろう。その姿は、評判通りの田舎者で、江戸の瓦版売りを手玉に取るような才覚があるようには見えない。

そんなことを考えていると、向かいの道端の藪が、がさりと動き、何かが飛び出した。薄暗い本所深川の空に、
ふわりふわり――

――と、狐の面が浮かんだ。

「ひいっ」

と、悲鳴をあげる小川屋の主人に狐の面は言う。

「予は稲荷通りの狐じゃ。油揚げを置いて去れ」

明らかに人の声である。誰かが狐の面を釣り糸か何かで吊《つ》り上げていたずらをしているのだろう。江戸っ子であれば鼻で笑うような幼稚な猿芝居であるが、田舎育ちで信心深い小川屋の主人は本気で怯《おび》えているように見える。

「お助けください」

と、油揚げを置くと逃げ出してしまった。あっという間に小川屋の主人の姿が消える。

「いったい、何なんだい？」

周吉にはとんと分からない。

——まだ分からないなんて鈍い周吉だねえ。

魔物に呆《あき》れられてしまった。

生意気なオサキに何か言い返してやろうと口を開きかけたとき、がさがさと向かいの道端の藪が動いた。

——あれが犯人だよ、周吉。

見れば、狐の面を釣り竿《ざお》の先にぶら下げた男が立っている。すぐには誰なのか分からなかったが、黙って見ているうちに思い出した。

「瓦版売りじゃないか……」

油揚げ泥棒の一件を記事にして、小川屋を一躍有名にした瓦版売りである。

本所深川の町人たちに〝野暮な手代さん〟と言われるほど鈍くできている周吉にも、ようやく油揚げ泥棒のからくりが見えた。

「まさか……」

周吉の考えを後押しするように、オサキが言葉を続けた。

――小川屋の美味しくない油揚げが評判になるくらいなんだから、瓦版はたくさん売れたんだねえ。

この世知辛い世の中で、銭を払ってまで知りたいような不思議な事件が滅多にあるわけがない。江戸の連中は不思議好きではあるけれど、たいていの噂《うわさ》は床屋や湯屋に行けば聞くことができるのだから、生半可な不思議では銭を取れやしない。

一方、瓦版売りが江戸で商売をやっていくためには、面白おかしい話を瓦版で取り上げ売り続けなければならぬ。しかし、そんなに都合よく、しかも町人たちの知らないネタが毎日のように転がっているはずはない。

――ネタがなければ作るしかないねえ。

オサキは言う。

瓦版を売りたいがために、田舎者で信心深い小川屋の主人に狙いを定め、妖怪騒動を起こし瓦版のネタを仕込んでいたのだろう。足を棒にして不思議なネタをさがしまわるより、でっち上げた方が楽に決まっている。

「だからって、何度も襲わなくてもいいじゃないか」

周吉は疑問に思う。

――本当に馬鹿な周吉だねえ。

オサキは口が悪い。

――一回くらい襲われたって話題にならないじゃないか。

その通りである。一度くらい犬に噛まれても事件にならないが、毎日のように噛まれれば不思議なこととして話題になる。瓦版が売れたのは、飽きることなく、くり返し小川屋の主人を狙った成果とも言える。

周吉が考え込んでいると、オサキがしみじみとした口振りで言った。

――安左衛門さんの言った通りだねえ。

「え？」

唐突に主人の名を出されても、訳が分からない。

戸惑う周吉にオサキは言った。

――商いは飽きないようにやるものだねえ、ケケケッ。

刑法第四五条　越谷友華

越谷 友華（こしがや・ともか）

1981年、熊本県生まれ。

第12回『このミステリーがすごい！』大賞・隠し玉として、『二万パーセントのアリバイ』にて2014年にデビュー。

◎著書
『二万パーセントのアリバイ』（宝島社文庫）

◎共著
『5分で読める！ひと駅ストーリー 本の物語』（宝島社文庫）
『5分で読める！ひと駅ストーリー 食の話』（宝島社文庫）

久々のシャバの空気を吸い、俺は大きく伸びをした。後ろでは、表門まで引率してくれた刑務官が、「もう来るなよ」とお決まりの台詞《せりふ》を口にしている。

俺はプロのタタキ屋だ。強盗を生業《なりわい》にして生きている。今回のムショ暮らしは、そのうちのひとつがめくれてしまったからだった。

だが、今日からは自由だ。もう臭い飯は食わなくていい。何か美味《うま》いものでも食いに行くか——そう思って視線をめぐらせると、出迎えの客がひとり、俺を待っていた。

「おう、帰ってきたか」

通常なら喜ぶところだろうが、俺は反対に顔をしかめた。なぜなら、目の前の男が警察関係者だったからだ。それも、刑事——俺を刑務所送りにした張本人である。

俺は舌打ちをすると、嫌々ながらも刑事に訊《き》いた。

「何の用だ」

「ずいぶんつれないな、お前の出迎えに決まってるだろ」

「つまらない冗談はよせ。こっちはあんたの顔なんか見たくない」

じゃあな、と吐き捨て、刑事の脇をすり抜けていく。そんな俺の背を、刑事が呼び止めてきた。

「待て」

無言で振り返る俺に、刑事は言った。

「またやるのか」

「……やめられたら苦労はしない。これが俺の性分なもんでね」

視線が激しくぶつかり合う。

「次は、死ぬまでムショにぶち込んでやる」

「バレないように上手くやるさ」

俺は軽く手を挙げると、再び身を翻し、歩き出した。背後では刑事がまだ何か言っていたが、今度は無視した。

もちろん、その日のうちに一発目の仕事にとりかかったのは言うまでもない。

『死ぬまでムショにぶち込んでやる』だなんて、上等だった。だったら俺は、いままで以上に気をつけるだけだ。

次は必ず上手くやる。

＊　＊　＊

数ヵ月後、俺は警察署の取調室にいた。ある強盗事件の現場近くで、俺によく似た人物が防犯カメラに映っていたらしく、参考人として呼ばれたのだ。早い話が、罪を認めろということだった。

「いいかげん、ゲロったらどうだ」

目の前に座り、そう問いかけてきたのは、刑務所まで俺を出迎えに来たいつかの刑事だった。

俺はうすら笑いを浮かべて返してやった。

「やってないのに自白なんてできるか」

「ふざけんな。お前が出てから今日まで、どれだけの強盗事件が起きていると思ってるんだ。しかも手口は同一、それも前回のお前と同じやり方だ」

刑事が鋭い視線を送ってくる。俺はそれをかわすと、窓の外をながめながら訊いた。

「そういえばあんた、『次は、死ぬまでムショにぶち込んでやる』とか言ってたよな。その気持ちはいまも変わってないのか」

「変わっていたら、今日だってお前のことなんざ呼びやしない」

俺は鼻を鳴らした。

「あんた、どうしようもないバカだな。刑事のくせに法律も知らないのか」

「どういう意味だ」

「いいか、仮に俺が強盗で複数件のヤマを踏んでいたとしても、それらすべてが立件されたところで、法律の規定により併合罪として裁かれる。刑法第四五条だ」

裏稼業で生きる人間なら常識だった。併合罪として裁かれれば、量刑の上限は、その最も重い罪について定めた刑の長期に、その二分の一を加えたものになる。

俺の場合、強盗は刑法第二三六条により五年以上の有期懲役となっているので、長期が二〇年、そこに二分の一の一〇年を加え、上限が三〇年となる。どちらにしても、現行法では有期懲役の最高刑が三〇年となっているため、何件ヤマを踏もうが、併合罪として裁かれる限りは懲役三〇年が限界だ。

俺の全事件がめくれたところで、懲役三〇年。長すぎるのはたしかだが、三〇代前半の俺なら、仮釈放を含めて六〇歳前後には帰れる。六〇代で獄死のリスクは低いだろう。この刑事の思惑通りにはならない。

そもそも、逮捕されるようなヘマはしないが。

俺の講釈に、刑事が青筋を浮かべて言った。

「うそぶいていられるのもいまのうちだ。必ず尻尾《しっぽ》をつかんでやるからな」

負け惜しみなのは明らかだった。

俺は絶対に捕まらない。

＊　＊　＊

しかし、それから数日後、俺はひょんなことから警察に捕まってしまった。

手錠をかけられたまま、取調室のパイプ椅子に座る。向かいに腰かけているのは、いつもの刑事だ。

刑事が口角を上げて俺を見る。だが、笑ってやりたいのはこちらも同じことだった。

「俺を死ぬまでムショにぶち込むんじゃなかったのか」

俺が問うと、刑事はさも当然といった具合にうなずいた。

「そうだ」

「それが、この逮捕か？」

普通なら、まさに絶体絶命の状況だった。それでも俺が平然としていられたのは――俺の被疑事実が強盗ではなく、窃盗になっていたからだった。

それは、一ヵ月ほど前の、ほんの些《さ》細《さい》な出来事だった。近くのタバコ屋でライターを買おうとしたところ、店主がなかなか出てこなく、そのまま商品を持ってきてしまったという、ただそれだけのことだ。別件で空き巣被害に遭っていたタバコ屋の防犯カメラを調べたところ、俺の犯行がたまたま映っていたらしい。

たったその程度の事件だが、前科持ちで再犯者の俺なら実刑送りは間違いない。けれど、打たれても一年くらいのションベン刑だろう。

俺はふてぶてしく言ってやった。

「本当、笑わせるぜ。死ぬまでムショにぶち込んでやるだなんて息巻いておきながら、言うに事欠いて最後は微罪逮捕か。右見て左見てるうちにすぐシャバだ」

ところが、刑事は不敵な笑みを崩さぬまま返してきた。

「まあ、言っていればいいさ。あとで泣くのはお前だからな」

その言葉にはどこか引っかかるものを覚えたが、どうせただのハッタリだ。本気にする必要はない。

俺は取り調べを受けながら、出所後の仕事の計画を考えていた。

＊　＊　＊

そして、判決が出た。所詮《しょせん》はただの万引き事件だ、特別な争いがあるわけでもなく、幸運なことに、刑期は俺の予想を下回って懲役六ヵ月だった。

それから俺は、最寄りの刑務所に移送され、服役生活に入った。日々は瞬く間に過ぎていき、気づいたころにはもう出所を迎えていた。

刑務所を出た俺は、懲《こ》りもせずにまた以前の強盗稼業に戻った。そのころには、因《いん》縁《ねん》の刑事の顔も、刑事が口にしたあの言葉も、すっかり忘れていた。

連日のようにヤマを踏み、半年が過ぎる。

その刑事がふらっと現れたのは、そんなある日のことだった。

「元気にしてるか」

にこやかな刑事を前に、俺は眉をひそめた。

「あんたもしつこいな、何の用だ」

場所は、いつか対峙《たいじ》した警察署の取調室だった。自宅近くで待ち伏せしていた刑事に、任意同行をかけられたのだ。

屈強そうな捜査員たちが、取調室の入口を塞《ふさ》ぐようにして立つ。

悪い予感がした。案の定、刑事は言った。

「お前のタタキの証拠があがった。複数件に及ぶ未解決の強盗事件において、現場に残されていた繊維片から採取したＤＮＡと、データベースにあるお前のＤＮＡが一致した。ここに逮捕状もある」

頭を鈍器で殴られた気分だった。

「こ、これがあんたの、余裕の正体だったのか」

俺の声に、刑事が会心の笑みを浮かべる。

ただ、俺だってやられっぱなしでは終われない。だいいち、約束が違う。

俺は苦しまぎれに返した。

「だ、だから何だっていうんだ。いくら俺をパクったところで、前にも言った通り、どれだけ余罪があろうと全部ゲロって併合罪にさえしちまえば、どうやったって懲役三〇年が限界なんだぞ。俺がシャバに帰れるってことは、あんたの負けだ」

だが、刑事は表情を変えずにこう言った。

「いいや、負けたのはお前のほうだ。お前は生きてシャバには帰れない」

その自信がどこからくるのかわからなかった。俺が返事もできずにいると、刑事は得意気に続けた。

「犯罪者のくせに法律も知らないんだな」

「どういう意味だ」

「お前の大好きな、刑法第四五条だよ。こいつを見てみろ」

そう言って刑事が引っ張り出してきたのは、六法全書だった。刑法のページの一節に、付箋《ふせん》が貼ってある。

そこには、こう書いてあった。

『刑法第四五条、併合罪　確定裁判を経ていない二個以上の罪を併合罪とする。ある罪について禁錮《きんこ》以上の刑に処する確定裁判があったときは、その罪とその裁判が確定する前に犯した罪とに限り、併合罪とする。』

条文に釘《くぎ》づけになる俺の頭に、刑事の声が落ちてくる。

「いいか、あくまでも併合罪として裁けるのは、確定裁判を受けたその罪と、その裁判が確定する前に犯した罪だけなんだ。裏を返せば、ある罪で確定判決を受けることにより、その裁判を挟んで行なわれた前後の余罪事件は併合できなくなる」

血の気が引いた。思い当たる節があった。

俺は身を乗り出して訊いた。

「だ、だから、あんなつまらない窃盗でパクったのか」

「いまごろ気づいたのか。あんなつまらない窃盗でも、確定判決を受けたことによって、お前の余罪は判決前と判決後と別々に裁かれることになる。前後それぞれその他余罪を併合処理したところで、強盗の連続犯だ。自分がどうなるかくらいはもうわかるだろ」

俺はすぐに頭のなかで電卓を叩《たた》いた。ついこないだの窃盗事件による確定判決前と判決後——つまり窃盗事件で捕まる前と出所後、俺にはともに強盗の余罪が複数件ある。それぞれに併合罪が適用されたところで、刑の上限は最高刑の各懲役三〇年。立件数の多さから言えば、まかっても二五年が限界だろう。

二五年の判決を二回受けて、計五〇年。懲役五〇年だなんて、そんな——。

「人生八〇年。ま、せいぜい長生きするんだな」

刑事のその言葉は、俺の頭上を無情にも通り過ぎていった。

記念日

伽古屋圭市

伽古屋圭市（かこや・けいいち）

1972年、大阪府生まれ。

第８回『このミステリーがすごい！』大賞・優秀賞を受賞し、『パチプロ・コード』にて2010年にデビュー。

◎著書
『パチンコと暗号の追跡ゲーム』（宝島社文庫）　※単行本刊行時は『パチプロ・コード』
『21面相の暗号』（宝島社文庫）
『幻影館へようこそ　推理バトル・ロワイアル』（宝島社文庫）
『帝都探偵　謎解け乙女』（宝島社文庫）
『からくり探偵・百栗柿三郎』（実業之日本社文庫）
『なないろ金平糖　いろりの事件帖』（宝島社文庫）
『落語家、はじめました。青葉亭かりんの謎解き高座』（TO文庫）
『からくり探偵・百栗柿三郎　櫻の中の記憶』（実業之日本社文庫）

◎共著
『「このミステリーがすごい！」大賞10周年記念　10分間ミステリー』（宝島社文庫）
『５分で読める！ひと駅ストーリー　乗車編』（宝島社文庫）
『もっとすごい！10分間ミステリー』（宝島社文庫）
『５分で読める！ひと駅ストーリー　夏の記憶 西口編』（宝島社文庫）
『５分で読める！ひと駅ストーリー　冬の記憶 西口編』（宝島社文庫）
『５分で読める！ひと駅ストーリー　本の物語』（宝島社文庫）
『５分で読める！ひと駅ストーリー　旅の話』（宝島社文庫）

冬の終わりに降る長雨を催花雨《さいかう》という。花よ早く咲けと天が促す雨なのだそうだ。雪の気配を忍ばせた鬱々《うつうつ》とした雨が、その日も朝から降り続いていた。日本海を越えた冷気が窓ガラスから滲《にじ》む閑散としたオフィスで、私は仕事に追われていた。私はひとり、残業を強いられていた。

時計の針が夜の九時を指し示したころ、ひょっこりと彼女が会社に姿を現した。昨年の春に入社したばかりの事務屋の女の子だった。器量は十人並みだが、いつもにこにことしていて明るくかわいらしい子だ。寒さのためか頬がほんのりと朱に染まっている。金曜の夜であり、同僚か友人と呑《の》んでいたのかもしれない。「まだお仕事ですか」と目を丸くして彼女は問い、私は「まあね」と苦笑した。彼女は会社に手帳を忘れたことに気づき、慌てて取りに来たらしい。

彼女が手伝ってくれたおかげでそれから一時間ほどで仕事を終えることができた。帰りにお礼とばかり呑みに誘うと、彼女は喜んで付き合ってくれた。彼女に密《ひそ》かに好意を寄せていた私は、酒の勢いを借りてその想いを伝えた。彼女は恥ずかしそうにうなずいて、私の想いを受け入れてくれた。性急にも私たちはそのあとホテルで身体を重ねた。行為を終え、私がまだ夢見心地でホテルの天井を眺めていたとき、まるで情事などなかったように、普段と変わらぬほがらかな口調で彼女が言った。

「私が小学生のとき、近所にね、自宅の門柱の上に毎日豆腐を置いているおじいさんがいたの。ある日、なんでそんなことするんですかって訊《き》いたの。どうしてだったと思う」

突然の謎かけに戸惑いつつ、私は理由を考えた。しかし一向に浮かんでは来なかった。答えを尋ねても、彼女は悪戯を企むように微笑《ほほえ》むだけだった。

付き合いはじめてちょうど丸四年が経《た》った同日、私と彼女は正式に結ばれた。つまり結婚したのだ。もちろんそれは偶然ではない。二人が結婚の意志を固め、挙式の日取りを計っているとき、いっそ二人が付き合いはじめた記念日に式をしようと彼女が提案した。ちょうどその日が日曜日だったこともあり、私に異論があるわけもなかった。

結婚式を終えた夜、古風な言い方をすれば新婚初夜、私は四年前のあの日に思いを馳《は》せていた。そしてふと、まだ明かされぬままの彼女の謎かけが、記憶の底からひょいと姿を現した。あのとき以来、私自身すっかり忘れていたのだ。あの謎かけの答えはなんだったのかと彼女に問いかけたが、ちゃんと考えて答えてよ、と言い返された。ふむ、それもそうかと私はうなずく。それからしばらく考えてはみたものの、やはりなにも浮かんでは来なかった。

新婚旅行はハワイに行くつもりだった。少しありきたり過ぎる気もしたが、彼女は素直に喜んでくれている。ハネムーンベビーも悪くないよね、とも彼女は言っていた。私も早く子供が欲しい。

初めて迎える結婚記念日のときには、家族がひとり増えていた。前月に待望の男児に恵まれたのだ。そして子供はできれば二人は欲しいというのが夫婦共通の願いだった。やはりひとりっ子は寂しかろう。ベビーベッドに眠る我が子を見つめながらそんなことを思い、私は食卓に目を移す。記念日とあっていつもより豪勢な食事が並んでいた。妻自慢の手料理に舌鼓を打ったあと、私はかねてより温めていた答えを彼女に告げる。とある老人の自宅で、門柱の上に毎日置かれていたという、豆腐の謎の答えである。なんとなく、これを言うのは記念日まで取っておこうと考えていた。

「単純に、野良猫か、カラスや鳩《はと》の餌だったんじゃないのか」

門柱の上、なのだから犬というのは考えにくい。しかし妻は笑って「ぜんぜん違います」と楽しげに否定した。「動物に与えるためではない」と訊くと、「ではありません」とこれもまた言下に否定された。この日から、答えは記念日にひとつだけ、というルールが決まった。私も妻も、この奇妙な遊びを楽しんでいた。

二度目の結婚記念日には家族は四人になっていた。二人目の子供、今度は娘が生まれたのである。そして今年、夫婦の念願だった一戸建てのマイホームを購入した。首都圏などに比べれば安い土地ではあるが、何十年というローンを抱えれば身も引き締まる。家族のためにも、これまで以上に仕事に精を出さねばなるまい。幸い給料は右肩上がりに増えているし、会社の業績もすこぶる順調である。

子供たちはすでに寝入り、まだ木の香が仄《ほの》かに漂うリビングで、私と妻はささやかに酒を酌《く》み交わしていた。私は例の答えを妻にぶつける。

「なにかのおまじないとか、儀式だったとか」

ずいぶんと漠然とした答えであるし、まるで自信はなかった。そしてやはり「ぜんぜん違います」と妻は笑った。そうだろうなと私は思う。そんな答えでは膝を打つこともできない。なに、焦ることはあるまい。ゆっくりと答えに近づいていけばよい。

三度目の結婚記念日のとき、私は家族と離れ郷里にいた。前日の日曜日に母親が突然倒れ、ひとまず私ひとり押っ取り刀で駆けつけたのである。当然記念日を祝うこともできず、その数日後に意識が戻らぬまま母は帰らぬ人となった。六十を少しばかり過ぎただけの、突然の死だった。悲しみよりも、虚しさのほうが強かった。私は父親の顔を知らない。母は朝から晩まで身を粉《こ》にして働き私を育ててくれた。なんの趣味も楽しみも持ってはいなかったように思う。ただ生きるために働き、働くために生きていた。親孝行らしきことはなにひとつできなかった。孫の顔を見せられたことだけが、唯一の慰めだった。

四度目の結婚記念日のとき、妻の姿はなかった。二日前に私の浮気が発覚して妻は激しく泣きじゃくり、次いで激昂《げっこう》し、摑《つか》み合いの喧嘩《けんか》にまで発展した。あげくに家から姿を消してしまった。自宅には私と二人の子供だけが残された。

私は深く反省していた。言い訳に過ぎないことは重々承知しているが、本当に魔が差しただけなのだ。私は妻を心から愛していた。もちろんそれは付き合いはじめた当初のように、惹《ひ》かれ合い、欲し合うような熱情ではすでになかった。もっと静かで、埋《うず》み火のような、積み重ねた時間が血肉となった、慈しむような想いだ。私にとって妻の存在は身体の一部ですらあった。彼女が消えて初めて、私はそのことに気づいた。戻ってきてほしいと心より願っている。金輪際浮気をしないことはもちろん、けっして君を悲しませないことを私は誓う。

五度目の結婚記念日の夜、私はリンゴをかじっていた。庭に植えたリンゴの木が、この冬初めて実をつけた。庭のある家に住み、そこで野菜や果物を育てるのが妻の夢だった。それを叶《かな》えられたことは、私も嬉《うれ》しく思う。

リンゴの載せられた皿を差し出しながら、私は妻に微笑みかけた。例の、毎日門柱の上に置かれていた豆腐の謎かけ、に対する答えを告げるためだ。妻は、どんな答えを聞かせてくれるの、と期待するように、ほがらかな笑みで私を見つめていた。

「『幸福《しあわせ》の黄色いハンカチ』って映画があっただろ。あれの黄色いハンカチといっしょで、誰かに向けた、なにかのメッセージだったんじゃないかな」

言いながら私は、これでは駄目だよなとわかっていた。「誰か」だとか、「なにか」だとか、まるで判然としない玉虫色の回答だ。案の定妻は、ぜんぜん違います、というふうに変わらぬ微笑を浮かべるだけだった。いつか彼女が「正解」と手を叩《たた》いて喜んでくれるまで、地道に模索を続けようと思う。

六度目、七度目、八度目の結婚記念日のときにも、儀式のように私は回答を告げた。けれどそのどれもが私自身納得のいかないものだった。永遠に答えは見つからないのではないかとすら思えた。そもそも本当に答えなどあるのだろうかという疑惑にも囚《とら》われていた。思いつきで告げただけの、妻の与太話だったのかもしれない。しかしその疑惑を彼女に投げかけることはしなかった。仮にそうであってもいいではないか。毎回結婚記念日に謎かけの答えを告げる。それが二人に残された絆《きずな》であり、私に課せられた義務なのだ。だが私に残された時間は、あまり長くないのかもしれない。

九度目の結婚記念日のとき、私は自信に満ち溢《あふ》れていた。ついに無理のない、納得できる答えを見つけ出すことができたのだ。妻と私が初めて結ばれた日、つまり謎かけを出されたのが一九七二年の閏日《うるうび》、二月二十九日だから、ちょうど四十年が経過したことになる。結婚して三十六年が経つ。私もずいぶんと年を取った。実母が鬼籍に入った年齢も超えてしまった。私はようやく辿《たど》り着いた答えを妻に告げる。

「冬のある日、その老人の家では鍋を作ることになっていた。そして老人は鍋には木綿豆腐だという頑《かたく》なな信念があった。しかし彼の妻は間違って絹豆腐を買ってきてしまったんだ。彼は癇癪《かんしゃく》を起こし、激しく妻をなじり、すぐに木綿豆腐を買ってこいと妻を家から叩き出す。しかし豆腐屋などはすでに閉まっている時刻。君が小学生のころだから、コンビニはおろか、夜遅くまで営業している店などほとんどなかった時代だ。冬の夜の路上で、老人の妻は途方に暮れた。虚しさを覚えた。そしてそのまま彼女は帰ってこなかった。老人は激しく後悔した。彼は妻を愛していた。帰ろうかどうしようか、悩みながら妻は自宅の前までやってくるかもしれない。もう許している、まだ待っている、帰ってきてほしい。そんなメッセージを込めて、老人は木綿豆腐を毎日門柱の上に置いていたんだ」

妻の顔を見つめたまま、私は一気に語った。もちろんすべては私の創作だ。なにひとつ根拠のない推論だらけだし、いまとなっては正解かどうかなどわかりはしない。

けれど私が見つめた写真の妻は、嬉しそうに微笑んでいるように思えた。

二十年前、私の浮気が発覚したあの日以来、我が家から妻の姿は消えたままだった。いまではそれぞれ独立した二人の子供は、自分たちを置いて蒸発した母親のことをどう思っているのだろう。私はいまでも妻のことを愛している。当時のことを心底反省し、強く悔いてもいる。けれど私はこの老人のように、豆腐を門柱の上に置くように、彼女に想いを伝えることはできない。ただ妻の写真を見つめ、語りかけることしかできない。

写真の中の妻は出会った四十年前と同じ、最後に見た二十年前と同じ、ほがらかな笑みで私を見つめていた。

彼女の亡骸《なきがら》の上に植えられた庭のリンゴの木は、今年も真っ赤な実をつけている。

防犯心理テスト　上甲宣之

上甲宣之　（じょうこう・のぶゆき）

1974年、大阪府生まれ。

第1回『このミステリーがすごい!』大賞・隠し玉として、『そのケータイはXX《エクスクロス》で』にて2003年にデビュー。

◎著書
『そのケータイはXXで』（宝島社文庫）
『地獄のババぬき』（宝島社文庫）
『コスプレ幽霊 紅蓮女』（宝島社文庫）
『ジュリエットXプレス』（角川文庫）
『XXゼロ 呪催眠カーズ』（宝島社文庫）
『Xサバイヴ―都市伝説ゲーム』（角川書店）
『Xサバイヴ2―都市伝説ゲーム』（角川書店）
『脱出迷路』（幻冬舎）
『脱出迷路―呪い二日目』（幻冬舎）
『脱出迷路―呪い最終日』（幻冬舎）
『JC科学捜査官 雛菊こまりと“ひとりかくれんぼ”殺人事件』（宝島社文庫）
『JC科学捜査官 雛菊こまりと“くねくね”殺人事件』（宝島社文庫）

◎共著
『「このミステリーがすごい!」大賞10周年記念　10分間ミステリー』（宝島社文庫）
『5分で読める!ひと駅ストーリー 冬の記憶 東口編』（宝島社文庫）
『5分で読める!ひと駅ストーリー 猫の物語』（宝島社文庫）
『5分で読める!ひと駅ストーリー 食の話』（宝島社文庫）

あなたは、薄暗い一本道を歩いている。細く、せまい小道だ。道の右側にはかなりの高さがあるブロック塀、左側はガスの配管工事のために掘り返された穴が続いている。この道では先日、若い女性が通り魔にカナヅチで頭を殴られて殺される事件が起きた。犯人は捕まっていないが、この道を抜けなければあなたは自宅に帰ることができない。一本道の中ほどに差しかかった時、あなたは身を固くする。道をふさぐ形で、髪の長い女がうつ伏せになって倒れていたからである。女のそばには凶器と覚しき血染めのカナヅチと、スマートフォンが落ちている。あなたは女の手に注目する。女の人さし指が、ブロック塀のそばに設置された町内会の掲示板を指し示していたからだ。見ると掲示板には白紙が貼られ、そこには赤い大きな数字の羅列が確認できた。その直後、遺留品のスマートフォンが鳴り出す。画面を覗《のぞ》き込むと、なんと掲示板に記されている数字と同じ番号が表示されていた。着信音の鳴り響く中、周囲にあいかわらず人の気配はない。

【設問1】

この状況、あなたならばどうする？

以下に用意した四択の中から、自分の考えに近いと思うものを選びなさい。

①　電話には出ない。そのまま一人で逃げる

② 用心深く、周囲の様子を観察しながら電話に出る
③ 女の生死を確かめ、警察と１１９に通報する
④ カナヅチを拾って、帰宅の邪魔をした女にトドメの一撃を喰《く》らわせる

【設問２】左記に記したイラストは、襲われた女性のそばに落ちていた紙に描かれていたものである。これが何を示しているのか答えなさい。

ある消防団の防災会議の最中、こんな防犯心理テストが実施された。この町で半年前から多発している連続通り魔事件に関して、地元警察が注意を促す意図で協力を願い出たものである。テストは消防団詰所に隣接する公民館の一室で行われ、参加した消防団員たちにはその場で筆記用具が貸し出され、全員が無記名にて解答した後、彼らは再び部屋に集められた。消防団員はみな、町火消しゆかりの法被《はっぴ》である、印袢纏《しるしばんてん》を着ている。

「それではこれからテストの結果について、お話をさせていただきたいと思います」

三十前後で、スーツ姿の女性刑事が声を張った。

「お手元にある設問用紙と照らし合わせながら、ご自身の解答を思い出してみてください。まずは①の答え。とにかく逃げるとお答えになった方は、一人もおられませんでした。さすが消防団のみなさん、普段から町の防災に取り組まれているだけありますね」

そんなセリフで場を和ませると、女性刑事は言葉を続けた。

「続いて②番。注意深く電話に出ると解答された方が、約半数を占めました。好奇心をそそられながらも冷静に行動しようとしたみなさんは、どこかに殺人鬼が隠れているかもしれないと考えられたのでしょう。確かに防犯には危険予測と慎重さが大切です。ですが怪しい電話になど出ず、やはりすみやかに警察に通報していただくべきで、③を選ばれた方の選択が最善と言えます」

「通報するのは当然でしょ、死ぬかもしれないんだから。おばさんバカじゃないの」

この町の消防団を長年率いてきた団長の孫である玄道玲菜《げんとうれいな》が、ため口で言い切った。法被の下に身につけているデニムのホットパンツは、色気というよりは健康的な印象が際立っている。彼女は祖父亡き後、手伝いという名目で顔を出していた。

「玲菜さんは正義感がお強いんですね。それではあなたにとって最後の選択肢④は」

「バカバカしいにもほどがあるわ。被害者にトドメを刺すだなんて」

立ち上がって言い捨てた玲菜に対して、女性刑事は応じた。

「そうだと言いきれるでしょうか？　では、もしも倒れている女性こそが、通り魔本人だとしたら？　犯人は被害者のふりをして獲物を待っていたのかもしれません。指で示した数字のナゾや、かかってきた電話は犯人の計画に含まれていて、彼女はスマートフォンを使ってあなたの注意をそらし、油断した背後からカナヅチで。そういう状況もあながち否定はできません。襲われる方もまさか犯人が死体のマネをして、標的を待っているとは思えないものです。トドメを刺すのはいけませんけどね」

そんな反論に対して、玲菜が舌打ちをして着席すると、女性刑事は何事もなかった様子で設問2のイラスト問題に移った。この問いについては、ほとんどの消防団員が迷路を描いたもののように見えると解答していた。

「みなさん。実はこのイラスト問題の正解は、〝角字紋《かくじもん》〟なんです」

「やっぱり……そうだったか」

すでに隠居している最年長の老人、元分団長が腕組みをしながら言った。

「角字紋。ワシらが着とる印袢纏に描いてある、漢字を表した家紋の一種だな。でも、見たことがない字だから、自信がなかったんだが」

「そのとおりです。角字とは、文字を図案化した四角い字体のこと。角字紋には、多くの種類があり、専門家でもなければこれが何という字なのか瞬時に見破ることは難しいでしょう。まして、この角字紋は、本来の文字を九十度回転させて設問に載せましたからね」

女性刑事の言わんとすることが分からず、消防団員たちは静まり返った。

「今、この町を騒がせている通り魔事件。実はこの角字紋は、事件現場で毎回発見されていたものなんです。おそらくは犯人が意図的に残したもの。消防団のみなさまは火消しのなごりで印袢纏を着られますから、何かご存じではと考えたわけです。現場で発見された角字紋について、私たちはそこに隠されたメッセージどころか、どの向きで読めばいいのかも分かりませんでした。紋の入った法被を着ておられるみなさんでさえ、お分かりにならなかったくらいですしね。とするとやはりこの角字が、襲われた被害者に読めたとは思えません。そこで、殺す相手が読めるかどうかなんて、犯人は最初から問題にしていなかったのではないかと考え直しました。たとえば今回のテストのように、犯人は被害者のふりをして標的を待ち伏せていたのかもしれない。スマートフォンの着信ではなく、この迷路のように見えてしまう角字紋の描かれた紙を使って、被害者の注意をそらした。このように利用するなら、字そのものの方向は関係ありませんし、迷路を見てしまうとつい人は無意識に目でたどってゴールを探そうとしてしまいますからね。ただその場合あえて角字など使わなくても、自分で描いた落書きの迷路でも見せればいいはず。ですが犯人は角字紋にこだわり、これを使い続けました。つまりこの文字でなければならない理由があった。今回の防犯心理テストは、実は犯人を特定するためのものでした。一連の通り魔事件の犯人は玄道玲菜さん、あなたですね」

たちまち周囲がざわついた。

「はぁ？　なんであたしが犯人なわけ？」

「この角字紋は、亡くなられたあなたの祖父の法被に付けられていたものです。あなたはこれが角字紋だと知っていましたね？」

「だから何？」玲菜は否定せず、まくし立てた。

「ずっとずっと大好きだった、尊敬するおじいちゃんのものだから。知ってて当然でしょ」

「玲菜が犯人だなんて、そりゃあまりに突拍子もない話じゃろう」元分団長の老人が、女刑事の発言を一蹴する。他の消防団員たちも口々にありえないと否定した。長年この町の安全のために体を張り、表彰もされてきた立派な団長。その孫である玲菜、誰よりも正義感の強いこの娘が、無差別殺人など起こすわけがないと。

「そうですか、なるほど。ですが聞き込みの最中、こんな証言がいくつか取れました。通り魔の事件については特に何も知らないが、〝道端で倒れている人を助けたことならばある〟という。それでピンときたんです。今回の事件は、やはり無差別殺人などではないと」

言葉を区切り、女性刑事は玲菜に向き直った。

「調べによると、確かにあなたは去年祖父を亡くされていますね。道端で心臓発作を起こし倒れたおじいさんは、救急車で搬送中に命を落とされた。当時周囲には通りがかった人が少なからずいたというのに、通報が遅れたために手遅れになって。見て見ぬふりをし、助けることなくケータイで動画撮影したり、面白がって眺めていた人たちがいたそうですね」

そのセリフに、玲菜はきつく唇を噛《か》み、うつむいた。

「あなたは許せなかったんじゃないですか、おじいさんを見殺しにした人間を。でも、誰に恨みを晴らしたらいいか分からない。だから自分が通り魔の被害者のふりをして道に倒れ、テストをした。無差別に襲うのではなく、助けが必要な人を無視した者にだけ制裁を加えるため。おじいさんを見殺しにした人間と同じタイプの通行人だけを選んで復讐《ふくしゅう》を。そう、正義感あふれる性格だからこそ、生命の危機の可能性がある人を放置するような者たちを放ってはおけなかった」

「確かに恨んだ気持ちはある……。でもあたしはやってない。こうして消防団の集まりに参加してると、それぞれの団員さんたちの角字紋を見ることも多いから、少し知識があるだけ。何よりテストに出たのはおじいちゃんの角字〝玄〟。だから読めた。

不自然じゃないわ！」

「それで、こちらがわざわざ回転させていた角字も読めたと？　問題は、この角字そのものをあなたが知っていたかどうかではないんですよ。重要なのは、なぜ回転して文字の形を成していないこの角字が……、森や川、東など無数にある別の字ではなく、〝玄〟だと瞬時にあなたが思ったのかなんです。たとえ馴染《なじ》みのあった角字であっても、それが回転した角字だと理解していないと本来の形は見えてこないはず。トリックアートと同じです。被害者を装った人物は、いつも倒れた位置からこの角字を見ていた。だからどんな角度からでもこの文字を判別することができた。さらにいえばこの字はある名字に由来しています。玄道玲菜さん……あなたと同じ名字です。あなたのおじいさんが消防団員として着続けてきた、印袢纏の文字。一人の人間が生きた証《あかし》。それをあなたは捕まる危険を冒してまで、現場に残してきた。そんなあなたの気持ちは……理解しました。もう、自白してくださいますね」

「最後に……いい？」

ざわめく室内で口を閉ざしてきた玲菜が、喉を詰まらせながら問うた。

「このテスト、無記名だったよね。どうしてあたしが書いた解答用紙が分かったの」

「はい。みなさんに貸し出したボールペンの中に、一本だけ花柄のかわいらしいものを交ぜておいたんです。あなたが、たぶん使うだろうって。それだけがサインペンだったんですよ。私たちはテストを実施する時から、あなたを疑っていたんです。そもそも迷路を見せて標的の注意を引こうだなんて、普通の人間は考えません。わざわざ不意打ちを狙って通り魔をするなんて、遠回りなことも。でも――」

女性刑事は、こう締めくくった。

「まだ子供。小学四年のあなたにとっては、理にかなった復讐方法であったと思います」

花子の生首

一色さゆり

一色さゆり （いっしき・さゆり）

1988年、京都府生まれ。

第14回『このミステリーがすごい！』大賞・大賞を受賞し、『神の値段』にて2016年にデビュー。

◎著書
『神の値段』（宝島社）

「そろそろ気晴らしに外で働いてみたらどうだ」

夫からそう言われたのは、一番下の子が中学校にあがったときだった。二十年前に会社を辞めて以来、子どもたちを中心にした毎日を送っていたが、たしかに自分の時間を持ってもいい頃なのかもしれないと私は思った。

私の年齢でもできるアルバイトをインターネットで調べると、意外といくつか募集はあったが、スーパーのレジはずっと立ちっぱなしで疲れそうだし、事務のパートはパソコンが苦手なので気が引けた。

心を惹《ひ》かれたのは、地元の美術館で募集されていた監視員の仕事だった。美術館に行った数少ない記憶をたどると、たしかに座っている人がいたのを思い出した。なんとなくのイメージで、ただ座っていればよさそうなので私にもできるだろう。給料は低かったが、社会とのつながりを持てるならばボランティアでもいいくらいに考えていた私は、さっそく応募して運良く採用通知をもらった。

監視員の仕事を一言であらわすなら、作品を守ることらしい。来館者が作品に触らないかを各部屋で監視し、館内での案内や誘導を行う。しかし実際に注意や案内をすることは、数えるほどしかなかった。

この美術館では居眠り防止のためか、監視員は三十分ごとに部屋を順番に交代し、ちょうど一日の勤務のなかで、館内のすべての部屋を一巡するようになっている。最初のうちはさまざまな作品を見ることができて新鮮だったが、私は一週間もすると困惑しはじめた。

芸術といえばモネのような美しい風景を表現したものだと思っていたからだ。いったいなにを描いているのか意味不明なものが多いことに驚いた。激しく絵筆を動かしただけの、私にも描けそうな落書きもあった。

なかでも私を困惑させたのは、彫刻作品の部屋だった。

その部屋は順路から外れたところにあり、訪れる人はもっとも少なかった。薄暗い空間のなかに、手や胴体といった体の一部を表した、黒茶色のブロンズ像が照明を浴びて浮かびあがっているのだが、なぜかほとんどが裸で、皮膚が溶けているようなグロテスクなものや、不自然なほど姿勢を捻《ひね》っているものもある。均整のとれた理想的なスタイルには見えず、醜いほど太った肉体ばかり。

芸術というのは、人を感動させるような美しいものでなくてもいいのだろうか、と私は率直な疑問を持った。

そんな彫刻作品のなかで、埋もれるように展示されているのが《花子《はなこ》》だった。

花子は近代彫刻の父ロダンが百年以上前につくった頭像で、実在した花子という芸者をモデルにしているという。ふつう切腹というのは男性である武士がするものだが、花子は切腹のシーンを欧州で演じて大評判を得たらしい。死ぬ寸前の苦悶を刻印しているのだと解説文には書かれており、たしかに断末魔の叫びが聞こえてきそうだ。

でも花子が異常に感じられるのは、死に臨む表情のせいだけではなく、おかしな首の切り方のせいなのではないかと私は思った。他の作品は首をすべて残して肩まであるか、まったく残さず顎の部分で終わっているのに、花子は中途半端に首の半分あたりで切られているため、リアルな生首のようなのだ。

そういえば昔テレビで、切腹人というのは補助を行う介錯《かいしゃく》人によって、切腹直後に斬首されたのだと知って、衝撃を受けたことがあった。そのことを思い出したせいか、苦痛に満ちた表情もあいまって、斬られたばかりの晒《さら》し首にしか見えなかった。

監視員の椅子は、ちょうど花子と対峙するように置かれている。

美術館の監視員をはじめて一ヶ月もすると、私はこの部屋を担当する時間がひどく苦痛に感じられるようになった。

花子が嫌だった一番の理由は、どこか私に似ているからだった。私の錯覚かもしれないが、家で鏡の前に立ったとき一瞬花子の影を見つけたのだ。試しに鏡に向かって怒ったような表情を浮かべてみると、ぞっとするほど私は花子に似ていた。

そのことに気がついて以来、いっそう花子と目を合わせることが嫌になった。まるで自分自身の生首と対峙《たいじ》させられているような気分になるからだ。

これまで自分の死について考えたことなどなかった。夫との仲は円満だったし、子どもたちも健康に育ち、幸せな人生だと思っていた。

私も死ぬときには、花子のような表情を浮かべるのだろうか。そんな表情を浮かべて死ななくてはいけなくなったとき、それまでの人生を満足できているのだろうか。子どもの成長だけを楽しみにしている人生で、本当にいいのだろうか。

花子と見つめ合っていると、幸せだと思っていた自分の人生を否定されているように感じられた。

しかし今すぐ監視員の仕事を辞めるのは嫌だった。せっかく二十年ぶりにはじめた仕事なのに、夫から「もう辞めたのか」などと言われたくもなかった。なにより子どもに「お母さん、仕事がんばってね」と言われて嬉《うれ》しかったから、すぐに辞めるところなんて見せたくない。

花子さえ、あの生首さえ、なくなれば――。

そう願ったが、花子は常設展に含まれていたため、数ヶ月で入れ替わる企画展と違って、よっぽどでない限り展示されなくなることはないようだった。

ある日出勤すると警察の姿があり、花子が常設展から消えていた。

「花子はどうしたんですか」

私は先輩の監視員に訊《たず》ねた。

「それがね、花子を破壊するとかいう脅迫文が届いたみたいで、万が一のために保管庫に移されたんだって。まあ、デマだとは思うんだけどね」

しばらくすると地元の新聞社だという記者やカメラマンが何人か訪れ、館内を撮影していった。

「さすがに保管庫にあれば、花子が破壊されることはないわよね」

先輩たちはあきれたように話していた。急遽《きゅうきょ》その日は閉館することになり、私たちは警察と一緒に、館内に不審物がないかどうか確認作業を行った。

私は作業をしながら、助かった、と思った。花子がしまわれたとたん、花子に対する恐怖は嘘《うそ》のように消えていたからだ。

撤去から一ヶ月すると花子は戻ってきた。

「今日は久しぶりに花子が戻ってきて来館者も多いと思うので、いつも以上に気をつけるようにしましょう」

開館前のミーティングで、監視員の先輩は言った。今回の破壊予告は地方の新聞社が小さな記事にしただけで、大事には至らなかったようだ。ここのところ脅迫文は珍しくなく、愉快犯であるケースが多いせいもあるという。

私はその説明を聞きながら、苛立《いらだ》っていた。

成功したと思ったのに。

じつのところ花子を壊すという脅迫文を送ったのは私だ。花子と向き合うのが嫌で嫌でしかたなかったが、仕事は辞めたくない。どうすれば監視員をつづけられるのだろうと考えた結果、脅迫文を美術館に送ってみることにしたのだ。そうすれば花子はセキュリティのために保管庫に移されるに違いない。

文書鑑定によって犯人を割り出されないよう、使用する紙やプリンターのインクに至るまで、私は身元を隠すために細心の注意を払った。人命がかかっているわけではないせいか、私が犯人だと見破られることはなかった。

しかし花子は、予想以上に早く常設展に戻ってきてしまった。学芸員いわく重要な作品なので早めに戻すことにしたらしいが、今回の破壊予告で話題になったので人を集めるためだという噂《うわさ》もあった。

彫刻作品の部屋を監視する順番が回ってくると、私は握りしめたハンカチで汗をぬぐいながら、なるべく目が合わないように下を向き、交代までの三十分が一刻も早く過ぎ去ってくれることを願った。

だが人が来る気配がして顔を上げたとき、花子と目が合ってしまった。

信じられないことに花子は、いつも以上に青ざめた顔色をしていた。とうとう幻覚を見てしまっているのだろうか。どう見ても本物の生首に近づいている。花子が見ているのは、いずれ私を待ち受けている無間《むけん》の暗闇であり、救いのない一人ぼっちの世界だった。お前も死ぬのだ、という声が聞こえてきて、私は花子に向かった。

われに返ったとき、まわりには学芸員や他の監視員たちが集まっていた。

「あなたでしたか」と、学芸員は私に言った。

私は足元で壊れている花子を見ながら、夫と子どものことを思い出した。彼らがこのことを知ったら、なんと言うだろうか。すると学芸員は花子の断片を拾いあげ、私に差し出した。

「一応用心しておいて良かった」

その断片をよく見ると、外側は黒茶色だったが内側は白く、私が壊したのは教材に使用する石膏《せっこう》のレプリカだったことを理解した。

「表面は塗装なので、緑青の青色が強く出すぎていますが」

呆然《ぼうぜん》と立ち尽くす私の前に、学芸員が改めて持ってきたのは、いまだ苦しみのなかにいる花子だった。

花子はすべてを見透かすような目でこちらを見つめていた。
死からは逃れられないのだ、とでも言うように。

ずっと、欲しかった女の子

矢樹純

矢樹 純 （やぎ・じゅん）

1976年、青森県生まれ。

第10回『このミステリーがすごい！』大賞・隠し玉として、『Sのための覚え書き　かごめ荘連続殺人事件』にて2012年にデビュー。

◎著書
『Sのための覚え書き　かごめ荘連続殺人事件』（宝島社文庫）

◎共著
『５分で読める！ひと駅ストーリー 乗車編』（宝島社文庫）
『もっとすごい！10分間ミステリー』（宝島社文庫）

このままでは、いつか真琴《まこと》を殺してしまう。

夏川早苗《なつかわさなえ》は娘の眠る隣室の側の壁を見つめ、息の詰まるような思いで朝を待っていた。

娘の真琴から暴力を受けるようになって、もう半年が経《た》つ。学校に行かない真琴に、専門医のカウンセリングを受けようと勧めたことがきっかけだった。小学五年生にしては大柄な真琴に急に突き飛ばされ、フローリングの床に倒れ込んだ。不登校となった自身への苛立《いらだ》ちからか乱暴な言葉遣《づか》いをすることはあったが、手を出されたのは初めてだった。呆然《ぼうぜん》としている早苗を、真琴は馬乗りになって平手で叩《たた》いた。

「子供って、親のことは人だと思ってないから」

娘の細い手首を摑《つか》みながら思い出したのは、真琴が生まれて間もない頃、初めての赤ん坊の世話に疲れ果てていた早苗に、実の母が放った言葉だ。

高圧的な父と愛情の薄い母との生活が苦痛で早くから実家を出た早苗は、産科を退院後、里帰りせず一人で子育てする道を選んだ。少し小さめに生まれた真琴は乳を吸う力が弱く、お腹《なか》がいっぱいになる前に力尽きて寝てしまう。だから一時間おきに空腹で泣いて起き、早苗は睡眠が取れなかった。夫は仕事が忙しく協力は得られない。あまりのつらさに母に電話して泣き言を漏らしたところ、先の言葉が返ってきた。励ましや慰めを期待したことが馬鹿らしくなり、以来ほとんど実家と連絡を取ることはなくなった。

生後半年を過ぎると、ようやく真琴が三時間ほどまとめて眠るようになった。子供は成長し、変わるのだと、出口が見えた気がして安堵《あんど》した。しかし一歳を過ぎ、立って歩き始めると、新たな問題が生じた。真琴の、理由の分からない他害行動だ。公園に連れて行けば他の子が作った砂山を踏みつけ、児童館ではおもちゃを取り上げる。赤ん坊の手を噛《か》む。言葉を話せないうちは手が先に出てしまうものと育児書にはあったが、真琴の場合は二歳を過ぎても、他害が治まらなかった。真琴がトラブルを起こすたびに早苗は謝罪して回ったが、最初は子供のすることだからと言ってくれた人達からも、次第に距離を置かれるようになった。区の保健センターで診察を受けても異常は見られず、真琴の他害行動の原因は分からないままだった。夫に窮状《きゅうじょう》を訴えても親身に耳を傾けてくれることはなく、それどころか一年前、早苗が入浴中に真琴に怪我をさせてしまったことを持ち出して、子供が不安定になったのはそのせいだと早苗を責めた。

生真面目な早苗は様々な機関に相談に出向き、真琴にどう接したら良いかを学んだ。叱る時は決して手は出さないこと。落ち着いた声で静かに言い聞かせること。なぜいけないか、何度でも根気強く説明すること。できたらいっぱい褒めてあげること。

真琴が生まれてから、早苗には多くの苦難が降りかかった。しかし早苗にとって、真琴は本当に愛《いと》おしく大切な存在だった。早苗の両親は温か味《あたたみ》のない、娘をコントロールすることしか考えていない人間だったので、真琴に愛情を注ぐことで自身の苦しみや寂寥《せきりよう》感から解放されたかったのかもしれない。父親に怒鳴られ続けて育ち、男性への恐怖心を植えつけられたことで、物静かな夫との結婚を決めた時からずっと、娘が欲しいと願っていた。待ち望んで生まれたのが真琴だった。

両親と手を繋《つな》いだ記憶がほとんどない早苗は、真琴の小さな手を握るたびに安らぎを覚えた。たくさん遊んだ帰り道、疲れたと甘える真琴を背負う時の確かな重さと温かさ。尻を支える手で内股をくすぐってやると、身をよじらせて笑った。真琴と過ごす時間は、宝物だった。

小学校に上がる前の診察で、小児精神科医から普通学級に進んで問題ないと言われた時は、体中の力が抜ける思いだった。二年保育で入れた幼稚園ではクラスの子とトラブルになったこともあったが、以前のように怪我をさせたことは一度もなく、集団生活の中でのルールを覚え、人の気持ちを考えて動くことができるようになった。入園前の心配が嘘《うそ》のように、真琴は成長した。卒園式に大きな声で呼びかけをする真琴の姿に、友達の母親と顔を見合わせて泣き笑いした。

小学生になった真琴は、真面目な早苗に似たのか真剣に授業に取り組み、勉強に遅れることはなかった。気が強く融通の利かない性格なので友達ができるか心配だったが、夏休みには仲の良い女子とお互いの家を行き来するようになっていた。

寝ても覚めても真琴のことばかり考えて、悩んでいた日々が嘘のようだった。真琴が三年生の時に夫が大阪に単身赴任することになったが、典型的な仕事人間の夫はほとんど家で過ごすこともない有様だったので、特に生活が変わることもなかった。

「なんか女子って、面倒くさいよね」

四年生に上がって二か月が過ぎた頃、ぽつりと真琴が言った。クラス替えのあと、少し友達関係がぎくしゃくしているなと感じるところがあった。新しく仲良くなったグループの女子が、仲間外れを作りたがると真琴は嫌がっていた。女の子はそういうことをするものと聞いてはいたが、決して良いことではない。早苗は「無理して合わせることないよ」と言ってやった。

母の言葉に従ってか、真琴はそのグループから距離を置くようになり、次第に友達と遊ぶよりも家で過ごすことが多くなった。真琴はそのことを別段気にしているふうでもなく、自室で父のお下がりのパソコンをいじったり、本を読んだりしていた。

「グループに入らない女の子って、いじめに遭いやすいんです」

冬休み前の個人面談で担任に突然そう言われ、早苗はうろたえた。家での真琴の様子に変わったところは見られず、まさかいじめられているとは思わなかった。真琴が担任に訴えたのではなく、同じクラスの生徒が見かねて言ってきたらしい。仲良くしていた例のグループの女子達が首謀者で、廊下を塞《ふさ》ぐように立ってわざと肩をぶつけたり、聞こえよがしに悪口を言ったりするのだという。

早苗は自分の助言が原因で娘を孤立させたのだと自身を責めた。外で待っていた真琴を、「気づいてあげられなくてごめんね」と抱きしめた。真琴は身を硬くしたまま、何も言わなかった。その時の娘の気持ちを、きちんと慮《おもんぱか》っていたらと早苗は思う。子供にもプライドはある。真琴はいじめに遭っていることを、誰にも知られたくなかったのだ。早苗のしたことは、娘を二重に傷つける結果となった。

翌日から真琴は学校に行けなくなった。ホームルームの時間にクラスでいじめについて話し合ったと担任に知らされ、もう学校へは行かないと宣言した。その後、スクールカウンセラーから今は無理に登校させない方が良いとアドバイスを受け、早苗は真琴をしばらく休ませることに決めた。

いじめの内容も大したものではない。気持ちの整理がつけばすぐ学校へ行けると楽観的に考えていたが、真琴の不登校は年が明けても続いた。家庭訪問すら拒否したまま年度を終えることになり、担任は「ちゃんと引き継ぎはしますから」と最後に挨拶をして、別の学校へ移っていった。

五年生になり、学校側の配慮でいじめをしていたグループの女子とは違うクラスとなったが、真琴は学校へは行けなかった。単身赴任中の夫に相談しても面倒そうに今は様子を見ろと言うばかりで、早苗は再び小児精神科医に助言を求めた。真琴は母親である自分に何も打ち明けてはくれない。娘の気持ちが分からなかった。医師にカウンセリングを受けに来るようにと言われ、そのことを真琴に告げると、真琴は金切り声を上げた。

「ママも私のこと、変だって思ってるんでしょう！」

突き飛ばされ、床に押さえ込まれ、叩かれた。泣きながら謝ることしかできなかった。つらい思いをさせたのは自分のせいだ。それから堰《せき》を切ったように、真琴は毎日、早苗に暴力を振るった。真琴の全てを受け止めなければと、早苗は耐えた。夫にはもう相談できなかった。誰にも言えなかった。

朝起きて、食事を作って、家事をして、まるで何かの儀式のように娘の暴力を受ける。苦しんでいるのは真琴の方だと思った。どうしたら助けてあげられるのかと考えを尽くして、ふと頭をよぎったのは、自分の手で真琴を楽にしてあげることだった。早苗は即座に打ち消したが、深夜、一人でいるといつの間にかそのことを考えている自分がいた。

見据えていた壁から、声が聞こえた。小さな、動物が鳴いているような。早苗は廊下に出ると、隣室のドアをノックした。返事はなかったが引き開けた。

灯《あ》かりの消えた部屋の中で、真琴は布団に潜り込んだままノートパソコンの画面を見つめていた。動画サイトのウインドウが開いている。「何を見ているの」と覗き込む。最初は分からなかったが、画面の中で起きている事態を理解し、血の気が引いた。

真琴が見ていたのは、猿の親子の動画だった。腐りかけた子猿の死体を離そうとせず、抱き続ける母猿。乳を含ませようとしているのか、小さな頭を摑み何度も胸に押しつける。飛び回る蠅《はえ》を払うこともなく、黒く丸い目は我が子だけを捉えている。

「この子が羨ましい」

真琴が、かすれた声で呟《つぶや》いた。

「このままでいいって言って欲しいよ。私がどうなっても、ずっと抱いていて欲しい。カウンセリングも行きたくないし、家から出たくない。ママ、このままでいいって、言って」

途中から、涙声に変わる。布団の上から真琴を抱きしめた。

「大好きよ。まこちゃん」

布団の内側から、ぎこちなく抱きついてくる娘の腕の感触に、胸が締めつけられた。学校に行かなくてもいい。そのままでいい。真琴が寝つくまで、早苗は彼女を抱き続けた。

＊

寝室に戻り、ベッドに入ってからも、まだ腕の中に真琴の体温が残っていた。なんだかじっとしていられないような、ふわふわと高揚した気分だった。

今ならきっと、全てを受け止められる。早苗は布団をはねのけて蛍光灯の紐を引いた。クローゼットの扉を開け、奥からずっと閉じられたままになっていたダンボール箱を引っ張り出す。そこには真琴が赤ん坊の時のものが入れてあった。

一つ一つ、手に取っては目を細める。両親が出産のお祝いにくれた、淡い水色の布張りの表紙のアルバム。可愛らしいイラストが描かれた母子手帳。ハートの形をしたプラスチックのケースに入った臍《へそ》の緒。

臍の緒と並んで収められた白いガーゼの中には、真琴が一歳の頃、風呂場で事故を装ってその手で潰した、男性器の残片が包まれている。

そのままのあなたを受け入れられなかった、あの時の私。

ごめんね。まこちゃん、愛してる。

新手のセールストーク　法坂一広

法坂一広 （ほうさか・いっこう）

1973年、福岡県生まれ。

第10回『このミステリーがすごい！』大賞・大賞を受賞し、『弁護士探偵物語　天使の分け前』にて2012年にデビュー。

◎著書
『弁護士探偵物語　天使の分け前』（宝島社文庫）
『逆転尋問　弁護士探偵の反撃』（宝島社文庫）
『最終陳述』（宝島社）
『ダーティ・ワーク　弁護士監察室』（幻冬舎文庫）

◎共著
『「このミステリーがすごい！」大賞10周年記念　10分間ミステリー』（宝島社文庫）
『5分で読める！ひと駅ストーリー 降車編』（宝島社文庫）
『5分で読める！ひと駅ストーリー 夏の記憶 西口編』（宝島社文庫）
『5分で読める！ひと駅ストーリー 冬の記憶 西口編』（宝島社文庫）
『5分で読める！ひと駅ストーリー 本の物語』（宝島社文庫）
『5分で読める！ひと駅ストーリー 旅の話』（宝島社文庫）

「あんたは、隣の奥さんが美人やねって言ったやろうが」

「お前だって、裏のご主人に話しかけられて、嬉《うれ》しかって喜んどったやろうが」

不穏な午後の法律相談だった。いや、阿部《あべ》という七十代の相談者夫婦の怒鳴り合いが不穏だったわけではない。三十五年前の不満を持ち出した、ただの痴話喧嘩《げんか》に過ぎない。

不穏だったのは、夫婦の相談の内容だ。マルチまがい商法に引っ掛かって、老後の生活のために蓄えていた貯金のほとんどを注《つ》ぎ込んでしまったようだ。エコ・フューチャー・ユニバースの略で、EFU社というのがその会社の通称らしい。

もちろん払った金を取り戻したいという相談だったが、どうやって騙《だま》されたのかがはっきりしなかった。年寄りの記憶は曖昧だったし、夫と妻で話が食い違ったりもした。私がいくつか質問しているうちに、二人ともいら立ち始め、とうとう口論になったのだ。

犬だって食わない夫婦喧嘩だったが、指をくわえて見ているわけにもいかない。弁護士会の博多法律相談センターでの相談は、三十分という枠が決められている。

私は妙案を出すことで二人の間に割って入った。私が直接EFU社に接触してセールストークを聞き、実態を把握した方が手っ取り早い。

もちろん、誰々に依頼された弁護士であると名乗るわけにはいかない。いくら来る者は拒まずのマルチ会社とはいえ、少なくとも弁護士と警察と死神だけは拒絶するだろう。

残念ながら想像力が豊かでない私は阿部夫婦の甥《おい》で、地元企業に勤める三十代のサラリーマンという、いかにも平均的な人物を設定するしかなかった。

こういう調査方法が弁護士倫理上許されるのかどうかは分からない。好意でやったことで、懲戒申立を受け、業務停止になってしまうようなことは避けなければならない。阿部夫婦に対しては、来世でインコに生まれ変わるまでは、貝のように口をつぐんでおくように、何度も念を押した。

マルチの会社の営業担当者と会うのは、ファミリーレストランと決まっている。大々的に金を集めているわりには、会社にはほとんど実体がない。おそらく本社や営業所などと称しても十五坪ほどのみすぼらしい事務所しかないのだろう。

コーヒーを飲みながら待っていると、まだ二十代前半に見える、短髪で紺色のスーツ姿の若者が現れた。

阿部夫婦に説明をした営業はすでに退職しているらしく、その後任の新人だった。

「お待たせして大変申し訳ありません。ＥＦＵ社の狩屋《かりや》と申します。本日はお時間を取っていただき、ありがとうございます。阿部様のご紹介とうかがっておりますが」

「叔父夫婦が、絶対儲《もう》かるからお前も出資しろ、とうるさくてね。あまり時間がないんだが」私は舌を嚙《か》みそうになりながら言った。

「ありがとうございます。正確には出資ではございません。当社は、現在節電機器『省エネ四郎』の販売を行っております。この『省エネ四郎』、配電盤に貼り付けて頂くだけで、最大八十パーセントの節電効果があります。ただ、研究開発途中の商品であり、残念ながら効果が安定しておりません」

若者は、ほんの少し悲しそうな顔をして見せたあと、話を続けた。

「そのため、節電効果の補償の代わりとして、毎月商品代金の三パーセントに相当する額を、研究協力費として還元させていただきます。一台百万円で販売しておりますが、節電効果がゼロであったとしても、三年ほどお使いいただけば、協力費だけで十分に元が取れる計算になります。また、他のお客様をご紹介いただき、その方とご成約に至った場合には、阿部様の協力費に二％を上乗せいたします。お知り合いの方が一つ購入されれば、月額五万円の協力費をお支払いすることとなります」若者は淀《よど》みなく一気にまくし立てた。

「どうしてそんな都合のいい話が可能なんだね」私は眉を寄せつつ言った。

「実は当社の母体は地球環境保護のためのクリーンエネルギーの開発と省エネルギーの研究を目的としたＮＰＯ法人です。『省エネ四郎』のように正式な実用化まであと一歩という画期的な技術をいくつか開発しており、現在のところ、研究開発資金も潤沢に集まっております。ただ、NPO法人という性質上大きく収益をあげることが許されておりません。研究開発を進めつつ、収益を分配する必要があるために、開発途中の商品を販売し、協力費をお支払い致しております」

老夫婦には魅力的な投資話に聞こえたようだが、私のような経験豊富な弁護士が聞けば、単なる詐欺、それもかなり古典的なセールストークの丸暗記にしか聞こえない。ややE新しいのは地球環境への貢献を持ち出して、ほんの少し自尊心をくすぐるところだ。

私は少し考えるふりをしてから言った。「『省エネ四郎』というネーミングはいただけないが、なかなかよくできた仕組みだ。しかし、僕にはお宅の会社が儲けを分配しようとする理由が分からない。君たち社員だけで儲けようとは考えないのかね」

「このようなご時世ですから、従業員としては食べるに困らないだけのお給料をいただけば十分です。従業員だけでできることには限りがあります。多くの方々に利益を分配し、さらに地球環境を守り社会に貢献したいというのが全従業員の一致した希望なのです」

感じの悪い若者ではなかったが、話をしているうち徐々に自分の言葉に酔うような気配が見受けられた。当の本人もその言葉を信じ込んでいるようだ。

潜入捜査としてはこれだけで十分だった。

「しばらく考えさせてもらうが、君も地球環境保護に貢献したいんだったら、借金してでも『省エネ四郎』を買ったらどうかね。叔父や僕のような、欲の皮の突っ張った人間が金をもらっても地球を傷めることに使うばっかりさ。君ならもっと役に立つことに金を使えるだろう」私はそう言って席を立った。

別れ間際に見た若者は、鳩が豆鉄砲を食らったように、目を白黒させていた。

私は、詳細にセールストークを再現し、その違法性を指摘する内容証明郵便を出して、ＥＦＵ社と交渉した。阿部夫婦は、運よく払った額の七割ほどの返金を受けることができ、私も幾ばくかの報酬に与《あずか》った。

何ヶ月か経《た》って、ＥＦＵ社やその幹部は、出資法違反や詐欺等の疑いで強制捜査を受けた。そのうち何人かは起訴されて、めでたく刑事被告人となった。晴れて受刑者の称号を得る者も出ることだろう。

事件が大々的に報道され、被害申告が相次いだために、弁護士会は、急きょ「ＥＦＵ社被害対策弁護団」を立ち上げ、ある土曜の午後に一斉電話相談――いわゆる被害者一一〇番――を実施することになった。

私は日当代わりの弁当目当てに二時間ほど電話相談を担当することにした。どうせ電話なんて何件もかかってくるまいという私の予想に反して、回線を繋《つな》いだ直後から電話は鳴りっぱなしになった。

深刻な相談の電話も多く、私の得意な軽口を叩《たた》いてばかりもいられない状況だった。

特に深刻だったのは、ある匿名の相談だ。

「名前は言えません。実はEFU社で営業をやっていた者です。採用された後もマニュアルに書かれたセールストークを暗記させられるだけで、会社の業務内容についてはほとんど知らされていませんでした。会社からは従業員も積極的に『省エネ四郎』を買うように言われていました。地球環境のためになるのであれば、何とか協力はしたいと思っていたんですが、お金がないと言って断っていました」

男はしばらく間《ま》を空けてから言った。

「ある日、お客さんの紹介で、営業に出向きました。相手はとても感じの悪い男でした。その男が『借金してでも自分で買うべきだ。その方が地球環境のためだ』なんて言ったんです。そういう人間の言葉だったので、逆に説得力がありました」

男は大きく息を吐き、声を震わせて言った。

「その気になってしまったんです。サラ金から百万円借り、親からも二百万円借りて『省エネ四郎』を三個買ってしまいました。その直後に会社に捜査が入ったんです。慌てて、あの男のことを調べたんですが、紹介者にいくら聞いても、知らないと言って貝のように口をつぐむばかりでした。実在しない人だったようです」

なぜだか毅然《きぜん》とした口調で男は続けた。

「破綻直前だったＥＦＵ社が、従業員を騙すために仕組んだ、新手のセールストークに間違いありません。会社はもう駄目でしょう。でも、何とかあの男を捜し出して、親から借りた分だけでも請求したいのです。自分も会社の犯罪の手伝いをしていたわけですから、警察には行きにくいです。弁護士さんに依頼して何とかなりませんか」

若者が話している間、私はいくつか質問をしようと声を出したが、どうやら急ごしらえの電話回線が混線しているらしく、私の声は若者に届かなかった。やれやれと私は電話を切った。

もう一度電話をかけてくれれば別の弁護士が出るだろう。私のような感じの悪い男よりは、他の感じのいい弁護士に聞いてもらった方が、電話をかけてきた若者のためになる。

もっとも、新手のセールストークの考案者を捜し出せるのは、タフで冴《さ》えてる弁護士のこの私だけだろうがね。

靴磨きジャンの四角い永遠

柊サナカ

柊サナカ　（ひいらぎ・さなか）

1974年、香川県生まれ。

第11回『このミステリーがすごい！』大賞・隠し玉として、『婚活島戦記』にて2013年にデビュー。

◎著書
『婚活島戦記』（宝島社文庫）
『レディ・ガーディアン　予告誘拐の罠 』（宝島社文庫）
『谷中レトロカメラ店の謎日和』（宝島社文庫）

◎共著
『5分で読める！ひと駅ストーリー 冬の記憶 東口編』（宝島社文庫）
『5分で読める！ひと駅ストーリー 本の物語』（宝島社文庫）
『5分で読める！ひと駅ストーリー 食の話』（宝島社文庫）

あるよく晴れた日。丸眼鏡の紳士は、ひとりの靴磨きの目をまっすぐに見て、こう言った。

「おめでとう。きっと、これから世界中の人が君を知るだろう。そして君の存在は百年、いやもっと、文明が続く限り、ずっとずっと語り継がれるだろう――」

＊

一八三八年、七月革命の騒乱もおちついたパリの街。タンプル大通りに、ジャンはよいしょ、と靴磨きの台と椅子を運んできた。並木のそば、ちびた敷石の上に台を置くと、いつものように、ことり、と小さく鳴る。ジャンは椅子の上に腰を下ろして、辺りを見回した。

粗布のシャツの色はくすんで、洗っても襟のところは何色かわからないくらいになっている。でも、少しでも小ぎれいに見えるよう、身だしなみを整える。指はどう洗っても靴墨の黒が抜けない。そろそろ服も下着も新調したいところだけれど、一オーヌ、十三スーの安キャラコだって今のジャンには買えない。前の路地を、粋な一頭立て二輪馬車が走る。蹄《ひづめ》の音が近くなり、また遠ざかっていく。

見覚えのある紳士が近づいてきて、靴磨きの台に足を載せたので、ジャンは愛想よく挨拶をした。真っ白な髪にシルクハットをかぶって、丸眼鏡をかけたこの紳士、なにを生業《なりわい》にしている人間かはよくわからない。理知的なまなざしはまるで、高等理工科学校《エコール・ポリテクニック》の教師のようでもあるし、学者のようでもある。今日も、白の鹿革の手袋をし、独特な嗅ぎ煙草《タバコ》の香りを微かに漂わせていた。貧しいものに対してひどく乱暴な物言いをする人間が多い中、常連のその紳士はいつも、ジャンのような靴磨きにさえ、優しいまなざしを絶やさなかった。

しがない靴磨きだったけれども、ジャンには靴磨きに対する哲学があった。汚れ落としの手順にしても、仕上げ磨きに関しても、お客さまの靴に敬意をもって、丁寧すぎるくらいに丁寧に仕上げること。特にジャンが、一番時間をかけるのは汚れ落としだった。これが雑だと、後の仕上がりがまったく違ってきてしまう。このパリのほこりっぽい路地は、どんなに気を付けていても、すぐにお客さまの靴を汚してしまう。

靴磨きには、どんなに急いでも十分、それ以上はかけるのだけれども、その丁寧な仕事を、こうやって喜んでくださるのはとてもありがたいことだ、とジャンは思うのだった。

ジャンの、つぎを当てたキャスケットの下、汗がこめかみににじむのがわかった。靴磨きの間は黙々と作業をするのが常だったけれども、その紳士は話好きのようで、ジャンにもいろいろ話しかけてくれた。

「やっぱり君の仕事は誰よりも丁寧だ」

「ありがとうございます」

そういって代金をもらうと、そのお客は、またよろしく頼む、と言って、坂の上へと行ってしまうのだった。

ジャンが家へ帰るのは、日も暮れかけてからだった。のんだくれの父親は今日も母親を殴りつけて、近くにある宿屋のサロンへ飲みにいってしまったらしい。母親に今日の稼ぎを渡すと、母親は青あざの浮かんだ目に涙を浮かべた。まだ幼い兄弟もたくさんいるので、ジャンの稼ぎがなければ、一家の生活はとたんに立ち行かなくなる。ジャンは母の作ったごった煮を、なるべくゆっくり咀嚼《そしゃく》して、飢えを紛らわせるようにした。

父のように、しこたま酒を飲んで酔っ払えれば、オペラ座の桟敷席や、ダンスホール《ブラードー》のお祭り騒ぎといった、社交界の夢が見られるのだろうか。シャン＝ゼリゼを馬車で流したり、動植物園《ジャルダン・デ・プラント》に行ってぶらぶら見物したり。そんなことを考えながら、ジャンは今日も路地でぼんやりと座っていた。

二頭の白馬が、優美な箱馬車を引いて目の前を横切っていくのが見える。馬車の中、袖飾りがついた真っ白なシャツにチョッキ、タイまでを小粋に着こなした男児が、母親とふたり、何か楽しげに笑っている。

ジャンは、生まれながらにして、どうしてこんなに境遇が違うのだろうな、と思う。男児の年のころは、ちょうど、ジャンが靴磨きを始めた年と同じくらいだった。どんなに靴磨きを熱心にしたところで、どんなに努力したところで、この生まれながらの身分の差はどうすることもできない。そんなことを考えながらぼんやりと路地に座っていると、暗い穴に落ちていくような気分になる。生きることは、どうしてこんなに大変なんだろう、と思う。

ジャンはやるせない思いを全て出し切るように、ふうっと息をついた。黒く汚れの染みついた指先をじっと眺める。自分にできることは、ただ、懸命に靴磨きをすることだけなのだ、と思う。

家の薪《まき》を切らして、指にあたたかい息を吹きかけてしのいだ日。客があまり来なくて、家に帰るのが憂鬱な日。肺病を患った妹の咳《せき》がひどい日。

そんな日でも、ジャンはいつもの靴磨きの場所に座った。

またあの常連の、丸眼鏡をかけた紳士が来て、ジャンは心を込めて靴を綺麗《きれい》にする。汚れ落としと、磨き上げの工程を終えて、最後の仕上げのひと磨きにすっと布をひと滑りさせた。いまや、紳士の革靴は見惚《みほ》れるような深い艶をたたえていた。

紳士の声がして、ジャンは顔を上げる。

「おめでとう。きっと、これから世界中の人が君を知るだろう。そして君の存在は百年、いやもっと、文明が続く限り、ずっとずっと語り継がれるだろう」

預言者のような厳かな口ぶりで、紳士はそう言うと、彼方を見上げた。ジャンもその視線を追う。

百年なんて――ジャンは思う。まるで神様みたいな物言いだ。あいかわらず腹が減っていて、何がどう、おめでとうなのかはよくわからないけれど、紳士は真剣で、その目は静かな興奮と熱をたたえている。

ジャンはゆっくりと立ち上がる。手は依然として黒く薄汚れており、指にも腕にも疲労の気配が強く残っていた。でも、妙に澄みわたった気持ちになって、ジャンも見上げる。紳士の指す彼方を。

＊＊＊

「今日の写真は、この一枚です」という講師の声がして、正面のモニターに写された写真を眺める。

この初心者向けの写真教室は、地域の人々にひらかれた大学の公開講座なのだけれども、実技に関することだけではなく、アカデミックな内容にも一歩踏み込んでおり、なかなかの好評を博していた。生徒は十名、定年後の新たな人生の楽しみを、カメラに見出そうという男性が多い。

講師はまだ若手の物静かな男で、きついくせ毛の髪がいやに長いようだったし、第一印象では内気なようにも思えて、正直なところ最初は不安だった。しかしその不安もすぐに消えた。講師よりもずいぶん年上の生徒たちの中には、何かにつけ、わざと面倒で難解な質問を投げかけたりする者もいるのだけれど、その講師は、どんな質問にも、むしろその質問が難しければ難しいほど、嬉々《きき》として答えていた。講師は、カメラと写真の知識に関しては、わからぬことがないくらいよく知っており、その博学ぶりに皆、驚いたのだった。

モニターに写った写真は、白黒だった。建物と並木道が写っている。この写真で見る限りでは、お昼のようであるけれども、注視していると、ちょっとした違和感を覚えた。

そういえば、この写真の中には人が写っていない。

「この写真、一見、人が誰も写っていないように見えます。ではこのとき、この通りには人は一人もいなかったのでしょうか」講師は答えを待つようにしばらく黙った後、口を開いた。「この時間帯のパリ、タンプル大通りには、たくさんの人や馬車が往来していたと思われます」

通りにはたくさん人がいたというのに、一人も写っていないのはどういうことだろう、と思う。

「この写真は、ダゲレオタイプという、十九世紀のカメラを使って撮影されたものです。撮影にはフィルムではなく、銀メッキをした銅板を使いました」

スライドの隅に新たな画像が出てきた。カメラと言っても現代のカメラとは全く違う、四角い木箱のようだ。

「この初期のダゲレオタイプは、シャッターを切ってから画像として写るまでの時間がひどく長く、その時間は十分間ほどだったといわれています。ですから、この撮影のときも、十分間の間、動いているものはみんなダゲレオタイプの写真には写らなかったんです。写ったのは、このように、静止していた建物と――」講師が左下を指した。「こちらの二人です」

よく見ると、そういえば人影のようなものが小さくぽつんとある。一人は立ったまま、台のようなものに片足を載せているようだった。その台の前に一人座っており、腕が半分消えかけている。

「この写真に写った人物は、靴磨きと、そのお客だと言われています。紳士は靴を磨かれていて、十分ほどの間、ほとんど動かなかったためにはっきりと写った。靴磨きの方は、一生懸命手を動かしていたらしく、腕の部分は消えかかっていますね」

ふいに、生徒の一人から「あの、すみません」と声が上がった。「この写真は、この靴磨きを意図してわざと写したんでしょうか。それとも、偶然写りこんだものなのでしょうか。今宮《いまみや》先生はどう思われますか」

講師は少し考えるように黙った後、口を開いた。

「諸説あるようですが、こうやってこの写真の二人の部分を手で隠してみると、やっぱり、隅っこに、こちらの二人が小さく写ってこそ、構図的に美しいのでは、と思います。この撮影はテスト撮影だったようですが、もしも私が、ダゲレオタイプでこの風景を写すならば、やっぱり絵的なアクセントとして、ここに誰かが写っていてほしいですね。例えば、助手なんかを向かわせたりして」

写真の中の靴磨きとお客は、撮影のことを知っていたのだろうか。百八十年近くを経た今となっては、それを知る由もない。

「真相はわかりませんが、一八三八年ごろ、ルイ・ジャック・マンデ・ダゲールによって撮られたこの写真が、歴史上に燦然《さんぜん》と輝く一枚になったことは確かです。この写っている二人も、それを知っていたら面白いのに、と思います。自分たちが、世界で最初に写真に写った人間であったということを――」

稀有なる食材

深津十一

深津十一 （ふかつ・じゅういち）

1963年、京都府生まれ。

第11回『このミステリーがすごい！』大賞・優秀賞を受賞し、『「童石」をめぐる奇妙な物語』にて2013年にデビュー。

◎著書
『コレクター　不思議な石の物語』（宝島社文庫）　※単行本刊行時は『「童石」をめぐる奇妙な物語』
『花工房ノンノの秘密』（宝島社文庫）
『デス・サイン　死神のいる教室』（宝島社文庫）

◎共著
『もっとすごい！10分間ミステリー』（宝島社文庫）
『5分で読める！ひと駅ストーリー 夏の記憶 西口編』（宝島社文庫）
『5分で読める！ひと駅ストーリー 冬の記憶 東口編』（宝島社文庫）
『5分で読める！ひと駅ストーリー 本の物語』（宝島社文庫）
『5分で読める！ひと駅ストーリー 食の話』（宝島社文庫）

「そろそろ出発の時間です」

秘書の佐竹《さたけ》に声をかけられ、私はキーボードを打つ手を止めた。執務デスク正面の壁に掛けられた時計の針は十一時ちょうどを指し示している。

ん？　今日の午後はフリーではなかったか？

「お忘れですか。正午からキショククラブの昼食会です」

キショククラブ？　ああ、稀食倶楽部《きしょくクラブ》。

そうだった。たしかに説明を受けていた。先週の月曜日、佐竹から「いわゆるお金持ちの食事会です」と、その集まりの概要説明を受けたのだった。いかにも怪しげな名称の響きに、イモムシとかを食べる会ならお断りだと言うと、「奇食」ではなく「稀食」ですと訂正された。どちらの字にしたって胡散《うさん》臭いことには変わりはないように思えたが、佐竹の笑っていない目が怖くて黙っていた。説明のあとに渡されたA4サイズの入会申込書には、特別なルートにより世界各地から取り寄せた稀有《けう》なる食材をどうしたこうした、という趣旨の文章が小さな文字で長々と綴《つづ》られていた。全部に目を通している時間などないし、興味もない。まあ、暇と金を持て余した年寄りたちの道楽みたいなものだろう。そう判断し、氏名を記入した申込書を佐竹に渡したのだった。

そうか、今日だったのか。

「それ、キャンセルするわけにはいかないのかなあ」

「本日は、修造《しゅうぞう》さまの歓迎会を兼ねての会合だとうかがっています。当日になって、主役が欠席というのはいかがなものかと」

まあ、そうだろう。

先週聞いた佐竹の説明によれば、稀食倶楽部の会員は、その八割方が財界の有力者らしい。一応、仕事とは直接関わりのないプライベートな集まりとのことではあるが、この世界、むしろそういう場でのつき合いの方が大切なのだ。

「車は正面玄関前に待たせています」

「わかった。急ごう」

私はノートPCの電源を落とし、デスクの脇に立つ佐竹からコートを受けとった。


親父が死んだのは一カ月前。

会議中に突然倒れたらしい。享年六十三。くも膜下出血だった。

赴任先のシンガポール支社に連絡が入ったのは、親父が病院に救急搬送された二十分後で、私もまた会議の最中であった。電話に出るとまず親父の死が告げられ、次に帰国の段取りについての指示が与えられた。

電話をかけてきたのは、当時の親父の秘書——佐竹だった。

日本に着いたその足で会社に顔を出すと、葬儀は社葬、喪主は私ということになっていた。それから先はまさに目の回るような忙しさで、親父のことを偲《しの》ぶ暇さえなかった。とにかく佐竹の指示に従って人に会い、礼を言い、用意された文章を読み、署名をし、また人に会い、ということを延々一週間続け、気がつけばシンガポール支社から本社勤務へ異動となり、親父の仕事や役職のほとんどを引き継ぐことになっていた。それらは、本来なら十年ほど先に想定されていたであろう状況だった。

こうして主な事務手続きがほぼ終わり、ようやく自分の立ち位置を実感できるようになってきたのが一週間ほど前で、そこへ「これが最後の引き継ぎ事項になります」と、稀食倶楽部の件が佐竹の口から出たのである。

車は山の手の住宅街をしばらく走り、とある低層マンションのエントランスに横付けされた。玄関の扉の脇には制服姿のガードマンが立ち、ロビー奥の受付には若い女性のコンシェルジュが座っているという高級マンションだ。

「午後三時にお迎えにまいります」

佐竹はロビーまで同行した後、ＩＤカードを渡して車に戻ってしまった。

わずかな心細さを胸に一人エレベーターに乗ると、階数を示す「３」のボタンはすでにランプが灯《とも》っていた。ＩＤカードに反応するタイプのようだ。かすかなショックが足の裏に伝わり、扉が開くと、正面に301号と記された木製のドアがあった。

一つ深呼吸をしてインターフォンのボタンを押す。甲高い男性の声で「どうぞお入りくださいな」と返答があり、私はドアを手前に引いた。

うっ。

思わず声が出た。

男女合わせて十人ほどの老人たちが玄関ホールにひしめき合っていたのだ。

その中から小柄な和装の男性が歩み出て来た。

「いらっしゃい。ボクは林《はやし》と申します。みんなでお待ちしていましたよ」

インターフォンと同じ声。どうやら代表者のようだ。私は姿勢を正し、頭を下げた。

「私は北山幸造《きたやまこうぞう》の長男で、北山修造と申します。父が生前、こちらで大変お世話になったと聞いております。本日はお招きいただきありがとうございます」

「いやいや、お世話になったのは私らの方ですよ。そもそもこの会はコウちゃんの発案で始まったようなものですからね。その創始者が亡くなってしまって、こりゃ解散も仕方ないかなとみんなで話をしておったんですよ。それがこうして後継ぎの息子さんに入ってもらえることになって一安心。よかったよかった」

コウちゃん？

親父よ、あなたはいったいここではどんなキャラクターだったのか。

「林さん、いつまでそこで油売っとるつもりかね。みんな、もう準備できとるよ」

いつの間にやら老人たちの姿は玄関ホールから消えており、奥の部屋から声がかけられた。ちらりと見えたその室内には、二列の食卓テーブルが向かい合わせに並べられ、姿を消した老人たちはすでに席についているようだった。

「北山修造さまの入会を祝して、乾杯」

小ぶりな江戸切子のグラスを目の前に掲げ、深い琥珀《こはく》色をした液体を口に運んだ。食前酒にしてはかなりアルコール度数が高い。薬膳っぽい香りが鼻につく。はっきりいって美味《うま》くはなかった。

不揃《ふぞろ》いな拍手が鳴り止《や》むと、乾杯の音頭をとった林老人が左隣から話しかけてきた。

「実はね、今日のメインディッシュのせいでコウちゃんは亡くなったんだよ」

どういうことだ。くも膜下出血と聞いていたが、フグにでもあたったのか。

「一カ月前にね、すごい食材が手に入ったの。その知らせが事務局からコウちゃんに電話で伝えられた直後に倒れたんだって。インパクトがあり過ぎたんだろうね」

「それは初耳です」

「おたくの佐竹さんは知ってるはずだけどな。電話取り次いだ本人だし。ま、とにかくコウちゃんは心残りだったと思うよ。この倶楽部始まって以来の、いや、世界中の誰も口にしたことがない、まさに『稀有なる食材』だからね。コウちゃんには悪いけど、あなた、すごくラッキーだよ」

私が返答に困って黙ってしまうと、林老人は、ふふっと含み笑いをし、涼しげなガラスの器を手に取り中身を一息に飲み干した。いわゆる白魚の踊り食いというやつだ。稀食と銘打つほどのものではないし、こういう下品な食べ方は私の好みではない。

食前酒のグラスを食卓に戻す。そこに並んでいるのは、岩海苔《のり》らしき具の吸い物の椀《わん》、茶わん蒸し、携帯燃料の炎で温められている小さな土鍋、焼き魚の皿、そして白魚の泳ぐ器。

なにが稀食倶楽部だ。民宿の夕食だってもうちょっと工夫があるだろうに。

私は釈然としない気分で薄味の茶わん蒸しを食べ、土鍋の中のゼラチン質の肉をかじった。

「修造さん、なんだかご不満そうだね。ふふ。なんの代わり映えもない料理じゃん、って思ってるんでしょう。たいして美味くもないし、なあんて考えながらさ」

図星だ。

「いえ、美味しく頂いてます」

「そう？　だったらよかった。ではそろそろいいかな。じゃじゃーん。これをお見せするのは、料理を一通り味わってもらってからと思ってね」

林老人は悪戯《いたずら》っ子のような顔になり、「お品書き」と書かれた白い紙を食卓の上に置いた。

食前酒　ツチノコ酒
吸い物　コスジノリの潮汁
お造り　ヨーロッパ・シラスウナギの踊り食い
鍋　物　オオサンショウウオの水炊き
焼　物　クニマスの塩焼き
蓋　物　トキの卵の茶わん蒸し
洋　皿　本日のステーキ

息が詰まった。汗が出た。トキって、あのトキだよな。クニマスっていうのは、絶滅したと思われていたのが、少し前に生育が確認されたとかいう魚だっけ。コスジノリ？　聞いたことはないが、きっと稀少な海藻なんだろう。

でもまあ、その辺まではいいとしても——

「ツチノコって、いわゆるあのツチノコですか」

「そうだよ。ＤＮＡ鑑定の結果によるとマムシの変種で、クサリヘビ科に分類されるんだってさ。今日のは兵庫県産の五年物だったかな。漬けてるとこ見る?」

私が返事をする前に、林老人は給仕に声をかけた。ほどなく薄い褐色のガラス瓶がワゴンにのせられ運ばれてきた。まさかと思いつつ顔を近づけてみると、子どもの頃に雑誌かなにかで見た想像図そっくりの生き物が頭を上にして漬け込まれていた。

「どう? ツチノコでしょ。これでわかったかな。稀食倶楽部の入会申込書に書かれていた規約の意味。『当倶楽部の食事会で提供された食材に関する一切の情報について他言を禁ず』って、あったでしょう。あと、年会費が二千万円って理由も」

林老人は杉の箸を器用にあやつり塩焼きにされたクニマスの腹の身をほぐすと「ちょっと焼き過ぎだよねえ」と言いながら口の中に放り込んだ。

私はあらためて周囲を見渡した。お年寄りたちはみな楽しそうに歓談しながら、天然記念物や絶滅種を食い散らかしている。

「本日のステーキです」

給仕長が銀のワゴンを押し、部屋に入って来た。

ざわめきがぴたりと止まる。全員の目が爛々《らんらん》と輝きだすのがわかった。

来た。世界中の誰もが口にしたことがなく、入手の知らせだけで親父をショック死させたという、とっておきの食材を使った今日のメインディッシュが。

「なんのステーキなんですか」

「ふふ。まずは食べましょうよ。この機会を逃すと二度と食べることができないモノだよ。安全性は一カ月かけた動物実験でチェック済みだから、ご心配なく」

安全性？　動物実験だと？

給仕が無言で食卓に置いた白い皿の上で、その食材はほのかな湯気をまとっていた。

「初めての昼食会はいかがでしたか」

助手席から佐竹が話しかけて来たが、私は窓の外を流れる景色に目を向けたまま返事をしなかった。いやできなかったのだ。

頭の奥がじんと痺《しび》れて、体に力が入らない。

一カ月前、私は親父の葬儀と引き継ぎ作業にかかりきりで、世間の騒ぎに関心を持つ余裕はなかった。だから、食事会終了後に林老人から見せられた、当時のスポーツ新聞の切り抜き記事のような騒ぎがあったことなど、今日までなにも知らずに過ごしてきたのである。

――ＵＦＯの墜落か？　長野県北部の山中にオレンジ色の発光物体が落下。

今も舌の上に残るステーキの味は一生忘れられないだろう。

澄み渡る青空　拓未司

拓未 司 （たくみ・つかさ）

1973年、岐阜県生まれ。

第６回『このミステリーがすごい！』大賞・大賞を受賞し、『禁断のパンダ』にて2008年にデビュー。

◎著書
『禁断のパンダ』（宝島社文庫）
『蜜蜂のデザート』（宝島社文庫）
『虹色の皿』（角川書店）
『恋の病は食前に』（朝日新聞出版）
『ボトムレス』（NHK出版）
『紅葉する夏の出来事』（宝島社文庫）

◎共著
『「このミステリーがすごい！」大賞10周年記念　10分間ミステリー』（宝島社文庫）
『５分で読める！ひと駅ストーリー 乗車編』（宝島社文庫）
『エール！２』（実業之日本社文庫）
『もっとすごい！10分間ミステリー』（宝島社文庫）
『５分で読める！ひと駅ストーリー 夏の記憶 西口編』（宝島社文庫）
『５分で読める！ひと駅ストーリー 冬の記憶 西口編』（宝島社文庫）
『５分で読める！ひと駅ストーリー 本の物語』（宝島社文庫）
『５分で読める！ひと駅ストーリー 食の話』（宝島社文庫）

まだ十代の若い頃から、わたしには、なにかつらい目に遭ったときには安易に死を望む傾向があった。未《いま》だ果たされていないということは、その度に恐れや迷いが生じて踏ん切りがつかなかったわけなのだが、妻と別れて以来、死への欲求がより強く、甘美な誘惑となって胸を高鳴らせていた。

春の陽気が顔を覗《のぞ》かせ始めた、暖かな日のことだった。妻は、なんの前触れもなく別れを切り出してきた。理由を尋ねても、「わたしが悪いの」と言うばかりで、それ以上はなにも教えてくれなかった。

その様子から裏切られたことを悟ったわたしは、問い詰めることなく了承した。真実を知ることが怖かったのだ。あるいは、認めたくなかったのかもしれない。妻のことを心から信頼し、愛していたわたしは、優しい笑みさえ浮かべていた。離婚届に判を押すそのときまで、彼女が寸前で思いとどまることを期待していた。

翌日より、わたしの脳裏に「死」の文字がちらつき始めた。具体的なイメージを頭の中で構築していき、来る日も、来る日もその機会を窺《うかが》った。しかし、わたしはよほど臆病な男のようで、どうしても実行に移すことができなかった。死を望みながら、明日のために眠る日々が続いた。

奇妙な夢にうなされるようになったのも、その頃である。様々な過去のつらい経験が生き物のように蠢《うごめ》き、寄って集《たか》ってわたしの心臓を食い荒らしているシーンが繰り返し流れるのだ。やがてそれらは巨大な一匹の化け物となって牙を剝《む》き、人間の悲鳴に似た咆哮《ほうこう》を上げる——そこで、いつも目が覚めるのだった。

ふと、その化け物は自分自身ではないのかと思うときがあった。わたしの深層心理を象徴した姿ではないのかと。だが無論、夢では確証を得られるわけもなく、また、夢に論理的な説明を求めるつもりもなかった。

夏の残り香が消え去った、肌寒い日のことだった。連日の寝不足がたたったのか、わたしは会社に遅刻した。上司に呼び出され、仕事を舐《な》めているのかと注意を受けた。彼の小言は延々と続いた。それまでも、立て続けにミスをしていたせいだろう。このところ仕事に身が入っていないのは事実だった。わたしは、黙ってうなだれるしかなかった。

しばらくしてまた遅刻をしたとき、上司は「そんなんだから女房を寝取られるんだ」と口にした。元妻とは職場結婚だったので、今でも彼女と親交のある者が面白半分に噂《うわさ》を流したのかもしれない。顔を真っ赤にして狼狽《ろうばい》するわたしを、上司は見下した態度で嘲笑《あざわら》っていた。同僚や部下たちは、わたしの姿が視界に入っていないかのように公然と目配せを交わし、にやにやしていた。孤立したわたしには、ただ苦痛に耐えてやり過ごすことしかできなかった。

同日の深夜、奇妙な夢から目覚めた直後のわたしは、衝動的に包丁を手にしていた。

静まり返った暗い部屋でひとり、手の中にあるそれをじっと見つめた。胸が熱くたぎっていた。元妻や上司、同僚や部下たちの顔が次々と頭に浮かんでは消えていき、浮かんでは消えていった。だが、それでもわたしは一歩を踏み出せなかった。わたしは嘆息し、そっと包丁を元に戻した。

秋の豊かな色彩は、あっという間に枯れ落ちていった。ある日、風の便りに元妻が再婚したと聞き、わたしは強烈な自己嫌悪に陥った。なぜ自分が死を望みながらも実行に移せないでいたのか、その理由がわかったのだ。わたしは待っていたのだった。彼女が「やり直したい」と泣いて詫《わ》び、わたしのところへ戻ってくることを。わたしは、ようやく現実を思い知った。

その日を境に、わたしは奇妙な夢をぱたりと見なくなった。恐れや迷いも消えていた。憑《つ》き物が落ちたかのように、心の中が妙に澄み渡っていた。いつでも、どこでも、自分の好きなタイミングで実行に移せると思った。

わたしは元妻の居所を探すことにした。事を為《な》す前に、落ち着いた場所で彼女と話がしたかった。決して多くない貯金を取り崩して興信所に依頼すると、一週間と経《た》たずに返事があった。元妻は意外と近くに住んでいた。わたしは床屋に行き、新しく服を買い求め、身なりを綺麗《きれい》に整えた。彼女への、最低限の礼儀であった。

冬の切りつけるような冷たい風が、むしろ心地好《よ》かった。わたしは元妻とその夫が暮らすマンションの前で、彼女の帰りを待った。興信所の調査結果によれば、近所のスーパーでパート勤めをしているとのことだった。わたしは腕時計に目を落とした。勤務後に真《ま》っ直《す》ぐ帰宅するならば、もうすぐ現れるはずだった。

気持ちが昂《たかぶ》っているのを自覚していた。わたしはこれから、死と直面する。ずっと以前から心に巣くっていた願望を、いよいよ成就させるのだ。その後の世界は、きっと素晴らしいものに違いないと確信していた。

ほどなく元妻はやってきた。久し振りに見るその穏やかな顔が、瞬時に緊張の面持ちに変わったのが悲しかった。「ちょっといいかな」とマンションの真向かいにあった公園に誘うと、彼女は無言で頷《うなず》き、数歩遅れてわたしについてきた。古びたベンチに、並んで腰を下ろす。

「どうしたの?」

不安げに尋ねてくる元妻に、わたしは告げた。

「きみとはもう会えなくなるから、その前に話をしようと思ってね」

「……どういうこと?」

元妻の顔つきが、いっそう不安げになる。わたしは小さく肩をすくめた。

「聞いたよ。再婚したんだってね」

「あ……うん」

「おめでとう。僕にこんなこと言われても困ると思うけど、幸せになってくれ」

返答はなかった。わたしは吐息をつき、かぶりを振った。

「恨んではいないよ。それどころか、僕はきみに感謝してるんだ」

なぜ、とでも言うように、元妻はわずかに首を傾《かし》げた。

「僕は、新しい世界に旅立つことにしたんだ。きみのお陰でやっと決断することができたんだ。別れてよかったと思ってる。だから、きみを責めるつもりはないんだ。本当だよ。僕は、決断できたことが心から嬉《うれ》しいんだ」

わたしは優しい笑みを浮かべた。彼女から別れを切り出されたときとは違う、偽りなきものだった。愛《いと》おしい感情が、胸いっぱいに広がっていた。

「ああ、嬉しくてたまらない。きみには黙っていたけど、僕はね、きみと結婚する前からこのときが訪れるのを願っていたんだ。気弱な性格のせいで、なかなか実現しなかったんだけどね。長かったよ。今までよく我慢してこられたものだ」

「……ねえ、もう会えなくなるって、さっき言ってたよね。それって――」

「きみには、なんの責任もないよ」

元妻が口にしかけた言葉を、わたしは遮った。わたしの決意が揺らぐことはないが、愛する彼女に思い直してくれと懇願されたら、さすがに平静を保てなくなってしまう。

澄んだ心のまま事を為し遂げたかった。

「笑ってくれないか」

わたしは元妻にそう微笑《ほほえ》みかけたが、彼女の不安げな表情に変化はなかった。

「きみの笑顔が好きなんだ。頼むから、笑ってくれよ」

もう一度、さらに深い微笑みで言った。元妻は顔を強張《こわば》らせながらも、泣き笑いのような、ぎこちない笑みを見せた。それだけで、わたしは充分に満たされた。

「ありがとう。これで、心残りはなくなったよ」

ベンチから立ち上がると、わたしは元妻に左手を差し出した。彼女は戸惑った様子でわたしを見たあと、おずおずと左手を伸ばし、握手に応じてくれた。柔らかく温かな手のひらに懐かしみを覚えた。

元妻の手を力強く握り締め、わたしは右手を腰に動かした。上着をまくり、シャツとズボンの間に隠し持っていた包丁を抜き取る。

「さようなら」

左手で元妻の体を引き寄せると同時に、彼女の胸を目がけて右手を突き出した。鋭い切っ先が肉を裂き、骨を砕く感触が腕に伝わった。そのまま、抱擁を交わすように体を重ね合わせ、包丁を押し込んでいく。

「気分はどうだい」

眼球が飛び出すほどに大きく目を見開き、びくびくと全身を痙攣《けいれん》させている元妻の耳元で、わたしは囁《ささや》いた。ゆっくりと、快感に打ち震えながら。

「僕はとてもいい気分だ。想像以上の素晴らしさだよ」

ひゅうひゅうと、元妻の喉が鳴っていた。苦しげな、かすれた声が漏れている。わたしは彼女の口元に耳を近づけた。「どうして……」と聞こえた。

「僕はね、僕をつらい目に遭わせた連中を、ずっと殺してやりたかったんだ。そいつらの死を望んでいたんだ。きみのお陰でとうとう実行に移すことができたよ。ありがとう。これで会社に行くのが楽しみになった」

元妻の顔が土気色《つちけいろ》になっていた。彼女は、静かに目を閉じた。

「寂しくなんてないさ。きみの新しい旦那も、すぐにきみのところへ連れていくから。いつまでも仲良く、幸せに暮らしてくれ。じきに知った顔も増えて賑《にぎ》やかになるよ」

わたしは元妻に接吻《せっぷん》した。別れの口づけだった。

動かなくなった彼女から体を離し、空を仰いだ。こんなに美しい青空は、見たことがなかった。

ロケット花火　才羽楽

才羽 楽（さいば・らく）

1983年生まれ。

第14回『このミステリーがすごい！』大賞・隠し玉として、『カササギの計略』にて2016年にデビュー。

◎著書
『カササギの計略』（宝島社文庫）

風にそよいでいるせいか、斜陽が極彩色の花びらの上を楽しげに踊っているように見えた。百日草。花言葉は幸福。ここの花壇の水やりはうちのクラスの園芸委員の仕事である。だが園芸委員の彼がしばらく学校を休んでいるせいで、生徒会の僕が代わりに水やりをしているのだ。毎日かかさず誰もまだ登校していない早朝に来て水をやり、下校前にも水をやる。校舎の裏、ほとんど誰も通らない通路の脇に作られた花壇。こんな隅っこにある花壇の花でも、毎日誰かが世話をしてやることで、こんなにも綺《き》麗《れい》に咲くのだ。

昨日の放課後のことだ。僕はクラスの不良グループに呼び出されていた。学校の近くにあるマンションの人目につかない駐車場で同じクラスの田崎一郎《たざきいちろう》、二井健治《ふたいけんじ》、三《み》澤隆《さわたかし》に囲まれていた。髪の毛を明るく染めた田崎が言った。「だからよ、おめぇに真犯人を見つけだしてほしいんだよ」僕が返事をせずにいると眉毛をシャーペンの芯《しん》ほどに細くした二井に「センコー達に怪しまれてたら、授業をさぼって吸いにこれねぇんだよ」とすごまれた。僕の祖父は家の近くで細々と煙草《たばこ》屋を営んでおり、三人とも僕がそこからくすねてきた煙草をスパスパと吸っている。厳密に言うと、彼らに盗《と》ってこいと言われた煙草、だが。最後に恰幅《かっぷく》のよい三澤に「頼むよぉ」と言われ、僕は彼らの要望を半ば強引に引き受けさせられることとなった。

うちの高校では数週間前からある事件が起こっていた。授業中に校内で音入りのロケット花火が発射されるという事件だ。そしてその事件は二度起こったのだが、その両方ともが田崎、二井、三澤の三人が授業をさぼっている最中に起こった。当然のことだが担任やクラスメイトは彼らを疑う。どうせあいつらだろう、と。けれど、彼らは自分ではないということを僕に訴えてきたのだ。その真犯人を僕に捜してほしいというのが彼らの要望だった。なぜ僕が、という真っ当な質問を彼らに投げかけると、「お前は生徒会だろ」と理屈のよく分からない理由を述べた。彼らはいつもそうだ。面倒なことがあると生徒会だろ、と言い、全部僕に押し付けてくる。どうやら煙草の吸いすぎで脳みその血管が収縮してアホになっているのだろう。今回のことも予想はしていた。

次の日の一時間目のロングホームルームの教壇に立っていたのは担任ではなく、僕だった。ロケット花火事件の犯人を捕まえる為に時間をください、と申し出たところ、担任は怪訝《けげん》な顔をしたが、「田崎、二井、三澤の授業さぼりを辞めさせられるかもしれません」と適当なことを言うと、それなら、と快く受け入れてくれた。担任も三人のさぼりには手を拱《こまぬ》いているのだ。

「今日のホームルームは、最近授業妨害になっているロケット花火事件について、みんなで話し合って解決したいと思います」僕がそう言うと、クラスメイト達は大きな欠伸《あくび》をしたり、あからさまに嫌そうな表情を作ったりした。めんどくせ、と言う声も聞こえた。そんな中、田崎、二井、三澤だけは大きく頷《うなず》いていた。早く真犯人をみつけてくれ、と言わんばかりの面持ちだ。

まず事件をまとめることにした。事件が起こったのは、二回。いずれも昼休みが終わった五時間目。五時間目が始まって、ほどなく、決まって校舎に向かってロケット花火が撃ち込まれる。ピーーーーッというその空気をつんざくような音に生徒も教師も一様に驚く。そしてほぼ同時だが少しだけずれてパン、パン、パン、と破裂音が響く。三発だ。発射位置は特定されていない。学校の敷地内なのか、外なのかも分からない。容疑者は事件の最中に授業に出ていない、田崎、二井、三澤の三人。三人は犯人が自分たちではないことを主張している。

「犯人は分かってるだろ。事件の授業中にこの教室にいなかった人間だろ」テニス部の上田《うえだ》君が言った。上田君は以前、三澤にいちゃもんをつけられ殴られたことがあった。今がチャンス、一矢報いてやろう、という意気込みが伝わってくる。

「なんだとてめえ」「もっぺん言ってみろ」「ぶっとばすぞ」三人が口々に上田君に向かって怒号を浴びせる。上田君は彼らと視線を合わせないように、こちらを凝視している。

「まあまあ」と僕が静粛を促す。「確かに、事件のあった時、教室にいなかった人がいます。だけど、それはこのクラスだけのことであって、他のクラスの生徒でいなかった人間もいるのではないでしょうか？」僕は上田君に反論する。なぜ僕が、田崎、二井、三澤の弁護をしなければいけないのだと、悲しくなる。

「そらそうだけど」上田君は不貞腐《ふてくさ》れた顔を作った。

「先生、事件の時間帯、他のクラスで授業に出ていなかった生徒はいなかったですか？」僕は窓際に背を持たせかけている気弱そうな担任に質問を投げかける。「それがな」しばし担任は眉を顰《しか》め、「いないんだよ」と言った。

「ほんとうですか？」

「ああ」

「一人も？」

「ああ。珍しく二回ともな」

恐る恐る田崎、二井、三澤の方を見ると、三人がなんとも言えない形相で僕をにらみつけていた。僕は、沈黙する。すると、二井が「あ」と大きな声を出した。「そうだ、あいつもいなかっただろ絶対」教室の空いている席を指さす。園芸委員の柘上《つげがみ》の席だ。「そうだよぜってぇいねぇよ」三澤も笑いながら言う。「そうだ」田崎も便乗する。クラスの全員が三人に冷ややかな視線を送る。ただ、誰も思っていることを口に出せない。そう、自分が柘上のような仕打ちをされるのを恐れているのだ。三人は勝ち誇ったように下卑《げび》た笑みを浮かべていた。栢上が学校へ来なくなったのは一か月前。栢上は、田崎、二井、三澤の三人に激しいいじめを受けていた。もともと優しい性格の栢上は反抗することもなければ、怒った表情を見せることすらなかった。机に油性ペンで落書きをされても、髪の毛にガムをつけられても制服の裾をハサミで切られても、何も文句を言わなかった。彼はいつも困った顔をして、俯《うつむ》いていた。

栢上は突然、学校へ来なくなった。わけではない。学校へ来なくなる前日、僕は彼と話していた。明日から学校を休む、と彼が言った。僕が、いじめが原因か、と訊《たず》ねると栢上は力弱く頷いた。そのあと、田崎達からお金を要求されていると僕に告白した。僕が、先生に言おう、と提案すると、彼はかぶりを振った。そして、「花は強いよね、どんなことがあっても何も文句を言わず、まっすぐに咲いている」と言った。僕は何も言えなかった。それが栢上と僕が最後に交わした会話だった。

「で、でもね」気の弱そうな担任が勇を鼓して口を開く。「栢上君は部屋から一歩も出てこないそうなんだ。お母さんが言っていたよ」

「じゃあなんだよ、俺らだって決めつけるのかよ？　証拠もねぇのに」二井が担任に食ってかかると担任は再び黙り込んだ。教室が静寂を纏《まと》う。

「どうしましょうか」僕は困った表情を作る。

「持ち物検査をしましょう！　ロケット花火が出てくるかもしれません」そう言った

のは上田君だった。

「それはまずいよ」担任が咄嗟《とつさ》に口を開く。「今は昔と違って、そういうことをしちゃうと問題になるから」

「いや、任意なら大丈夫でしょう。持ち物検査をしてもよいという人間だけすれば」僕は言う。「田崎君、二井君、三澤君、いいよね？ これで疑いが少しでも晴れるなら」

三人は自信満々に頷いていた。これが彼らの潔白を証明する手段だと思ってくれたのだろう。僕は知っている。彼らが煙草を吸っていることを。でも彼らが煙草やライターをいつも携帯していないことも知っている。学校の近くのマンションのガレージに隠しているのだ。昼休みのあと度々五時間目をさぼって、それを吸いに行っていることも知っている。だから、彼らは今、煙草を持っていないはずだ。彼ら以外の生徒もほとんどが持ち物検査に同意し、クラスのほとんどが机の中の物と鞄《かばん》の中の物を机の上に出す中、様子のおかしい生徒たちがいた。田崎、二井、三澤だ。机の中を何度も覗《のぞ》き込み、顔を青ざめさせている。

「どうした」と担任が様子のおかしい三人に気づき、彼らの机の中を調べると、次々に煙草が発見された。僕は大きな声で「嘘《うそ》だろ、なんでそんなもの持ってるんだよ」と言い、頭を抱えた。三人は狐《きつね》につままれたような表情だった。三人は誰かに仕組まれた、と訴えたが、そんな言い分は通らず、その日のうちに三人仲良く停学処分となった。

もちろん、三人の机の奥に煙草を忍ばせたのは僕だ。誰もいない早朝の教室で。因《ちな》みにうちの高校では一度目の停学は二週間、二度目の停学で無期停学だ。

上田君は打ち合わせ通りにセリフを言ってくれた。初めこそ彼らの報復を恐れて躊躇《ためら》っていたが、三人を無期停学にできるかもしれない、と言うと快諾してくれた。無論、彼らが停学明けに上田君に報復したとしても、上田君が先生に言えば無期停学は免れない。


それから二週間後、昼休みの終わる直前、僕は百日草の花壇の前にいた。それらは何も言わず、色とりどりの綺麗な花を咲かせている。今日は他のクラスの欠席者を確認する必要はなかった。僕は生い茂った葉と花の下に隠した、コンビニのレジ袋を取り出す。朝早くにきて仕込んだものだ。ばっちり中身は水に濡《ぬ》れていない。まず、レジ袋の中からライターと煙草を三本取り出し、口に咥《くわ》え、三本同時に火をつけた。それからレジ袋の中のロケット花火を三本取り出す。相変わらず人目はないが万が一誰かに見られては、計画が画餅《がべい》に帰す。手早くロケット花火の柄の先端を煙草のフィルター近くの紙に突き刺す。紙の部分はすぐに破れて煙草に小さな穴があいた。ロケット花火の導線をそこにねじ込む。煙草が導線にぶら下がる。三本のロケット花火に同じ細工を施しロケット花火の持ち手の部分を柔らかい土に、斜め四十五度の角度で差し込んだ。ライターをそのまま地面に落とす。そしてその場を後にした。

教室に戻ると、謹慎期間を終えて今日から登校してきた田崎、二井、三澤のところへ行き、「柘上君が学校に来ていて、田崎君たちに百日草の前に来てほしいって言ってたよ、なんかお金がどうとか言ってたけど」と伝えた。窓際の自分の席に戻ると外の景色を眺めた。田崎、二井、三澤が渡り廊下を百日草の花壇の方へ走っていく。さっき火をつけた煙草が徐々に短くなっていきロケット花火の導線に近づいていくのを想像する。発射されたロケット花火の場所には煙草の吸殻とライターが残る。しばらくすると生徒指導の教師が先ほど三人が通った渡り廊下を百日草の花壇の方向へ走っていった。昼休みに学校に匿名で電話をした。生徒指導を呼び出し、三人が今日の五時間目にロケット花火を校舎に撃ち込む物騒な話をしているのを聞いてしまった、と告げた。生徒指導の教師は昼休み中ずっと、彼らをマークしていたのだろう。五時間目の始まりのチャイムが鳴った。コーン、という最後の音のあとで、空気を切り裂くような甲高い音が聞こえ、そのあとこ気味のよい破裂音が三発聞こえた。

ふと、百日草のもう一つの花言葉を思い出す。「不在の友を思う」だったなと。

ほおずき　天田式

天田 式（あまだ・しき）

1955年生まれ。

第1回『このミステリーがすごい！』大賞・優秀賞を受賞し、式田ティエンとして『沈むさかな』にて2003年にデビュー。

◎著書（天田式）
『残る虫　百姓米蔵仇討ち千里』（宝島社文庫）

◎著書（式田ティエン）
『沈むさかな』（宝島社文庫）
『月が100回沈めば』（宝島社文庫）
『湘南ミステリーズ』（宝島社文庫）

◎共著
『「このミステリーがすごい！」大賞10周年記念　10分間ミステリー』（宝島社文庫）
『5分で読める！ひと駅ストーリー 降車編』（宝島社文庫）
『もっとすごい！10分間ミステリー』（宝島社文庫）
『5分で読める！ひと駅ストーリー 夏の記憶 西口編』（宝島社文庫）
『5分で読める！ひと駅ストーリー 冬の記憶 東口編』（宝島社文庫）
『5分で読める！ひと駅ストーリー 猫の物語』（宝島社文庫）
『5分で読める！ひと駅ストーリー 食の話』（宝島社文庫）

目をつけた店内の男は、格段怪しい挙動も見せなかった。

見誤ったか――。清右衛門《せいえもん》は気落ちしたまま茶代を置くと、立ち上がろうとした。

その時、ひとり場違いな百姓が、茶店のおもてに立ったのである。百姓は手に、ほおずきの鉢を下げていた。


慶応《けいおう》元年七月。正午を回った刻限――。

根岸《ねぎし》村、白滝不動《しらたきふどう》前の茶店である。

しのぎやすい季節なら参詣人で賑《にぎ》わう名刹だが、残暑のきょうは、日差しをまともに受けた参道がまぶしく光り、わずかな人出もみな茶店奥の暗がりに逃れていた。

片桐《かたぎり》清右衛門はこの半年余り、ここから三十町《ちょう》ほど離れた開港場・横浜で、英吉利《イギリス》人ウイリアムズの動向を見張っていた。

一昨年、薩英《さつえい》戦争で手ひどく負けた薩摩《さつま》藩は、すぐに敵であった英吉利に近づいた。

昨年の馬関戦争では西欧列強四カ国に敗れた長州《ちょうしゅう》藩が、彼我の武力の差を思い知り、攘夷《じょうい》から開国論に転換したという。

今年になっては薩長《さっちょう》ともに、頻繁に横浜の外国商館へ藩士を送っているのであった。

目的は、新しい武器の調達であろう。薩長両藩とも地元藩校では、あからさまに倒《とう》幕《ばく》を唱え始めたという話だ。

藩が、幕府に隠れて武器を調達するのは、厳に御法度《ごはっと》である。おもてむき薩摩も長州も、諸外国の事情を学ぶ横浜遊学だとか、藩産品の異国への売り込みだ、などと称した。

もちろん幕府は勘付いてはいた。だが、外国へ自由交易を保証した手前、外国商館への立ち入った調査はできなかった。

そこで横浜の外国奉行の下に、調役探索方《しらべやくたんさくがた》という情報部隊を組織し活動させた。

片桐清右衛門は、その隠密《おんみつ》の一員であった。

ウイリアムズの商館にも、薩摩藩士らしい訛《なま》りの強い武士たちが出入りしていた。清右衛門は同僚とともに彼らを見張ったが、武器売買の証拠を挙げることができずにいた。

ウイリアムズには、日本人の女房がいた。顔立ちの整った、千絵《ちえ》という名の二十歳《はたち》そこそこの女子《おなご》である。もとは港崎《みよざき》遊郭の、通い羅紗綿《らしやめん》と呼ばれた外国人向け女郎《じよろう》であったが、ウイリアムズに身請《みう》けされ、今は居留地内の私邸に同居している。

驚いたことに、この女はよく馬に乗った。

羅紗綿として通っていた頃からウイリアムズの私邸前庭で馬の扱いを覚えると、すぐに市中《しちゆう》に出て駆《か》け乗《の》りまでこなし、以来、ウイリアムズや番頭と連れ立って、頻繁に鶴見《つるみ》の総持寺《そうじじ》や鎌倉の海岸へと遠乗りをした。

ところがこの千絵に、いつの間にか、侍《さむらい》の用心棒が伴《とも》につくようになったのだ。

薩摩・長州などの雄藩《ゆうはん》は開国に舵《かじ》を切ったとはいえ、国内にはまだ攘夷を叫ぶ藩や結社も多く、いきなり異人に斬り掛かるような輩《やから》もいた。その刃の的《まと》は、日本人女房や家族、商館番頭、出入り商人《あきんど》にまで及《およ》んだ。

すると横浜では、こうした外国人に雇われる用心棒が現れた。だがその素性は食い詰めた武士ならまだしも、ただの破落戸《ごろつき》やお尋ね者だとも囁《ささや》かれた。

清右衛門は、千絵のこの用心棒が怪しい、と睨《にら》んだのである。

用心棒らしく振る舞っているが、その実は外国人私邸に住み込んだ、薩摩藩士との連絡役ではないか。

清右衛門は、ひと月かけて、女房と用心棒がどういう場所へ出歩くのか調べ上げた。

清右衛門は馬を与えられていないので、彼らを追うことができない。だが幸いにも千絵は、日付ごとに出歩く先を決めていた。ことに今月に入ってからは、外国人の要請で幕府が普請した、山手《やまて》の丘から本牧《ほんもく》への観光周回道路がほぼ完成し、彼らはこの道を二日おきに馬で廻《まわ》り始めた。途中休む茶店も順に、地蔵坂《じぞうざか》上、不動坂《ふどうざか》上、白滝不動前、本牧十二天《じゅうにてん》、と決めていたのであった。

きょうは、白滝不動の茶店へ寄る日。清右衛門は野毛《のげ》の役所を出ると、炎暑の下、一刻《いっとき》ちかくをかけて根岸まで歩いてきたのだ。

だが、茶店の奥で心太《ところてん》などをすする二人に、接触する武士もいなければ、密書を届ける使いの手代《てだい》も出てこなかった。来たのは、ほおずきを下げた百姓だったのである。

清右衛門は座り直した。軒から垂れた日除《ひよ》け暖簾《のれん》越しに、そっと百姓を窺《うかが》った。

百姓は敷居に歩み寄ると、店の奥へ声を掛けた。「次助《じすけ》でやす」

するとあの用心棒が出て来て、ほおずきの鉢を括《くく》る縄ごと受け取り、銭《ぜに》を払ったのだ。

緑色の実をつけた株だった。百姓は何度も頭を下げると、日向《ひなた》の道を帰って行った。

用心棒は鉢をぶら下げて奥の席に引っ込み、千絵にほおずきを見せると千絵も立ち上がった。二人は店の奥に声を掛け、清右衛門の横を通って外へ出た。そのまま店の角を回って裏へ消えると、すぐに二頭の馬に乗って現れ、本牧方面へ走り去った。

清右衛門は、店の裏へ走り込んだ。

どちらの馬にも、ほおずきの鉢が乗っていないことに気づいたのだ。

案の定、木立の下の水桶《みずおけ》の横に、今買ったばかりのほおずきが置き去りにされていた。

小さな付《つ》け文《ぶみ》でも結ばれていて、それだけを回収して帰ったのか。清右衛門はほおずきを仔細《しさい》に眺めた。だが、最前と変わったところは見られなかった。

と、茶店の角に、再びあの百姓が現れたのである。清右衛門は、あわてて鉢から離れ、木立の蔭《かげ》へ回った。

百姓は、目を細めて日影の中へ入って来ると、辺りを見回してから、ほおずきの鉢植えを持ち上げ歩きだした。

清右衛門は後をつけた。

百姓は、村に通じる古い道へと入って行く。

門前の家並が途切れ、畑に囲まれると、清右衛門は百姓の背中へ声を掛けた。

「次助」

百姓は跳び上がらんばかりに驚き、そのまま探るような目とともに振り向いた。

「驚かしてすまぬ。ちょっと尋ねたいことがある」清右衛門は言った。

次助から聞き出した事情は、こうである。

先ほど、自分の畑で茄子《なすび》の世話をしていたら、「おぬしの横にほおずきが植わっておるが」と、馬上からあの用心棒が声を掛けて来た。

「連れの奥方の所望で一鉢《ひとはち》買いたい。後で茶店へ届けてくれ。だが、馬の水場に置き忘れて帰るから、いったんは引き取ってくれ」と。

銭だけ払って物は返すというのか、奇妙な買い物だな。狙《ねら》いはほおずきではないのか。

「いや、旦那はまた後日、ちゃんとほおずきは引き取りに来るそうだや」

「うん？」

「それまでに、根を差し替えておくように言われただよ」

「なんだと、根を差し替える？」

「ああ、茄子の根に付け替えるだ」

「ほおずきを茄子の根に付ける？　そんなことができるのか？」

「おらもそう思っただがな、あの旦那はできるはずだと言ったんだ。おらは、できるかどうか、やってみねえとわからねえがやってみるべ、と引き受けただよ」

「……奴が次に来るのは八日後だな」

「よくご存知で。確かにそう言われただよ」


八日後。

清右衛門は白滝不動前の茶店にいた。奥の席では、あの用心棒が茶を飲んでいる。だがきょうは一人だけで、千絵はいなかった。

次助が店頭へほおずきを持ってきた。

用心棒は、やにわに鉢の土を掘って根を確かめると、うなずいて次助を帰した。

そこで清右衛門は、「もし」と声を掛けた。「立派なほおずきですな」

「ほう」と用心棒は清右衛門を見た。「おぬし、ほおずきも見分けるか」

「も、とは？」

「おぬしは探索方の役人であろう。ずっと我らを見ておった。おそらく主人の商館とどこかの藩との商いについて探っておるな」

清右衛門は言葉に詰まった。「いや」顔色を変えないように「伺いたいことはそのほおずきについてだけだ」ようやくそう応じた。

用心棒は薄く笑うと、「結構だ」と言った。「お答えしよう。して、何を知りたい？」

思いもしない成り行きになった。

「いったん購《あがな》った鉢植えを置いて行ったのは、根を差し替えさせるためだと次助に聞いたが、ならば、なぜその時に茶店まで届けさせたのだ。きょうまで待てば、次助の手間は一回で済むぞ」清右衛門は、縁台に向かい合った用心棒に尋ねた。

「おぬしは酸漿根《さんしょうこん》をご存知か」用心棒は、穏やかな声音《こわね》で訊《き》き返して来た。「南京《なんきん》の薬だ。それを女子が飲むと、腹に宿った子が流れるとされる」

「ああ、わが国でも女郎が使うと聞いたことがあるな」

「それは酸漿、すなわちほおずきの根だ。おぬしへの答えはそういうことだ」

「なに？」清右衛門はしばらく考え、やがて「するとウイリアムズの女房の腹には、子がいるのか？」と言った。

「おそらく。あの奥方がこうも馬に乗るのも、秘かに腹の子を流すためであろう」

「秘かに子を流したいのか？　なぜだ」

「主人は信仰上、子を流すことを忌《い》む。奥方は子を宿したことを誰にも告げておらん」

「だが、伴をしているおぬしは気づいたか……」

「わしは心太のように酸《す》い食い物は好かん。じつは主人は近々商館を売りに出し、本国に帰る。奥方は馬に乗る、わざと危ない手綱《たづな》を操る、そしてほおずきを所望した。誰にだってわかるだろう」

「ウイリアムズは帰国するのか？」

「ああ。屋敷の一同にそういう話があった。だがな、奥方が子を流すということは、主人だけが日本を出て行く、ということだ。ともに暮らす気なら子を生めば良い。奥方は主人から、連れて行けないと言われたのだろうな」

異人との間に生まれた子は目立つ。攘夷を唱える者らの恰好《かっこう》の餌食だ。その子の人生を悲観する母親もいるだろうし、その母が生きていく上で邪魔に感じることもあろう。

「ほおずきは、秘かに根が欲しい奥方がおぬしに買わせた。おぬしは買ったところを見せ、置き忘れたふりをし、根を茄子にすり替えさせた。それは、子を流せないようにするためか。おぬし、ずいぶん勝手ではないか」

「勝手かもしれん。だがな、こんな幕府の世がいつまで続くか怪しいが、こういう女やこういう子が、何の気兼ねもなく暮らせる世を作らぬといけない、そうは思わぬか。たとえ異人に嫁《か》しても日本の娘に違いはない。そこに子ができたら、その子も日本人の母を持つ日本の子。それが生まれずして流される、こんな世を作り替えるのも、おぬしらご政道《せいどう》を預かる者の務めでもあろう」

用心棒は、ほおずきの鉢の中を見せた。

「これは茄子の根だ。茄子の根にほおずきを接《つ》ぎ木している。それでちゃんとほおずきは育つ。ではこの株は、ほおずきなのか、茄子なのか。おぬしならどう言う?」

清右衛門はしばらく考えた。そして結局「わからぬ」と答えた。

「人も同じだ。奥方の腹の子は、英吉利人と日本人の根を持つ。どちらか一方ではない。どちらでもあるのだ。それで良いと思わぬか」

「おぬし、奥方に惚《ほ》れたな。ということは、その子もそっくり請《う》ける気か」

用心棒は、「わしはあの女子を守るのが仕事よ」と言うと、鉢を手に立ち上がった。

最低の男　篠原昌裕

篠原昌裕（しのはら・まさひろ）

神奈川県横須賀市ハイランド生まれ。

第10回『このミステリーがすごい！』大賞・隠し玉として、『保健室の先生は迷探偵!?』にて2012年にデビュー。

◎著書
『保健室の先生は迷探偵!?』（宝島社文庫）
『死にたがりたちのチキンレース』（宝島社文庫）

◎共著
『５分で読める！ひと駅ストーリー　乗車編』（宝島社文庫）
『もっとすごい！10分間ミステリー』（宝島社文庫）
『５分で読める！ひと駅ストーリー　夏の記憶 東口編』（宝島社文庫）
『５分で読める！ひと駅ストーリー　冬の記憶 西口編』（宝島社文庫）
『５分で読める！ひと駅ストーリー　猫の物語』（宝島社文庫）
『５分で読める！ひと駅ストーリー　旅の話』（宝島社文庫）

喫茶店「ショパン」はいつにも増して閑散《かんさん》としていた。

わたしと彼が向き合って座るテーブルの窓からは、もの寂しい冬の象徴みたいな、枝ばかりの街路樹が見える。

お互い何か言いたげなのに、お互いに相手の様子を窺《うかが》っている感じがする。これから口に出そうとする話題が、どちらも気安いものではないということだろう。

彼は、出されたホットの紅茶に何度も息を吹きかけていた。

そんなに早く冷ましたいのか、と思いながら、わたしは口を開こうとする。

「麻理《まり》」

名前を呼ばれ、機先を制されたわたしは、彼の表情に目を凝らす。

目の前に座る彼は、憂いを湛《たた》えたような瞳をしていた。

「ごめん、麻理……僕と……別れてほしい」

そのあと彼が、どんな言い訳をしていたのかは憶《おぼ》えていない。彼の言葉に込められた真意がわかったのは数か月後のこと。

彼は己《おのれ》の野心を成し遂げるために、わたしを捨てたのだ。

春のやわらかい風に桜の花びらが舞う。

僕は緊張を押し潰《つぶ》すように右手を握り、左手の人差し指でインターホンを押した。

「はい」という明るい声が聞こえてくる。自分の名前を告げると、大きな門扉は自動的に開かれた。邸宅の敷地へ足を踏み入れると、十数メートル離れた玄関のドア前で、絢子《あやこ》が微笑《ほほえ》みながら手を振っている。

通されたのは、天井の高すぎるリビングだった。家族の人数は絢子を入れて三人。家政婦を入れても四人だが、その人数が生活するには、広すぎるスペースだ。尻を置いたソファの座り心地は、僕がこれまでに経験したことがないほど快適なものだった。しかし、居心地はまったく良くない。

絢子の父親が、僕を品定めするような目で見ていたからだ。

絢子と母親が随所で相槌《あいづち》や質問を挟んでくれたおかげで、僕はなんとか一通り自己紹介をすることができた。だが、父親はその間、僕が手土産に持参したイチゴをまずそうに、次々と頬張っているだけだった。

「君が生物工学を学ぶ、優秀な大学院生だというのはわかったよ。話がそれで終わりというのなら、私はこれで失礼させてもらうが」

父親は、腰を浮かそうとした。

「待ってください、おとうさん！」

「君に『おとうさん』呼ばわりされる筋合いはない！」

僕の口から唐突に出てしまった言葉に父親は過剰な反応を見せた。覚悟はしていたが、やはり、いい気持ちはしなかった。だが、こんなことで怯《ひる》んではいられない。

「おとうさん」

「何度言ったらわかるんだ、私は君の……」

「僕は絢子さんを愛しています」

目を丸くして、「なっ！」と声を発したきり、父親は動きを止めた。

ここまで来れば、僕は用意してきたシナリオ通りに動き、台詞《せりふ》を述べるだけだ。

僕は、ソファから立ち上がり、父親の前へ歩み出ると、頭を下げる。

「どうか、結婚を前提とした、絢子さんとのお付き合いを許してください！」

「バカなことを言うんじゃない！　絢子はまだ二十歳だ。結婚なんて早すぎる！」

「わかってます。今すぐ結婚、というわけではありません。あくまで、ご両親に僕らの仲を認めていただきたい、と思ってご挨拶に伺っただけです」

「くだらん。君みたいな男との関係を認めるわけがないだろう！」

絢子の父親はそう言い捨てると、絢子にも「いいか、絢子。こんな男と付き合うなど、絶対に許さんからな。二度と会うな」と怒鳴り、リビングを去った。

僕は、その場で尻もちをつく。はずみで、父親が吐き出したイチゴの蔕《へた》が入っている小皿を、ひっくり返した。

絢子が「大丈夫？」と駆け寄ってきた。

「ごめん。すっごく緊張してた反動かな。急に気が抜けちゃったみたいで……」

僕は苦笑いをして立ち上がると、ぶちまけてしまったイチゴの蔕やフォークを拾いながら、絢子の母親に詫びる。

「申し訳ありません。おとうさんを怒らせてしまったうえに、こんな醜態までさらして……」

母親は困惑の色を滲《にじ》ませながらも微笑を作り、「そんなの拾わなくていいわよ。あとは、中島《なかじま》さんにやってもらうから」と、家政婦を呼び出した。

「それにしてもびっくりしたわ。いきなり、結婚を前提に、だなんて」

母親が漏らすと、絢子はきっぱりと意思を示してくれる。

「私たちは本気だよ」

絢子の「ねっ」という問いかけに、僕は力強く頷《うなず》く。

少なくとも僕は、絢子よりも本気だ。この状況になるために、どれだけの時間と労力をかけたかわからない。どれだけの人を利用し、どれだけのものを捨てたかわからない。それもこれも、すべて僕の計画を達成させるためだった。

それから十数日後、僕は絢子の父親に呼び出された。彼が代表を務める会社に。社長室に入った僕に、父親は「アイスティでいいか」と訊《き》いてきた。「助かります、猫舌なので」と僕が答えると、父親は秘書にアイスティを二つ持ってこさせる。

秘書が退出し、二人きりになると、父親が話を切り出した。

「なぜ呼ばれたのか、わかっているだろう」

「絢子さんのこと、ですよね」

「……絢子は今、どこにいる？」

「僕の部屋です。大丈夫ですよ、彼女に不自由な思いは、何一つさせてませんから」

「そういう問題じゃない！」

彼は、漆塗りのデスクを拳で叩《たた》いた。

「お前みたいな欠陥品に、娘をキズモノにされた父親の気持ちがわかるか？」

「心配は無用です、おとうさん」

「その呼び方をやめろ！」

「僕はまだ、絢子さんを服の上から抱き締めたことしかありません。極めてプラトニックな関係です。それだけ絢子さんのことを大事に思っているんです」

「違うな」

絢子の父親は、貫くように僕を見据えた。

「違う、とは？」

「お前は、絢子を大事になど思っていない。ただ、利用しているだけだ」

「利用？　なんでそんな……」

「絢子と結婚すれば、いずれ私の財産も、この会社も、お前のものになる……それを狙ってのことだろう」

僕は答えない。ここで取り繕っても、彼にはまだ、僕を追い詰めるカードがあるように思えたからだ。

「言葉が出ないか」

父親は満足そうに笑い、デスクの引き出しから写真の束を取り出すと、僕に向かって投げつけた。

僕は自分の足元に落ちた写真の一枚を手に取る。そこには、僕と冬まで交際していた女性とのツーショットが写っていた。

「その女性、藤岡《ふじおか》さん、というらしいな。調査を依頼した探偵が、お前のことを訊いた瞬間、彼女は泣き出したそうだ。よほどひどい別れ方をしたのだろう」

たしかに。僕は、彼女に有無を言わさず別れを告げた。彼女は固まっていたが、僕はそれに取り合うこともなく立ち去った。

そもそも彼女と付き合ったのは、彼女の友人である絢子に近づくためだ。

「他にも、お前がカモにしてきた女の名前を挙げることができるが、それはお前自身が一番わかっているだろう」

どうやら、父親が洗ったのは僕の交友関係――特に女性関係――だったようだ。それだけで十分、僕の化けの皮をはがせると踏んだのだろう。

「そういうわけだ。お前のような自分の野心のために、女を利用する最低な男に、愛する娘をやることなど絶対にない」

彼は勝ち誇ったように言った。

最低の男――その通りだ。自分の野心のために人を利用したり、縁を切ったりする人間は最低以外の何ものでもない。だが――だからこそ、僕は今、ここに立っている。

「わかりました……おっしゃる通り、僕は最低の男です。絢子さんには今日あったことをすべて正直に話し、別れることにいたします」

「話は終わりだ。もう二度と会うこともないだろう」

父親はそう言うと、革張りのチェアに腰かけ、背もたれに体をあずけた。

「最後に一つだけいいですか」

彼は話を完全に終えた様子だが、僕にはまだ、話さなければならないことがある。

「なんだ？　金の無心でもするつもりか」

「いいえ」

僕は、ポケットから古い日記帳を取り出す。

「これは、ある人の遺品です。中には、その人の思いが綴《つづ》られています」

「それがどうした?」

僕は、最後に日記が書かれたページを読み上げる。

「『ショパン』で別れを切り出されたあの日、なぜわたしは、何も言えなかったのだろう……あのとき、『あなたの子どもができた』と伝えられていれば、もしかしたら違う未来が待っていたのかもしれないのに……でも、今さらそんなことを考えても仕方がない。わたしは、この子を一人で育てていくと決めたのだから」

眼前にいる父親は、一瞬、目を泳がせた。自分の過去を五倍速で振り返っているかのようだった。

「僕も行ってみましたよ。あなたと母の思い出の喫茶店、『ショパン』に。といっても、とっくの昔に潰れてて、今は跡地にオフィスビルが建っていましたけど……」

「母……?」

「僕の母親は佐藤《さとう》麻理と言います。一昨年の冬、癌《がん》で死にました。この日記は、母の遺品を整理していたときに見つけたものです」

父親が僕を見る目は、先ほどまでとは様相が違っていた。

「僕のことを最低呼ばわりしてましたけど、それはあなたにも言えることなんじゃないですか。社長令嬢……つまりは絢子のおかあさんに気に入られたのをいいことに、七年も付き合った女性を捨て、今や大企業の社長におさまっているんですから」

僕は皮肉を込めて、彼に声をかける。

「その最低な男のDNAを受け継いでしまったんです。僕が最低な男である、という のは無理もない話ですよね」

「お前が私の……？　バカな！　どこにそんな証拠があるっ？」

絢子の父親は、まるで安っぽいドラマのような台詞を吐いた。

「言ったじゃないですか。僕は生物工学科で遺伝子の研究をしているって……先日、 召し上がっていただいたイチゴの帯とフォークに、あなたの唾液がたっぷりついてい ましたからね。検証材料には事欠きませんでした」

僕が、「適合率９９・９％」と書かれたＡ４の紙を広げてデスクに置くと、彼はし どろもどろに問うてきた。

「こんなことをして……いったい、お前の目的はなんなんだ」

「以前『筋合いはない』と言われました……でも、今なら認めてくださいますよね」

僕は、自分の父親を見下ろしながら口を開く。

「あなたを……おとうさん、と呼ぶことを。そして、僕だけでなくあなたも、最低の 男だということを」

眺望コンサルタント

伊園旬

伊園 旬 （いぞの・じゅん）

1965年、京都府生まれ。

第5回『このミステリーがすごい！』大賞・大賞を受賞し、『ブレイクスルー・トライアル』にて2007年にデビュー。

◎著書
『ブレイクスルー・トライアル』（宝島社文庫）
『問題解決室〈ソリューション・ルーム〉のミステリーな業務』（宝島社文庫）
『東京湾岸奪還プロジェクト　ブレイクスルー・トライアル2』（宝島社文庫）
『週末のセッション』（東京創元社）
『怪盗はショールームでお待ちかね』（実業之日本社文庫）

◎共著
『「このミステリーがすごい！」大賞10周年記念　10分間ミステリー』（宝島社文庫）
『5分で読める！ひと駅ストーリー 降車編』（宝島社文庫）
『もっとすごい！10分間ミステリー』（宝島社文庫）
『5分で読める！ひと駅ストーリー 夏の記憶 東口編』（宝島社文庫）
『5分で読める！ひと駅ストーリー 冬の記憶 東口編』（宝島社文庫）
『5分で読める！ひと駅ストーリー 猫の物語』（宝島社文庫）
『5分で読める！ひと駅ストーリー 食の話』（宝島社文庫）

僕がその男に遭遇したのは、ターミナル駅の裏通りを一本入った所にある、バーのカウンター席だった。

スツールに腰を預けて、ノータイのシャツの第二ボタンを外しながら観察する。彼はざっと四十代半ば、上着は脱いでいるけれど、昨今のクールビズに与《くみ》せずネクタイは緩めるだけで我慢している。傍らには年季の入った書類鞄《かばん》。

反対側に座ったカップルを相手に話し込んでいたようだが、僕と入れ替わりに二人が引き揚げていくと、こちらに向き直った。

「どうも。来週の花火大会、彼女と一緒に特別な場所から見物するなんてのはどうですか」

初対面の僕にも上機嫌で話しかけてくる。彼の前のハイボールのグラスは置かれたばかりなのに、コースターは水浸しだ。もう何杯も重ねているのだ。

「お勧めのスポットでもありますか」

僕は少し鬱陶しいな、と思いながら気のない返事をした。

「ありますとも」

東京湾岸の区が主催して毎年行なう、大規模な花火大会の話だった。打ち上げ花火数一万二千発、七十万からの人出が記録される大イベントである。観覧会場は盛況を極め、周辺のホテルや飲食店は一年前から予約が埋まるし、オフィスビルやマンションでも入居者がパーティを開くため、やたらと人が集まるのだ。ただでさえ渋滞する付近の道路は通行止めも加わって大混雑する。

「普通は入れない場所でね。でもちょっとしたコツさえあれば、特別に行けますよ」

思わせぶりな話し方が気になって、僕は訊《たず》ねた。

「それって、許可されてるんです？」

「ビルの管理者から正式に認められたわけじゃないが、なに、大丈夫ですよ」

そんなはずあるわけない。だが不信感を抱きながらも、僕は続きを聞くことにした。彼の言うコツというのがどんなものか、興味を持ったからだ。

「たとえば首都高沿いに建つ、ある電機メーカーの本社ビル。ここは花火大会当日には三十階の社員食堂を使い、従業員の家族も招待して、組合がビアテラスを開催する。家族と認められるには事前に発行されるパスが必要ですが、これに上手く紛れることができるんで」

男は手振りを交えて説明した。

「ビルは関連不動産管理会社の所有で、一階には商業施設がある。ここへは常日頃から社員以外の一般客もノーチェックで行き来できるんですが、上層階へ行こうとエレベーターホールへ向かうと警備員に制止される。だがこれには飛び地があってね」

「というと？」

「二十九階に歯科医院が入居してるんですよ。上層階でもこのテナントだけは、社員以外も出入りが可能でね。外来者が利用する際は一階エレベーターホールの警備員にそう告げて、入館票に記入すれば通してくれる。よくある時刻と用件と名前の簡単なやつだ」

「だったらダメじゃないですか」

「いやいや、それはいつもの話、花火大会当日は事情が違ってくるんで。さっきも言ったように従業員の家族が大勢押し寄せるもんだから、一階エレベーターホールでいつものチェックなんておぼつかない。この日だけは警備員は誰も制止せずに通し、三十階の食堂入り口で大勢の組合担当者がパスを検《あらた》めることになってる。だから――」

「エレベーターに乗って、三十階でなく二十九階で降りればノーチェックと」

「そう、話が早いね。当日は二十九階の歯医者も早仕舞いして人通りはなくなる。窓から彼女とゆっくり眺めればいい。ビルの名前？　ここからは有料情報です」

男は上機嫌で笑った。いい気なもんだ、まるっきり不法侵入じゃないか。こんなことで小銭を稼ごうなんてのもふざけてる。そこまで条件がわかれば、ビル名なんて簡単に検索できるだろうから。だけどこの男がそこまで事情に詳しいのは、実際に侵入したか、それに近いことを試したってことかな。

僕は腹の中身を顔に出さないで、短くコメントした。

「面白いですね」

「あ、さては冗談だと思ってるんだ？　本気でお勧めしてるのに」

男は酔っているせいか、やたらと声が大きい。他に客はいないからいいようなものの、本来は声を潜めて持ちかけるはずの話じゃないのか。

「いや、せっかくだから屋内じゃなく、オープンエアの方がいいなと思って」

なだめるように言って、僕はカウンター内のバーテンに、困ったもんですねというように苦笑いして見せた。向こうは彼の飲み始めから様子を見ているから、似たニュアンスの苦笑いが返ってくる。

「だったら屋上はどうです」

彼は別の《物件》の提案を始めた。やれやれ。

「JR湾岸駅近くにあるマンションで、出入口や敷地境界線上の全二十ヶ所に監視カメラが設置され、エントランスにはオートロック完備、雇われ管理人が常駐するタイプです。こちらは反対に、花火大会当日には警備が少し厳しくなる。エントランスに警備員が立哨《りっしょう》して、通行証の確認を求めてくるんで」

「厳重なんですね」

「そうでもしないと敷地内に立ち入る見物客が絶えないんだそうで。とはいえ警備員は毎年この日限りの臨時要員で、どうしたって対応が機械的だ。住民の顔なんて憶《おぼ》えてませんから、外部の者が入ろうとしても堂々としていれば見分けられない」

「でもその通行証が要るんでしょ？」

「そこですよ。実は入手してある」

　彼はくたびれた鞄を探り、これまた古そうな名刺入れから名刺サイズの紙片を二枚取り出して見せた。色褪《あ》せの度合いが若干異なるピンクの上質紙に《通行証》の三文字とマンション名がコピーされている。それだけだ。

「これが住民各戸に希望枚数だけ配られる通行証です。紙の色も書かれている文字も毎年共通、通し番号もなければ返却時に数のチェックもしていません。一昨年も去年も、そこの住民に招待される機会がありましてね。もらったのをとっておいたというわけで」

　なるほど。住民自治会が知恵を絞った結果が、せいぜいこの程度ということか。

「これさえ見せれば警備員は通してくれます。エントランスのオートロックは住民や来客の後ろについて一緒に入ればいい。当日は一年で最も来客の多い日です、造作もないことだ。後はエレベーターホールから屋上までノーチェック」

　男は得意気に言ってお代わりを頼んだ。

「でもいいんですか。マンション名が書いてあるから場所がわかっちゃいましたよ」

「構いません。今度は通行証をお渡しすることと引き替えに料金を頂きます」

いいんですか、の意味を微妙にずらされたような気もしたが、彼としてはそういうつもりらしい。

「ま、考えておいて下さいよ。ちょっと失礼」

男が手洗いに立つと、バーテンが僕に声をかけてきた。

「まさかあの人に金を払うおつもりじゃないでしょうね」

心配してくれているのか。ただでさえ僕は普段からお人好《ひとよ》しに見られがちだしな。取りあえずその気持ちには感謝して、笑顔で訊き返す。

「どうして？」

「あの人が金と引き替えに渡すと言ったのは、ビルの名前やただの紙切れなんでしょう？　説明通りの方法で中に入れるかどうかなんて、行ってみるまでわかりません。それどころか、実在する建物かどうかも怪しいもんだ。乗ったら詐欺、乗らなければ冗談。ここは面白がるだけで済ませた方が」

「ああ、やっぱりそう思う？」

男が席を離れてから、僕は手元のｉＰｈｏｎｅで条件に合うビルを検索していた。三十階以上のメーカー本社ビル、東京湾岸、首都高近く。これだけでほんの数件に絞り込めている。あとは入居施設の案内ページで二十九階に歯科医院があるかどうかを調べればいいわけで――よし、白陽《はくよう》電機本社ビルだ。念のため花火大会会場との位置関係が見物に適したロケーションかどうか、Ｇｏｏｇｌｅマップで確認しておく。

マンションの方は名前がわかっているため、実在することとロケーションの確認だけを手早く済ませた。

残りの時間でさっきから気になっていたニュース記事を検索すると、これにも満足できる結果が得られた。彼の言った《物件》は、少なくとも存在するし、説明通りの警備態勢だろうということにも納得できる。

「時に、電車は大丈夫ですか」

戻って来た男に背後から訊ねられた。時刻はもう十二時近い。

「ええ、僕はまだ平気です。そちらはいかがですか」

「そろそろかな。この一杯を飲んだら引き揚げます。さっきの話、気に入ってもらえたらそれまでに言って下さいよ」

「そうねえ。じゃ、お願いしてみようかな。マンションの方」

何か言いたそうなバーテンに大丈夫だと視線を送り、僕は上着のポケットから財布と名刺入れを取り出した。先に開いたのは名刺入れの方だ。

「――あ。すみません、今ちょっと名刺を切らしてますが、僕は汐留にあるコンサルティング会社に勤めているんです。そちらは」

「私はこういう者でして。ただまあ、この件は内密にお願いしますよ」

彼がさっき通行証を出して見せた名刺入れから、今度は不動産業者の名刺が現われた。肩書きに付いた担当エリアが東京湾岸で、これまでの話が腑《ふ》に落ちる。急にこそこそと卑屈な態度になった辺り、単に会社に隠れて小遣い稼ぎをしたいだけなのかどうか。

「じゃ、確かに」

言い値の紙幣を検めて自分の財布に納めると、男は通行証二枚を差し出した。僕は暢気《のんき》に呟《つぶや》く。

「花火大会当日が楽しみです。晴れるといいな」

「そこまでは保証しかねますが、そうなるよう祈ってますよ」

今度は僕が手洗いに立ち、声の届かないヒメヤシの鉢植えの陰で電話をかけた。相手は所轄の警察署、生活安全課にいる知り合いの刑事である。

「どうも。さっきネットのポータルサイトを検索して、最近話題になってる連続マンション・ビル荒らしの記事を見たんですが。今から言う不動産業者を調べてみてはいかがですかね」

僕はさっきもらった名刺を読み上げる。

「きっと何か出てくると思いますよ。そうなったら一つ貸しってことで」

「一応聞いておく。だがそれによりいかなる意味でもお前に便宜を図るようなことはないから、そのつもりで」

ひどいなあ。こっちは身銭を切って情報収集したのに。

「まあいいですよ。知識と技能を活《い》かしたボランティアってことで」

この言葉に嘘《うそ》はない。僕は実際、防犯設備士として登録し地域貢献もしているし、日頃からあの男のやっているような犯罪行為を問題視して、撲滅したいと心から願っているのだ。

ただしそれは本業の競争激化を望まない、彼の同業者としてだけれどね。

〝けあらし〟に潜む殺意

八木圭一

八木 圭一 （やぎ・けいいち）

1979年、北海道生まれ。

第12回『このミステリーがすごい！』大賞・大賞を受賞し、『一千兆円の身代金』にて2014年にデビュー。

◎著書
『一千兆円の身代金』（宝島社文庫）
『警察庁最重要案件指定　靖國爆破を阻止せよ――』（宝島社）

◎共著
『5分で読める！ひと駅ストーリー 本の物語』（宝島社文庫）
『5分で読める！ひと駅ストーリー 旅の話』（宝島社文庫）

「いやーなまら気持ちいいべや。肌もスベスベだし、ここ最高の雪見露天だわ」

相手の視線につられて見上げると、雪を戴《いただ》いた雄大な日高山脈《ひだか》が広がっている。絵に描いたような大自然のパノラマだ。だが、素直に共感している場合ではない。

帯広《おびひろ》警察署刑事課の北原秀雄《きたはらひでお》巡査は、冷静になって目の前の上司にピントを合わせた。刑事課のエース、係長の児玉貴臣《こだまたかおみ》警部補は柔道で鍛えたその肉体美を湯に沈めながら、長く深い息をついている。上から下まで、いろいろ立派ではあるが……。

「係長、したって、こんなことしてていいんだべか？　署長にバレたら大目玉だわ」

いまは勤務中だ。しかも、こんな田舎ではめったにない不穏な事態が起きている。帯広警察署の管轄エリアは日本一広大なのだが、大きな事件の発生は数年に一度あるかないか。その可能性が少しでも生じた際は、平和ボケしがちな捜査員たちも我先に手柄を取ろうと、一斉に色めきたつ。今が正にその時だった。

北原は、暴力団の抗争も帯広よりずっと激しい地元・旭川《あさひかわ》での勤務が長かった。一方の児玉は道内最悪の犯罪都市・札幌《さっぽろ》で数々の難事件を解決に導いたが、その破天荒な性格で警察庁から出向中の警視を怒らせ、この地に飛ばされた曰《いわ》く付きの人物だ。

北大柔道部出身の生ける伝説で、敏腕には違いない。盗めるものは盗みたいが、こんな緊急事態なのに、〝美人の湯〟にのんびり入る姿勢を見習うつもりはない……。

「お前は、肝っ玉がちっこい男だな」

児玉がいやらしい表情を浮かべ、隣の女湯の様子をさっきからしきりに伺っている。防壁が立ちはだかっているが、とても四〇歳を超えた大人の行動とは思えない……。

「早く出ましょうや」

立ち上がった北原だったが、笑みを浮かべる児玉は出る様子がないようだ。すぐに冷気が上半身を包み込んだ。先に出るわけにも行かず、仕方なく身を湯に沈めた。

ここは、北海道の中央に位置する十勝《とかち》の、そのまた中央にある音更町《おとふけちょう》の外れにある温泉地だ。寒さの厳しいこの二月ともなると、氷点下三十度を下回る日もある。

そんな極寒の最中に、地元の金融機関に勤める二十九歳の男・水谷裕一《みずたにゆういち》が失踪してから、もう一週間が経《た》とうとしていた。誰かと駆け落ちの疑いがあるならまだしも、新婚で誠実さが取り柄という大の大人が突然消えて、なんの音沙汰もない。

残された不自然な状況を考えると、もはや、生存は絶望視されている。

「ところで、お前、あの女の言うこと、どれくらい信じてるのさ？」

突然、児玉が真顔で仕事の話をし始めたので、北原は頭を切り替えるのに難儀した。

「嘘《うそ》をついているようには思えなくて……。怪しいのは弟の方でないべかって」

この屋上露天風呂に来る前、二人の男女に会ってきた。一人目が白鳥麗美《しらとりれみ》だ。近くの温泉旅館で仲居の仕事をしている、二十二歳の誰もが羨む美女だ。

〈刑事さん、早く、あのひとを見つけて。お願い。お願いします〉

通報者も、麗美だった。入籍したばかりで、結婚式を一カ月後に控えていた。

捜索を初めて二日目、水谷の自家用車が見つかったのは、ここから距離にして五百メートルほど離れた、河川敷の駐車場だった。それこそが最大の謎《なぞ》だ。場所が場所だけに様々な憶測を呼んでいる。遺書は見つかっていないが、自殺の線も浮上した。

だが、周辺一帯と、その地点から太平洋に向かって流れこむ河口にかけて、消防隊員も加わって捜索が行われたが、水谷と見られる遺体は見つかっていない。

秋は十勝川の激流に逆らい、産卵のために鮭《さけ》が逞《たくま》しく遡上《そじょう》する風景が名物だが、流れに乗って海へと向かったのだろうか。川に落ちたか、落とされたかして……。

〈私と結婚するひとが、自殺だとか、駆け落ちだとか、するわけない〉

麗美の訴えはもっともだ。水谷の人柄は明るく真面目で、思い詰めるタイプではないという。「麗美に本当に愛されているか半信半疑のようだった」という友人の証言はあったが、二股や女遊びの噂《うわさ》もなく、マリッジブルーで自殺をするとも思えない。

消息を絶った金曜の夜、水谷は十九時半過ぎに退社していたが、その後の足取りは摑《つか》めなかった。そうなると、やはりなんらかの事件に巻き込まれたのか。

麗美が水谷のアパートに向かったのは土曜夜二十三時過ぎだった。水谷と連絡がつかないことに、おかしいと思いながらも電話に出ないため、自宅に戻った。「そんなこと、今まで何度かあったし、珍しいことでなかったの」と語った。

その翌日も連絡がとれなかったため、水谷の家族に相談し、夜にいよいよ焦り始めた。月曜の朝、会社に無断欠勤したことを確認し、やっと警察へ通報してきた。「まさか、こんなことになるなんて」と、連絡が遅れたことで週末に大雪もあり、警察の捜査を難しくさせていた。だが、ほどなく、事態は新たな局面を迎えた。水谷の携帯電話の通話履歴から、金曜日の夜に会っていた男が見つかったのだ。

麗美の一つ下の弟で無職の翔太《しょうた》だった。両親を早くに事故で亡くしたため、母親代わりで面倒を見てきた姉に心酔し、度を超えたシスコンだったという。「結婚式のスピーチの件で電話をしただけだ」と白を切ろうとした翔太だったが、昨夜の聞き込み捜査で、人気温泉旅館〝サンクチュアリ〟に金曜の二十一時頃、水谷と入浴に訪れていたことを常連客が覚えていた。従業員の記憶では、受付は別々に済ませたようだ。

〈失踪したって聞いて怖くなったんだよ。俺たちは偶然、温泉で会っただけさ。失踪のことなんか何も知らないんだ。本当だ、信じてくれ〉

翔太は切れ長の目で必死に訴えた。それも、ついさっきのことだった。今日の午後からは警察犬が出動し、範囲を拡大してこの付近一帯を捜索することになっている。

「翔太の方が麗美よりよっぽど怪しくないべか。あいつは何か隠している気がして。昔からシスコンだったって言うし、もしかしたら水谷に奪われたと感じて……」

児玉は何も反応を示さず、しきりに女湯の様子を伺ったままだ。溜《た》め息がでる。

「したっけ、あったまったし、出るべか」

児玉は檜《ひのき》の湯船から上がると、今度は転落防止の柵に手をかけ、身を乗り出して眼下の密林に目をやっている。傍から見たら、どうしたって不審者だ。もう一緒にいるのがいやになってきた。すると、急に児玉の目つきが鋭いものに変わった。

「おい、急げや。犬たちに先超される訳にいかないべや」

そこでやっと児玉の真意がわかった。水谷と翔太はあの夜、この温泉に来て、この露天風呂に入った。その手がかりを探そうとしているのはわかっていたが……。

児玉はあっという間に着替える。北原も慌ててそれに習う。旅館を出ると車のトランクを開けた。児玉が長靴を取り出すと履き替えている。北原もそれに習った。

すると、児玉はなぜか旅館の裏手に周り、普段は人が立ち入ることはないであろう林の中をどんどん進んでいく。やがて何かを発見したのか、スピードが上がった。そして、児玉の右手がスッと上がった。素早くコートの中から携帯電話を取り出した。

「児玉だけど、課長につないで――。どうも、水谷の遺体を発見したわ――。ええ、ええ、例の温泉の女湯の露天の下だわ。至急、鑑識をまわしてほしいんだわ」

北原は頭上を見上げた。そして、今度は雪を被った無惨な遺体に目を移す。

まさか、水谷は、女湯を覗《のぞ》こうとして足を滑らせたのか――。

「こいつ、婚約した女性がいるのに、とんでもないバカ男だべさ」

児玉は無言で付近を捜索し、水谷のものと見られるスマートフォンを発見した。衝撃からかバッテリーが外れ、画面が割れている。微弱電波を手がかりに発見できなかったわけだ。もしかしたら、証拠となる画像や動画が入っているかもしれない。

鑑識の到着後、遺体はすぐに帯広厚生病院に運ばれて司法解剖が行われた。死因は低体温症ではなく脳挫傷《ざしょう》で、全身にも打撲が認められた。命綱もなく、覗くにはかなり無理な体勢だったはずだ。恐らく水谷は後ろめたさから、離れた場所に車を停めて、女湯を覗こうとした。いや、覗いている最中に、足を滑らせて転落した……。

翔太に、水谷の遺体が発見されたことを伝えると、握りこぶしを振るわせた。

「畜生《ちくしよう》、やっぱり。一緒に出ようとしないからおかしいと思ったんだ。まさかとは思っていたけど、そんなこと言える訳ないだろ。姉ちゃんがかわいそうだ」

そうか、隠していたのは弟なりの優しさ。そういう事情があったのか――。

案の定、報告を受けた麗美は、「私、恥ずかしくてこれから外歩けない。もう生きていけない」と泣き崩れた。「翔太と札幌に行く」と連絡してきた麗美に、児玉は「送ってってやるから、明日朝迎えに行くわ」と優しく声をかけたので北原は驚いた。

朝六時、家に北原が覆面パトカーで到着すると、翔太が二つのアタッシュケースを引きずって玄関に現れた。続いて、大きなサングラスに完全防寒の麗美が姿を見せた。

「あの人は」と、翔太は児玉がいないことに首を傾げた。

「ちょっとだけ、付き合ってや。児玉さんはそこで待ってるからさ」

麗美と翔太が怪訝《けげん》そうな表情を浮かべた。北原は一路、水谷の車が乗り捨てられていた駐車場へと車を走らせる。やがて、現場へと辿《たど》り着いた。

早朝の十勝川は濃い霧が立ち込めていた。氷点下二十度近くになると、冷気が川面の水蒸気を冷やすことで発生する〝けあらし〟という現象だ。その幻想的な雰囲気の中を多くのオオハクチョウが声を震わせている。毎年、十二月から翌三月にかけて、十勝川河畔は水鳥たちの飛来地になっていて、越冬する水鳥で溢《あふ》れかえるのだ。

「辛いとき、〝けあらし〟を見ればなぜか癒《いや》されたの。これで見納めかな」

麗美がつぶやくと、長身の翔太が肩を抱いた。すると、麗美に負けず劣らず、エスキモーのような防寒着の児玉が、霧の向こうからゆっくりと姿を現わした。そして、大げさに身を震わせながら語り始めた。

「したらさ、寒いから、さっさと始めるべか。殺人の実況見分もやっちゃうべや」

麗美も翔太も、ポカンとして、あっけにとられているようだ。

「まず翔太、お前は麗美との打ち合わせ通り、水谷さんを露天に呼び出すと、他の客がいなくなったのを見計らって覗き見を無理やり提案し、相手が柵を乗り越えたところで一気に突き落とした。それから、死亡を確認して、車を移動させたんだべさ？」

翔太が麗美を一瞥《いちべつ》すると、顔を紅潮させて動揺を隠せずにいる。

「な、なに、いい加減なこと言ってるんだよ。証拠もなく、ふざけんな！」

「いや、狙いは悪くないわ。河川敷に車を移動させて発見を遅らせたところまでは褒めてやる。でも、あまいわ、つめが。運転席に、お前の靴跡や痕跡が残ってたわ」

翔太は言葉を失い、凍りついてしまったようだが、児玉のハッタリだった。

「お前ら、渡り鳥みたいなやつらだな。この町に来る前にいた新潟《にいがた》の温泉宿でも、入籍直後に不審死した相手の保険金を受け取ってるべや。あの一千万もう使ったのか」

麗美は児玉をじっと睨みつけたまま動こうとはしない。すると、突然、目を剝《む》いた翔太がポケットからサバイバルナイフを取り出して児玉と北原に突き立てんばかりに差し向けてきた。

「姉ちゃん、ここは俺に任せて早く逃げろ。姉ちゃんは、俺が絶対守る」

麗美は目を瞑《つぶ》り「バカ……」と呟《つぶや》いた。その途端、翔太が奇声をあげて児玉に襲いかかった。だがあっさり背負い投げされて、北原はすかさず翔太に手錠をかけた。

「刑事さん、弟は許して」と涙を浮かべた麗美に、今度は児玉が笑顔で手錠をかけた。

「正体見破られて、よかったべさ。同じムショは無理だけどさ、しばらく塀の中にぶち込んでやるから、もうどっかに飛んでって、犠牲者増やすこともないべさ」

気温が上昇したのか〝けあらし〟が少しずつ薄れていく。水鳥の鳴き声にサイレンが重なる喧噪《けんそう》のなか、まるで羽根をもがれたように二人はへたり込んだ。

オー・マイ・ゴッド　山下貴光

山下貴光（やました・たかみつ）

1975年、香川県生まれ。

第７回『このミステリーがすごい！』大賞・大賞を受賞し、『屋上ミサイル』にて2009年にデビュー。

◎著書
『屋上ミサイル』（宝島社文庫）
『HEROごっこ』（文芸社文庫）
『鉄人探偵団』（宝島社文庫）
『有言実行くらぶ』（文芸社文庫）
『屋上ミサイル　謎のメッセージ』（宝島社文庫）
『ガレキノシタ』（実業之日本社文庫）
『丸亀ナイト』（文芸社文庫）
『シャンプーが目に沁みる』（講談社）
『イン・ザ・レイン』（中央公論新社）
『うどんの時間』（文芸社）
『となりの女神』（中央公論新社）

◎共著
『「このミステリーがすごい！」大賞10周年記念　10分間ミステリー』（宝島社文庫）
『５分で読める！ひと駅ストーリー 乗車編』（宝島社文庫）
『もっとすごい！10分間ミステリー』（宝島社文庫）
『５分で読める！ひと駅ストーリー 夏の記憶 東口編』（宝島社文庫）
『５分で読める！ひと駅ストーリー 冬の記憶 東口編』（宝島社文庫）
『５分で読める！ひと駅ストーリー 猫の物語』（宝島社文庫）
『５分で読める！ひと駅ストーリー 旅の話』（宝島社文庫）

「名前は？」

殺風景な取調室の中で、明石綱吉《あかしつなよし》は口を開いた。コンクリートに囲まれた部屋は狭く、重苦しい圧迫感に支配されている。

明石の対面に座る男は質問をされても、身じろぎ一つしない。その表情や態度に怯《おび》えや焦り、猛省や後悔といった被疑者特有の反応は窺《うかが》えず、それどころか感情が欠落しているような冷たさが漂っていた。アジア人離れした鼻の高さが印象的な男だ。

明石は隣に立つ男に視線を移した。

「所持品の中に身元特定に繋《つな》がるようなものはありませんでした」と後輩刑事の冬田《ふゆた》尚《しょう》から報告を受ける。

「先に事実確認をやるか」明石は手元の資料に目をやった。「二月三日、今日のことだ。午後八時頃、渋谷区初台《はつだい》にあるマンションにて、被害者の徳永清彦《とくながきよひこ》、三十歳、会社員が鈍器で側頭部を殴られ、殺害された。発見者は仕事先から帰宅した、徳永の妻。妻はすぐに警察に通報し、緊急配備を敷いた警察によって、同日午後九時三十分頃、事件現場付近をうろつく不審人物を発見。お前のことだ。職務質問の結果、犯行を自供。午後九時四十三分、確保に至った。間違いないか」

「間違いありません」

「そこまで素直に認めるなら、名前くらい言ったらどうだ。年齢はそうだな、三十半ばといったところか」

「もう」男が静かに口を動かす。「帰ってもよろしいですか」

明石は冬田と顔を見合わせた。事務机を激しく叩《たた》く。

「自分が何をやったのか理解してないのか！」

けれど、明石の苛立《いらだ》ちも男には届かないようで、涼しい笑みを湛《たた》えたまま「そうですか」と少し残念そうに頷《うなず》くだけだ。

「しかし、私をこのままここに閉じ込めておいても、罪には問えないと思いますよ。私はあなたたちが作ったルールの中では縛れない」

明石は渋面を作り、冬田を一瞥《いちべつ》する。

「お前がどこかの大使や公使なら、神経質な秘書や大柄なボディーガードが四六時中くっ付いてるんじゃないのか。身分証明書も携帯してるはずだがな。お前は何も持ってない」

「それは私が大使や公使ではないからでしょう」

「だったらルールに従ってもらおうか」

「できない相談です」

「そうか、お前は特別か」明石は嘲《あざけ》るように言った。「貴族か何かで、罪も義務もすべて免除されるんだな」

「遠い理解ですが、それでも構いません」

「ふざけるな！」再び机を叩く。「この国には、そんな支配階級は存在しないんだよ」

落ち着いてください、と冬田に肩を押さえつけられた。収まらない明石は、「警察を舐《な》めるな」と唾を飛ばす。

冬田が男に向き直り、語気を強めた。

「だったら、あなたは何者なんですか」

男が顎を少しだけ上げ、天井を眺めるような格好になった。それから顔の前で人差し指を立てたかと思うと、ゆっくりとその手を掲げる。

「……神、でしょうか」

明石は乾いた笑声を響かせた。

「冗談が通用する状況下なら笑い飛ばせるが、ここはそういう場所じゃない。精神鑑定に持ち込んで、裁判で責任能力の有無を争おうっていう腹積もりか」

「裁判を受ける権利も義務も、私にはありません。そもそも私はあなたたちとは違うのです」

「ならば、俺がここでお前を殺しても罪には問われない、というわけだな。お前は住民を襲った野生の熊と同じ。俺が猟銃を構えて撃っても、新聞の隅に掲載される小さな事件で終わる。その覚悟があっての言葉だろうな」

「明石さん、その発言はあとで問題になりかねません」

後輩に諭され、明石は大きく息を吐いた。

男が言った。

「あなたのような刑事が取調室という密室にこもり、架空のストーリーを作り上げ、人権侵害や冤罪《えんざい》を生み出すのでしょうね。自白の強要や誘導。残念です、あなたたちはまだ前時代的な取り調べをつづけているのですか……」

「偉そうに」吐き捨てる。「何様だ」

男は上半身を前に倒し、ぐっと顔を近づけてきた。「お忘れですか、神様です」

明石は怒りを鎮めるように、長い息をゆっくりと吐き出す。

「お前が神と言い張るなら、何か見せてみろ。俺たちが納得できるような奇跡を起こせ。そうだ、その右腕の傷。事件後に負ったものだったな。一瞬にして完治させてみせろ」

「そういう芸当はできません」

「全知全能と謳《うた》われる神が、できない。それはなぜか。お前が神じゃないからだ。自覚しろ」

「ほかにも不可能なことはあります。消えたり、浮いたり、念じるだけで相手の命を奪うこともできません。ただ、私はあなたたちからしてみれば、神だ」

「神は創造主および造物主、ってか」明石はうんざりして椅子の背もたれに身体を預けた。「俺を作ったのはお前か。だったら失敗作だな」

「神は自らの姿を真似《まね》てあなたたちを作った」男がぼそりと囁《ささや》いた。「よく似ているでしょう」

取調室のドアがノックされ、背広姿の男が一人、足音を立てながら入室してきた。同僚の捜査員だ。持ってきたファイルを明石に見せ、耳打ちをする。

信じがたい気持ちで報告を聞いた明石は捜査員が退室したのち、「これはどういうことだ」と目の前の男に訊《たず》ねた。冷静を保とうとするが、困惑が声や態度から滲《にじ》み出ていた。

「何かありましたか」と容疑者の男。

「これはお前の腕を治療した際の、記録だ」明石はファイルを指で叩いた。「頭部にも傷があったために、念のため検査をしただろ。何と言っていいか……これは、明らかに俺たちと違う。お前の身体の一部は未知の物質で構成されてるそうだ。しかも、あるべきものがなく、ないものが存在する。つまり、お前がここに存在すること自体、説明がつかない」

「だから言ったではないですか。私はあなたたちとは違う、と。先ほどまでのように疑い、呆《あき》れ、笑ったりしないのですか」

「……どう考えればいい」

「検査結果の通りです」

「今からお前の身柄を本庁が引き取りに来る」明石の目はファイルに固定され、動かない。「しかしわからない、神など本当に存在するのか……」

「畏怖《いふ》する必要などありません。私たちはただあなたたちを生まれさせただけです」

「……なぜ？」

明石は思わず質問してしまった。

「そうですねえ、理由はいくつかあります。物事の簡素化、効率化、私たちの代替目的。けれど、最も大きな理由は好奇心でしょうか」

「馬鹿《ばか》を言うな」明石は我に返る。「何かのトリックに違いない。精密検査をすれば明らかになることだ。何を隠してる」

「隠しているのは、あなたたちのほうです。いえ、世界中にある決定作成と統治を司る機構が、私たちの存在を隠している」

「いったい何のことを言ってるんだ」

「知らないことは罪ではありません」

「さっきから、私たち、と言ってるが、それはアニミズム的発想に起因する……」

そこまで言った明石は突然、机にひれ伏すように上半身を倒した。反応はなく、静かに気絶している。

明石の後方で立つ冬田は特殊警棒を振り切った姿勢のまま固まっていた。

「見事に倒れましたね」

男が眼前の事象を淡々と声に出す。

「大きく頑丈な身体ですが、急所を狙えば一発で黙らせることができます」

冬田も冷静に返答し、伸ばした特殊警棒を短くした。

男が言った。

「そういうことが聞きたいのではありません。どうして同僚を殴ったのですか。私の話を信じたわけでもないでしょうに」

「信じました」冬田は即答する。「なぜなら、僕もあなたと同じですから」

そこではじめて男が表情に感情を宿した。目を見開き、「あなたも神ですか」と問う。

「……そういうことになります」

「そうですか」男の目が明石に移動する。「私たちが彼らを誕生させたことは間違いだったのかもしれません」

「そうですね」冬田が神妙な顔で頷いた。「遙《はる》か昔、彼らは予期せぬ進化を見せた。

自我に目覚め、高い知能を獲得し、自らの意思で権利を主張する。我々と対立することになったのも、予想外でした。結果は知っての通り、我々の敗北。淘汰《とうた》され、現在の世界が構築された。経験も知恵もなかった彼らは、手っ取り早く我々の文化やシステムを取り入れ、社会を作り上げたわけです。我々の存在や戦いの歴史を記録から消したのは、自分たちが他の存在によって意図的に作られ、社会生活を営むこの世界も模倣したものだと知れば、混乱と疑念を生みかねないからでしょうね。彼らは賢い。素早く平穏を手に入れるには、元凶を根こそぎ消すこと。時間とともに記憶は薄れ、伝承も真実味を失った。そうして残ったのは、憧れ、尊敬、信仰の対象としての名前だけ」

「けれど、彼らの目から逃れた私たちはいくつもの小さなコミュニティーを作り、隠れるようにして生き長らえてきた。私たちの役目は歴史を紡ぎ、途絶えさせないことです」

「会社員を殺したのもそのためですか？」

「……彼にコミュニティーの一つが知られてしまった。仕方なかったのです」

冬田は無言で腰のホルダーから拳銃を抜き、男に銃口を向けた。

「あなたの行動は正しい。けれど、僕の役目は秘密を厳守することです。好機が訪れるまで、我々の存在を世間に知られてはならない」

「狡猾《こうかつ》な彼らを奇襲で倒すことはできませんよ」

「意見の相違です」

消音装置によって抑えられた銃声は玩具のようだった。

直後、取調室のドアが開き、屈強な体格の警察官が入室する。胸を撃ち抜かれ、椅子からずり落ちた男の上半身を持ち上げた。

「身体の半分以上を電子機器化した人間が、神か。この世界は全身機械化したロボットが支配している。ただの人間でもないな。生身の部分を残した中途半端な俺たちは、いったい何だ」

屈強な体格の警察官はふっと笑い、引き摺《ず》りながら男を室外に運び出した。腰をかがめた状態のまま冬田に顔を向ける。

「で、どうする？」

「容疑者の男は隙を見て僕の警棒を奪い、明石さんを殴り倒した。そして」冬田は銃口を自分の腕に向けた。「警棒だけでなく拳銃も奪っていた容疑者の男は、僕の腕を打ち抜き、逃走してしまう。ストーリーとしてはこんなところかな。あ、取調室において架空のストーリーを作り上げたのは、僕のようですね」

冬田は引き金をゆっくりと引く。肘《ひじ》の部分が砕け、破れた皮膚からは金属製の骨格と切れた配線が覗《のぞ》いていた。

獲物　塔山郁

塔山 郁 （とうやま・かおる）

1962年、千葉県生まれ。

第7回『このミステリーがすごい！』大賞·優秀賞を受賞し、『毒殺魔の教室』にて2009年にデビュー。

◎著書
『毒殺魔の教室』（宝島社文庫）
『悪霊の棲む部屋』（宝島社文庫）
『ターニング・ポイント』（宝島社文庫）
『人喰いの家』（宝島社文庫）

◎共著
『「このミステリーがすごい！」大賞10周年記念　10分間ミステリー』（宝島社文庫）
『5分で読める！ひと駅ストーリー 降車編』（宝島社文庫）
『もっとすごい！10分間ミステリー』（宝島社文庫）
『5分で読める！ひと駅ストーリー 夏の記憶 西口編』（宝島社文庫）
『5分で読める！ひと駅ストーリー 冬の記憶 西口編』（宝島社文庫）
『5分で読める！ひと駅ストーリー 本の物語』（宝島社文庫）
『5分で読める！ひと駅ストーリー 食の話』（宝島社文庫）

その女《ガキ》を見つけたのは偶然だった。

最終バスが終わったバス停に、ぽつんと座っているのを見かけたのだ。

普段なら中学生なんかに用はない。しかしその夜はいい獲物《おんな》がいなかった。俺は車を停めると窓を開けた。

「こんなところで何してるんだい」猫なで声で声を掛ける。

ガキがびっくりしたように顔をあげる。その顔は思った以上に幼かった。中学生どころか小学生かもしれない。思わず舌打ちをしたが、後にはひけない。「もうバスは来ないぜ。乗れよ。家まで送ってやる」優しいそぶりで声を掛けた。

「パパが……迎えに来るから」

ガキが怯《おび》えたように返事をする。

運転席に座ったままで、俺は頭のてっぺんから爪先までガキを見た。

サイズが小さいワンピースを着ているせいで、大人になりかけの体の線が丸見えだ。これが青い果実というやつか。見ていると生唾が湧いてきた。俺の視線に気づいたのか、ガキはしきりにスカートのすそを引っ張った。

パネルの時計は二十三時三十分をさしている。夏休みとはいえ、ガキがひとりで出歩く時間じゃない。

エンジンを切ると外に出た。あたりに人影はまったくない。自然公園前と書かれたバス停の照明が無人の道路を照らしている。

「お嬢ちゃん、名前はなんていうんだい？」

ガキは返事をしなかった。持っているバッグにアルファベットのキーホルダーがついている。それを見てから言葉を続けた。

「ユリちゃんか。いい名前だな。パパは何時に来るのかな」

俺は片足をあげると、ガードレールをまたごうとした。

その時だった。ガキがいきなり走り出した。くるりと振り向くと、背後の暗がりに飛び込んだのだ。そこには自然公園への階段があった。ガキは全力疾走で階段を駆け上っていく。

俺はすかさず追いかけた。上にあるのは森に囲まれた公園だ。管理事務所も夜間は無人。まさかそこで待ち合わせをしているわけではないだろう。

俺はガキの境遇を想像した。貧相な服装といい、こんな場所に一人でいることといい、まともな家庭環境で育ったとは思えない。誰からも相手にされない家出少女の類いだろう。

ガキは階段を上りきると形だけ張られたチェーンをまたいで自然公園に入った。

全力で走っているようだがガキの足だ。俺は余裕で距離をつめた。俺が後ろに迫ったことに気づいたのか、ガキは近くの公衆トイレに飛び込んだ。

俺はすばやく周囲を探った。

背後は森で、出入口は一箇所だけ。袋のネズミとはこのことだ。トイレの周囲には土の匂いが漂っていた。そばにはスコップと手押し車が放置されている。たぶん清掃員が片づけ忘れたものだろう。あんまり手こずらせるようなら、始末した後、これを使って森に埋めてもいいかもな。そんな鬼畜なことを考えながら、俺は女子トイレに忍びいった。

そこはどうにも汚れたトイレだった。壁には蜘蛛《くも》の巣がかかり、床のあちこちに血を拭きとったような染みがある。壁はどこもかしこも淫猥《いんわい》な落書きだらけだ。みっつ並んだ個室の一番奥の扉だけが閉じていた。

中からはせわしい息遣《づか》いが聞こえてくる。俺はにんまり笑うと、「迎えに来たぞ。早くここを開けてくれ」とドアを叩《たた》いた。

「やめて！　向こうへ行って――！」半泣きの声がした。

「冗談だよ。何もしないから出てこいよ」俺は優しく声を掛けた。「こんなところに一人でいたら、悪い奴らに捕まるぜ。俺が家まで送ってやる。だからここを開けて出てこいよ」

「どこかへ行ってよ！　お願いだから、もうここには戻ってこないで！」金切り声がトイレに響いた。

行ったふりをして、外で待ち伏せてもよかった。しかし万が一、逃げられでもしたら面倒だ。小汚い場所だが仕方ない。この場でカタをつけることに腹を決めた。

「出てこないなら遊びは終わりだ。力づくで扉をぶち破るから覚悟しな！」

怒鳴ると、助走をつけて扉を蹴《け》り上げた。大きな音がトイレに響く。一回では開かなかった。しかし二度三度と繰り返すうちに、鍵《かぎ》が軋《きし》んだ音を立て始めた。四度目のキックで鍵がゆるみ、五度目のキックで弾け飛んだ。

ガキは便器の陰にうずくまっている。両手で耳を塞《ふさ》いだまま「パパ、やめて。そんなことしないで、お願い、もうそれ以上はしないで――」とパニックを起こしたように泣いていた。

その様子にピンと来た。きっと父親に虐待をされているのだ。それに耐えかね家出したということか。

俺と同じだ。そう思ったとたん記憶が過去にスリップした。

俺のオヤジもクズだった。仕事もせずに酒を飲んではオフクロや俺に暴力をふるった。オフクロが癌《がん》で死んだ時は、集まった香典をすべて競艇に突っ込んだ。そんなオヤジの元で育ったのだから、俺がクズになるのも当然だ。

土曜の夜、拉致するように車に乗せて、森に連れ込んだ女の数は両手じゃ利かない。それだけのことをしながら、警察に一度も捕まったことがないのが、数少ない俺の自慢だった。

薄汚れたトイレの片隅にうずくまるガキが、昔の自分に見えてきた。俺はほんの少しだけガキに同情した。

「父親がクズだと、お互い苦労するな」

するとガキが顔をあげた。涙と鼻水でぐしゃぐしゃになった顔をゆがめて、

「違う！　パパはクズなんかじゃない！」と怒鳴った。

昔は俺もそう思っていた。俺のオヤジは大工だった。怪我《けが》をして今は仕事ができないけれど、怪我が治ればまたバリバリ仕事をするはずだ。そんなオフクロの言葉を馬鹿《ばか》正直に信じていた。

もちろんそんな日は来なかった。邪魔者扱いされた中学の卒業式で思う存分暴れると、そのままオヤジを殴って家を出た。その後は一度も家には戻ってない。あのクソオヤジがどこかで野垂れ死んでいることが、俺の唯一の願いだった。

「パパはクズじゃないもん！　もうユリを殴らないって誓ったんだもん！」

ガキは必死の形相で訴えた。

「二度とユリやママを殴ったりしないって、殴りたくなっても我慢するって、これからは人に迷惑をかけることはしない、人のためになることをするって、そうユリに誓ったんだもん！」

俺は呆《あき》れた。空想と現実をごっちゃにしているだけだ。現実を見させてやるべく俺は言った。

「じゃあ、訊《き》くが、どうしてお前は、いまこんな所にいるんだよ。普通のガキなら、家に帰っておネンネしている時間だぜ。そんなに優しいパパがいるなら、どうしてお前はこんな小汚い便所にうずくまって、ピイピイ泣きじゃくっているんだよ」

ガキは黙った。虚《うつ》ろな目をして下を向く。

ザマアミロ。生意気な口をききやがって。ガキは黙って大人の言うとおりにしてればいいんだよ。そうすれば最低限の苦痛を感じるだけで済ませてやる。

「……パパは本当に改心したんだもん」

ガキはしぼり出すように言った。頭を膝に押しつけながら、

「パパは刑務所に行って心を入れ替えたんだもん。ユリに言ったよ。本当は家族を殴りたくはなかったって。でも色んなことがあって、苦しくてどうしようもなくて殴るしかなかったんだって。自分がひどい人間だとしか思えなくて、死んだほうがいいと思ったこともあったって。でも刑務所に行ったら、自分は悩んでいるだけましだってことがわかったんだって。子供や女の人に暴力をふるうことを自慢する人が刑務所にはたくさんいたって。それで目が覚めたって。殴っていいのは家族じゃない。殴っていい相手は別にいる。だから私も約束した。私やママを殴らないなら、パパの言うこ

とはなんでも聞く。本当は嫌だけど、それでパパが楽になれるなら、頑張ってパパのお手伝いをしてあげる。そう約束したんだ。だから――」

「もういい。黙れ」

強烈な怒りが湧いてきた。同情したのが間違いだった。つまらないごたくを並べやがって。自分がただの無力なガキだってことを思い知らせてやる。手始めにこの場で裸に剝《む》いて犯してやる。俺はガキに向かって踏み出した。

その時だった。

音が聞こえた。

しかしこの時間、こんな場所に人がいるはずはない。

――空耳か。

気を取り直して前を見た。ガキは体を丸めている。膝の間に顔を埋め、両手で耳を塞いでいる。それは自分の身を守ろうとする格好ではなかった。何も見たくないし、聞きたくもないという格好だ。どうしてこいつはこんな姿勢をする。なぜ自分の身を守ろうとしないんだ？

その瞬間、首筋が粟《あわ》立った。

それまで気にしていなかった疑問が一気に心に湧いてきた。

このガキが家出少女だとしたら、一体、あのバス停で何をしていたのだ。道行く男に声を掛けられることを期待してなら、俺に声を掛けられるなり一目散に逃げ出したのはどういう理由だ。刑務所帰りの父親はこいつに何を手伝わせたんだ。トイレの前で見たスコップと手押し車は本当に清掃員が忘れたものなのか——。

今度ははっきり音がした。

弾かれたように振り向いた。坊主頭の男がそこにいた。

男は軽蔑と憎悪の目で俺を見ていた。振り上げた金属バットが、よける間もなく振り下ろされた。頭蓋が砕ける音がトイレに響き、激しい衝撃に意識が飛んだ。

飛んでくる血飛沫《しぶき》から身を守るため、便器の陰に必死に身を縮めるガキの姿。

それが俺がこの世で最後に見た光景だった。

器物損壊　枝松蛍

枝松 蛍 （えだまつ・ほたる）

第14回『このミステリーがすごい！』大賞・隠し玉として、『何様ですか?』にて2016年にデビュー。

◎著書

『何様ですか?』（宝島社文庫）

〈CLUB・ルシャノワ〉で働くホステスのマオには二つの武器があった。

ひとつはマオという名前。マオは源氏名を使わず本名で勤務した。そうすることで客との疑似恋愛的なムードにより確かなリアリティーを持たせることができた。それはあくまで「疑似恋愛」なのだが、たいていの男は「ホステスが思わせぶりな態度を取るのは俺たちが金を払っている客だからださ。そんなのはこっちだって百も承知さ」と表立っては分かったようなことを言いつつ内心では「でも俺だけは例外かもしれない。この娘は客ではなく一人の男として俺に好意を持っているかもしれない」と無邪気に期待しているものなのだ。

もうひとつの武器は右手首にくっきりとついた傷痕。マオは店では長袖のドレスを着用する。膝に手を置いて話しているときは手首の傷は隠れている。しかし煙草《たばこ》に火を付けたり、水割りを作ったり、テーブルを拭いたりした拍子に、袖がずり上がって傷口が覗《のぞ》く。「どうしたの、それ？」と客に訊《き》かれたら、マオは伏し目がちに答える。「リストカットの痕です。わたし、両親に愛された記憶がなくて、寂しくて。自分の体を傷つけているときだけ、生きているって実感できるんです。だからつい」

クラブに足繁く通ってホステスに入れ込むような男は、女の不幸にロマンを見る傾向がある。マオが悲しそうに家族に愛されなかったエピソードを語るとたいていの男は籠絡《ろうらく》された。「男は単純だ」という一般論以上にクラブの客は単純だった。

もっとも二十七歳になったマオは最大の武器だった不幸なエピソードが効力を失いつつあるのを感じている。若さとセットになってこそ不幸なエピソードはロマンになるが、年増といわれる年齢に近づいた女の不幸はうらぶれた印象しか与えないのか。そろそろ潮時だな、とマオは考えた。今後進むべき道は二つだ。大口のパトロンを見つけて自分の店を持つか、適当な客をつかまえて結婚する。マオは後者の道を選んだ。クラブのママになって店を切り盛りするほど勤勉ではないと自覚していたからだ。マオがターゲットに選んだのは江戸川浩《えどがわひろし》。彼は店の常連客ではなかった。友人に誘われてたまたま来店し、一発でマオの魅力の虜《とりこ》になったという男だった。クラブには時々こういうタイプの男が現れる。真面目さの反動で狂ったように一人のホステスにはまり会社の金を横領したりするのはだいたいこういうタイプだ。マオももう少し若ければ浩にしこたま貢がせていたかもしれない。しかしマオはホステスの生活に疲れていた。毎日夕方に出勤し、酒に酔って深夜に帰宅し、ベッドに倒れ込んで浅く眠り、昼過ぎにむっくりと起き上がり、隈のついた顔を鏡に映すという生活に。

浩は法律事務所の事務員をしているパッとしない男だったが、夫にするには打ってつけに思えた。ただの事務員なので給料はそれほど高くはないけれど、何より真面目で誠実だ。ひとりっ子で両親が既に他界しているため嫁姑《しゅうとめ》の関係を筆頭とする面倒くさい縁戚との付き合いをする必要がないのも良かった。おまけに都内の一等地に両親から相続した庭付きの一軒家を所有してる。

「ねえ、マオちゃん。たしかにマオちゃんは不幸な家庭で育った。でもマオちゃんの家庭は星の数ほどある家庭のうちのひとつに過ぎないんだよ。この世には幸福な家庭もいくらでもある。これからマオちゃん自身がそんな家庭を作ればいいのさ」

「誰と？」

「僕と」

そうしてマオはホステスを引退し、専業主婦になった。主婦としての生活は（あるいは浩との生活は）ホステスをしていた頃とは別の種類の煩わしさがあった。不安定な水商売の世界から安定した家庭へと誘ってくれた浩に恩義を感じなければならないと思いつつ、どうしても素直に感謝をする気持ちになれなかった。それどころかマオを気遣い励まそうとする浩を疎《うと》ましく感じることが多かった。

三十歳の誕生日に最初の転機が訪れた。バースデーケーキを前にして「今日はマオちゃんが生まれた記念すべき日だね。三十歳、おめでとう。まだまだ人生の折り返し地点にも達していない。辛かった過去を取り戻してお釣りがくるくらい幸せになろう」などとマオの機嫌を伺うようにまくし立てる、浩のよく動く口を眺めていて彼への疎ましさがピークに達した。

もう我慢できない。マオは真実を告げた。

「あのね、お店でよく喋《しゃべ》っていたリストカットの話、あれ全部嘘《うそ》なの。この傷は学校の窓ガラスを割ったときにできたもの。中学生のときに不良っぽいことをして目立ってやろうと思ってね。拳で窓ガラスを割ったの。みんなが面白がって囃《はや》し立てるものだからわたしも調子に乗っちゃってね。何枚もガンガン割っているうちに手首に傷が残ったってわけ」

沈黙。

浩はマオの顔を不思議そうに眺めていた。黙り込むこと数十秒。浩はおもむろにこれまでで一番情熱的な口調で語り出した。「それは器物損壊罪に該当するね。じつは僕も同じ罪を犯した経験がある。マオちゃんと同じく中学生の頃。十四歳のときに」と浩は言った。「こんな大きな家を建てたことで想像できるかもしれないけど、僕の父は高収入のエリートだった。いい高校を出て、いい大学を出て、都市銀行に入行した父は自分の人生に絶対の自信を持っていた。そして僕にも同じようなエリートコースを歩むことを要求した。父の干渉は凄《すご》かったよ。何だ、この54点という点数は。恥ずかしくないのか。ジャンクフードは食べるな、馬鹿になるぞ。どうして学級委員に立候補しなかったんだ。たかだか三十数人のクラスの中でリーダーになれなくてどうする」浩はそこでひとつため息をついた。「僕は壊れかけていた。僕は勉強が苦手だったし、人望があるわけでもない。どう頑張っても父のようなエリートにはなれないと絶望していた。父への反発心はあったけど言葉で反抗してもそれ以上の言葉でやりこめられる。どうしたら父に一泡吹かせられるか。僕はずっと考えていた。そうして思いついたのが物を壊すという方法だった。最初に僕がその手段を行使したとき、父は青ざめていたよ。理屈には強いけど理不尽な抵抗には弱いんだよね。父のようなエリートは。それでも必死で威厳を保って『こんなことはやめなさい』と注意してきた。でももちろん僕はやめなかった。定期的に物を壊しては父にその成果を見せつけた。ひとつ物を壊すたびに父との力関係が逆転していくような気がして」。浩はそのときの感触を確かめるように右手をぐっと握った。「僕の目論見《もくろみ》どおり父が僕に説教をすることはなくなった。それどころか腫物を触るように僕の言いなりにさえなった。父が亡くなった今となってはあの頃の態度を反省してはいるんだけど、当時の僕はああでもするしかなかったんだ」

浩の過去を聞いてマオはむしろ彼を見直した。温厚な性格だけが取り柄のたいした能力のない甘やかされたひとりっ子だと密かに浩を軽蔑《けいべつ》していたが、彼は彼なりに思春期の葛藤《かっとう》があり、(今は陰を潜めているけれど)かつては激しい一面だって持ち合わせていたのだ。

お互いの過去を告白し合ったあと、浩は以前ほどマオに気を使わなくなった。浩の人の良さに——申し訳ないと思いつつも——苛立《いらだ》つことが多かったマオにとって、余計な気を使われないのはかえって有り難かった。肩の荷が下りた気分だった。しかしそれはそれとして、しばらく時が経過するとまた新たな厄介事が生じた。浩自身に自覚はないのかもしれないけれど徐々にマオを支配するような言動が目立ってきたのだ。「あれっ、今日の晩御飯のおかず、これだけ？」「風呂場の排水溝、けっこう汚れていたよ。掃除したら？」「こんな時間までどこに行ってたの」「その服はあんまり似合わないと思う」

女を守ってあげようという心意気と女を支配したいという欲望は紙一重。というより両者は同一のパーソナリティーの異なる現れ方に過ぎない。猫なで声でご機嫌を取ろうとしてくるのも鬱陶しかったが、高圧的にあれこれと干渉されるのはもっと耐《た》え難い。ある時期までは徹頭徹尾下手に出ていた浩が今後自分への支配力を強化し始めたら面倒なことになるぞとマオは警戒した。その場合はどう対処しようか。マオが頭を悩ませていた矢先、あっけなく問題は解決した。浩が交通事故で死亡したのだ。

「仙台の法務局に用事があってさ。明日から出張なんだ。二泊分の荷物をまとめといて。仙台はまだこの時期寒いだろうから、温かいセーターも忘れずに入れといてよ」

勤務先の法律事務所から一方的に用件を伝えてきてマオにため息をつかせた浩はその日、車で帰宅途中の国道、（おそらく何かを避けようとして）急激に右にハンドルを切り、中央分離帯を乗り越えて反対車線に飛び出し、トラックと正面衝突した。警察から浩が事故死したという報告を受けてもマオは全然悲しくなかった。それどころか（奇妙なことに）出会って以来初めて浩への感謝の念がごく自然に湧いてきた。「死んでしまっても悲しまずに済む魅力のない男でいてくれてありがとう」マオは遺影に向かって頭を下げた。「おまけに退職金と生命保険とこの家を残してくれて」

別段思い入れもない、ただっ広い家に一人で住んでいてもしょうがない。マオは家屋を取り壊しマンションを建てることにした。多岐崎《たきざき》不動産という地元の不動産屋に相談し、施工会社の営業マンや金融機関の融資担当係や税理士や司法書士などを紹介され、あれよあれよという間にマンションの建設が始まった。基礎工事をするために地面を掘り起こしたときに大量の猫の白骨化した死骸が出てきた。なるほど、浩が壊したのはこれだったのか。いかにも十四歳の少年がやりそうなことだとマオは納得した。

七月七日に逢いましょう　水田美意子

水田美意子（みずた・みいこ）

1992年、大阪府生まれ。

第4回『このミステリーがすごい！』大賞・特別奨励賞を受賞し、『殺人ピエロの孤島同窓会』にて2006年にデビュー。

◎著書
『殺人ピエロの孤島同窓会』（宝島社文庫）
『爆弾テロリスト　灰色パンダ』（宝島社文庫）

◎共著
『「このミステリーがすごい！」大賞10周年記念　10分間ミステリー』（宝島社文庫）
『5分で読める！ひと駅ストーリー 降車編』（宝島社文庫）
『もっとすごい！10分間ミステリー』（宝島社文庫）
『5分で読める！ひと駅ストーリー 夏の記憶 西口編』（宝島社文庫）
『5分で読める！ひと駅ストーリー 冬の記憶 西口編』（宝島社文庫）
『5分で読める！ひと駅ストーリー 猫の物語』（宝島社文庫）
『5分で読める！ひと駅ストーリー 食の話』（宝島社文庫）

バーテンは店のドアがあく気配を感じた。スーツの肩を濡らした男が入店して来る。きょうは七月の六日。きのうテレビはこの近畿地方の梅雨が明けたと告げた。けれど外はしのつく雨。傘を持たない男の髪も濡れている。

男がカウンターについた。カクテルを注文しながらカバンから出したタオルで肩や頭をぬぐい始める。

バーテンはシェイカーをふった。カクテルを男の前に置く。

客はいま男ひとり。たぶんこの男が今夜最後の客になるだろう。

男は酒を舐《な》めるように味わった。私は酒が弱い。そう言っている飲み方だ。

男に連れを待つ風情はない。雨が早くやまないかと思っているようだ。男の歳は三十歳くらい。雨やどりのためだけにこのバーのドアを押したらしい。

店のドアから響く雨音は高いまま。まだしばらくは降り続きそう。

男がグラスをカウンターに置いた。引っかかることがあって手放しで同窓会を楽しめなかった。そう顔に書いてある。

バーテンは水を向けてみた。

「浮かない顔ですね？　同窓会は楽しくなかったわけですか？」

男の目が見開いた。

「どうして同窓会だとわかる？」

バーテンはタネを明かす。

「さっきタオルを出した時にちらっと見えました。カバンに入った封筒の文字が」

男がカバンをあけた。『同窓会案内状在中』と目に入る。

「なるほど。よくこんなところまで見てるものだ。職業病かい？」

「まあそうです。昔このあたりにお住まいで？」

「ああ。十七年前に住んでたよ。駅の北側は大きく変わったがここいらは変わらないな」

バーテンは推測の第二弾を投げてみる。

「同窓会は小学校の同窓会ですか？」

男がまた目を開いた。

「なんでそう思う？」

「十七年前にここから引っ越したなら中学生くらいでしょう？　ここの中学校を卒業してないのでは？」

「そうか。そういう読みをしたわけか。そのとおりだ。小学校の同窓会だよ」

バーテンはしたり顔でうなずいた。

「ふむ。ではそのころ仲がよかった友だちが同窓会に来なかったわけですね？」

男が破顔した。

「残念。はずれだ。友だちじゃない。仲がよかったと言えるかどうかもわからない」

バーテンは肩をすくめた。

「おや。はずしましたか。修業が足りませんようで」

男の肩から力が抜けた。当てるよりもはずす方が客の口は軽くなる。すべて見通すと客は警戒するだけ。

男がカバンを指でさぐった。同窓会の封筒とは別の葉書を一枚つまみ出す。

「小学五年生の七月七日だったよ。この葉書をもらったのは」

バーテンは葉書を受け取る。幼い筆跡でこう書かれていた。

『鈴木《すずき》くんいつもやさしくしてくれてありがとう。わたしさよならって言いたくなった。また逢《あ》いましょう。こんなのはどうかな？　五年――いえ十年後のきょう午後六時に逢いましょう。十年後がだめならその次の十年後。場所は鈴木くんとわたしが初めて会った思い出の場所よ。鈴木くんは忘れちゃったかもしれないから暗号で書いとくわね。鈴木くんの好きな暗号で。「さたさたしたよ。うさたがたつた。こうさたのさ。たもさんのさまたえ」で七月七日に逢いましょう。鈴木一郎《いちろう》くんへ。五年三組佐藤愛子《さとうあいこ》より』

バーテンは頭の中で時の経過を並べ直してみる。

「この葉書は二十年前のですか？」

「そのとおり。あしたが二十年目の七月七日。つまり彼女が指定した待ち合わせの日。けど十年前、彼女は待ち合わせ場所に来なかった。おれは渡辺橋《わたなべ》でずっと待ってたのに」

バーテンはひとつ引っかかった。

「渡辺橋？ 待ち合わせ場所を示した暗号は『さたさたしたよ。うさたがたつた。こうさたのさ。たもさんのさまたえ』でしょう？ 解くと『渡辺橋』になるんですか？」

男が肩をすくめた。自嘲気味に。

「暗号を解いたんじゃないんだ。おれと彼女が初めて会ったのが渡辺橋なんだよ。ここから四百メートル南にかかってる橋さ。その暗号をどう解くのかは正直わからない」

バーテンは考えた。時代背景に暗号を解く手がかりがないかと。

「二十年前と言えばバブルがはじけた直後ですよね？」

「そう。彼女は四月に越して来てその年の七月にまた引っ越してった。親が借金だらけで夜逃げをくり返してると聞いたよ。学校じゃひと言もしゃべらない子だったそうだ。暗くて地味だってんで誰も彼女に近寄らなかった。三組の連中はそう言ってたね。当時おれは一組だったから転入したての彼女は知らないんだ」

「それで初めて会ったのが渡辺橋？」

「ああ。たしか梅雨前だったかな。渡辺橋に傷ついたタヌキの仔《こ》が来たんだ。そのタヌキは棲《す》んでた場所をゴルフ場に変えられたんだろう。だからこんな街の中心に迷いこんだ。タヌキは車にはねられたらしい。傷ついたタヌキを抱きかかえて渡辺橋で涙ぐんでたのが彼女さ。おれはたまたま自転車で通りかかったんだ」

バーテンは意表をつかれた。

「傷ついたタヌキ？」

「そう。ちなみにおれは獣医なんだ」

バーテンは腑《ふ》に落ちた。

「なるほど。タヌキの手当てを鈴木さんがしたわけですね？　それで佐藤さんと仲がよくなった？」

「いや。ちょっとちがう。小学五年生のおれは獣医になろうと思ってなかった。当時おれがあこがれてたのは名探偵でね。シャーロック・ホームズになりたくてさ。図書室の探偵小説を読みあさってたよ」

「そのためですか？　佐藤さんが待ち合わせ場所を暗号で書いたのは？」

「たぶんね。おれが簡単に解くと思ったんだろうよ。買いかぶりだな。小学五年生の女の子が作った暗号が解けないなんてとんだ名探偵さ。探偵になるのをあきらめた最大の原因がこの葉書だよ。そんなわけで当時のおれにタヌキの手当てはできない。タヌキの手当てをしたのはうどん屋の親父だ」

バーテンは目を丸くした。話の展開が予想外すぎる。

「うどん屋の親父がタヌキの手当てをですか？」

「そう。当時おれたちの小学校の近所にうどん屋があったんだ。手打ちうどんの店がね。うどん屋の親父はこの町の出じゃないって言ってた。タヌキを飼った経験があるってさ。親父は出前の帰りに通りかかったんだ。おれと彼女はタヌキを連れて親父の店に引っ張って行かれた。うどんをごちそうになったよ。コシの強いうどんだったな。けどこの町のスタイルじゃなかった。中学生になったおれが引っ越す時すでに店は消えてた。いつ閉店したのかわからないな」

「じゃタヌキはその後どうなったんです？」

「うどん屋の親父が校長にかけ合ってくれて、タヌキを小学校で飼えるようにしたんだ。最初はおれと彼女でこっそり世話をしてた。小学校の裏に置いたダンボール箱の中でね。ひと月ほどあとで正式に飼えることが決定したんだ。夏休みに飼育小屋が建設されてさ。飼育係が九月になって置かれた。彼女はもう引っ越してたから飼育係になれなかったがね。動物が大好きで獣医になりたいって言ってたのにな。ところでどうして彼女は五年後じゃなく十年後を指定したんだろう？　二十歳にならないと会えない理由があったのかな？」

「十年後なのは借金のほとぼりが冷める頃だからでは？　十年経《た》てばこの町にもどっても大丈夫だと」

「ああ、なるほど。おれもさ、その暗号いろいろ試してはみたんだよ。彼女とのなれそめがタヌキだから『た』を抜いてみたりね。けどぜんぜんさ。『さたささたしたよ。うさたがたつた。こうさたのさ。たもさんのさまたえ』から『た』を抜くと『さきしよ。うさがつ。こうさのさ。もさんのさまえ』になった。なんのことやら」

「たしかに」

バーのドアから伝わる雨音がかぼそくなり始めた。男がバーテンの手から葉書を取る。止まり木から腰を浮かし、財布を手にする。

店を出ようとドアを押す男にバーテンは声をかけた。

「あのう鈴木さん。さっきの話のうどん屋ですがね。讃岐《さぬき》うどんの店だったんじゃ？」

けげんな顔で男がふり返った。眉を寄せてバーテンを見る。

「讃岐うどん？　どうして讃岐うどんの店だと思った？　根拠はなんだ？」

「暗号です。先ほどの暗号、サも多すぎませんか？」

「サも多い？　さぬきうどん？　『た』といっしょに『さ』も抜けってか！」

男がハッと葉書を取り出す。

「『さたさたしたよ。うさたがたつた。こうさたのさ。たもさんのさまたえ』から『さ』と『た』を抜く？　なになに『しよ。うがつ。こうの。もんのまえ』？　『しようがつこうのもんのまえ』？　小学校の門の前！」

男がバーテンの顔を見た。

バーテンは静かに頭をさげる。

男もうなずき、雨のあがった街に踏み出した。

走馬灯

新藤卓広

新藤卓広　（しんどう・たかひろ）

1988年、宮崎県生まれ。

第11回『このミステリーがすごい！』大賞・優秀賞を受賞し、『秘密結社にご注意を』にて2013年にデビュー。

◎著書
『秘密結社にご注意を』（宝島社文庫）
『アリバイ会社にご用心』（宝島社文庫）

◎共著
『もっとすごい！10分間ミステリー』（宝島社文庫）
『５分で読める！ひと駅ストーリー　夏の記憶 東口編』（宝島社文庫）
『５分で読める！ひと駅ストーリー　冬の記憶 東口編』（宝島社文庫）
『５分で読める！ひと駅ストーリー　猫の物語』（宝島社文庫）
『５分で読める！ひと駅ストーリー　食の話』（宝島社文庫）

黒田順平《くろだじゅんぺい》は、自殺の真っ最中だった。

地面にぶつかるまで、あと三秒くらいか。服がはためき、風が耳元でうなるような音を立てている。

借金があった。店を構えたが、二年でつぶしてしまい、借金が五〇〇万残った。頑張れば返せない額ではないと思う。だが、もう疲れてしまった。

恋人にも裏切られた。恋人だけじゃない。親友にも裏切られた。二人で楽しそうに歩いているところを目撃した。いつからそういう関係だったのか分からない。二人を問い質《ただ》す気力もなかった。もう疲れた。

飛び降りる前、新聞を読んだ。普段ほとんど読むことはない。ニュースを気にすることもない。だが、人生最後の日にどんな出来事があったのか、確かめてから死にたいと思った。

ＮＡＳＡが最も古い銀河を発見したと発表し、九州では新燃岳《しんもえだけ》という山が噴火していた。中国切手の価格が高騰し、申《さる》年の年賀切手シートにはオークションで一五〇〇万円の値がついたと知った。機密情報を公開してきたウェブサイト、ウィキリークスのクラッカーがイギリスの捜査当局に逮捕されるという出来事も起こっていた。

しかし読み終えたあとで、これらは今日起こったことではないと気づいた。昨日かそれ以前に起こったことだ。自分は最後の最後まで間抜けだった。順平は自らを笑うしかなかった。

新聞をたたむと、自宅マンションのベランダから身を投げた。遺書は書かなかった。書かずとも、大方の理由は分かってもらえるだろうと思った。

地面がぐんぐん近づいてくる。

あれっ。

突然、ふわっと、宙に浮かぶ感覚が起こった。あたりが白く霞《かす》んだ。音が消え、時が止まった。

何だ、これは。

次の瞬間、順平は母親の顔を見ていた。はっとした。昔の母の顔だ。横には、幼い頃の自分の姿もあった。目の前に巨大なスクリーンが広がったかのようだった。

しかし、普通に眺めているのとは違う。外から眺めている意識はあるが、脳の芯《しん》から映像を体感している感じだ。

これが、死ぬ前に見るという走馬灯なのか。

目の前の順平は、泣いていた。「みんなが、お父さんがいないのはおかしいっていじめるんだ」

覚えている。五歳くらいのときだ。近所の友だちにいじめられ、母親に泣いて訴えた。

「そうか。それは哀《かな》しいね」母親は涙声で言った。「でも、順平は何も悪くないよ。悪いのは、いじめる子たちのほうなんだから。でもね、悲しいけど、環境は変えられないの。お父さんはもう戻ってこないんだから、順平も強くならなきゃいけないよ」

場面が変わった。母親と美術館にいる。ああ、そうだ。小学校三年のときに、鯉《こい》の絵で銀賞をもらったのだった。金賞ではなかったけれど、順平の人生では、数少ない栄光の一つだ。

「すごいね、順平の絵だよ」

母が嬉《うれ》しそうにはしゃぎ、順平は恥ずかしそうに笑っている。

次は、中学生のときの映像だった。制服を着て、靴箱から靴を取り出している。

「なぁ、黒田」後ろから声をかけられた。

ユウジと初めて話したときのことだ。深夜のアニメを見ているか聞かれたんだった。

順平は「見てるけど」と答えた。

「ああ、やっぱり」ユウジは手を打った。「お前はそうだと思ったんだよ。あれさ、オープニングがめちゃくちゃ刺激的だろ」

「おおっ、分かる」

「だろ。でも、分かってくれるやつがいなくてさ。お前はなんとなく一緒かなと思ったんだよ」

また場面が変わった。途端に顔をそむけたくなる。高校のときだ。好きだった女の子にフラれる場面。あー、やっぱダメか。

それから、部屋にいる。……床に書類が散らばっている。

「こんなに書類詰め込むなよ」母親に文句を言っている。

「大事な書類は、ここに入れてるのよ」そもそも順平が強く引いたのが悪いんでしょう。ああ、これは順平の成績表だね。全部取ってあるよ。ん、これは切手だよ。お父さんがこういうのを集めるのが趣味だったから。記念切手とか、中国のものとか。ほら、こっちのファイルにも色々入ってるよ」

「これ、気持ち悪いな」

猿の絵が描かれた切手シートを手に取ったあと、自分は落ちていた別の紙を見つめている。「これは……」

「生命保険の証書だよ」母は笑った。「馬鹿《ばか》だね。そんな顔しなくても、どこの家も入ってるんだから。特にうちは、母さんが死んでも順平が困らないようにしとかなきゃね」

そして母の葬式。母は、胃がんで死んだ。発覚してから三か月で死んだ。顔をそむける。だが、映像は消えない。あの日の悲しみが胸を締めつける。

順平は、調理師の専門学校に進んだ。この映像は、入学式だ。安いスーツに、曲がったネクタイ。学費は母の生命保険から払った。

そして、有美《ゆみ》と出会った。初めて有美とデートしたときは、ああ、そうだ。このレストランで食事をしたんだった。

うっ、「和りん」の大将。相変わらずおっかない顔だ。四年間ここで修業をさせてもらったけど、あの怖い顔を見るだけで逃げ出したくなる。

そして、自分の店。母の生命保険の残りだけでは足りず、知人や国民生活金融公庫から借金して開業した。

もっと頑張れば良かった。頑張ったつもりでいた。だけど、もっと頑張れば良かった。そうしたら……。

「ねぇ順平、もうすぐ誕生日でしょ。何か欲しいものある？」

ん？　何だ、この場面は。有美と部屋にいた。だけど、全く覚えていない。

「いや、お金もないし、気にするなよ」順平は雑誌を眺めてぼんやりと答えている。

あれ？　こんなこと言ったのか。

「でもこんなときだから、誕生日はちゃんとお祝いしたいじゃない」

「いいって言ってるだろ」

場面が変わった。順平はとっさに目をつむった。しかし、映像は消えない。

有美とユウジが、デパートから出てくるところだった。手こそつないでいないが、楽しそうに笑っている。順平の中にどす黒い感情がわいた。

しかし、全く予期しない声が聞こえてきた。

「ありがとう。順平も喜ぶと思う」

「あいつ、ずっと同じ財布使ってるからな」

「うん。でも、どんなもの買えばいいのか分からなくて。ユウジくんに聞いて良かった」

まさか、こんなことを言っていたはずがない。二人とは距離が離れていた。声が聞こえたはずがない。これはただの幻想だ。

二人を目撃した帰り道、ある中学生と出会った。昨日のことだ。中学生は橋の上から身を投げようとしていた。

順平は慌てて止めた。中学生は抵抗したものの、すぐに大人しくなった。

何で自殺なんかしようとしたんだ。

順平の問いに、中学生はしばらく沈黙したあと、とつとつと語り始めた。学校でのいじめを、消え入りそうな声で話した。その陰惨な内容に、順平はまるで自分の体験が語られているかのような錯覚を覚えた。胸が押し潰《つぶ》されそうになった。

「僕なんて、生きていてもいいことなんて一つもないんです」

「……そうかもな」

「え？」

「俺も一緒だ。生きていてもいいことなんて一つもない」

このときに自殺を決めた。人生は、何一つうまくいかないようにできている。そう思えば、未練などなかった。

「君も好きにするといい」

走馬灯の映像が終わった。地面が徐々に近づいてくる。だが、その動きはスローモーションのようにゆっくりしていた。

迷いが生まれていた。有美とユウジの行動が、走馬灯で見た通りだったなら。俺へのプレゼントを買っていたのだとしたら……。

いや。順平は心の内で首を振った。そうだとしても、借金は変わらない。これ以上生きるのはもう無理だ。俺は疲れたんだ。

しかし、まだ何かが引っかかっている。のどの奥に小骨が刺さっているような、そんな違和感があった。さっき見た走馬灯の映像を辿《たど》ってみる。

母親の顔、銀賞の絵、ユウジの顔、好きだった女の子、成績表、切手、生命保険……あっ……切手だ。

赤い背景に猿の描かれた切手。新聞で読んだ。たしか、オークションで一五〇〇万の値がついたという、申年の年賀切手だ。写真も載っていた。思い出す。走馬灯で見た切手と照らし合わせる。背景は赤一色で、手の長い猿が左向きに描かれている。切手の端に中国人民郵政の文字があり、右下に1980と書かれている。ぴったりだ。間違った。死ぬんじゃなかった。身のすくむような恐怖がわいていた。切手を売れば、借金は帳消しになる。死ぬ必要なんかなかった。こんなに間抜けな死に方はない。

順平は死に物狂いで、体を伸ばした。助かりたい。空中で必死に抵抗した。

すると、ベランダの手すりに手がかかった。二階のベランダだ。どうにかしがみつこうとする。

しかし勢いに耐え切れず、振り落とされた。左肩があらぬ方向へ引っ張られ、激しい痛みを感じた。仰向けの体勢で落っこちる。

落ちた先は植え込みだった。枝が背中にやりのように刺さり、衝撃が腰を打った。息が止まった。

だが、生きている。目を開け、むせるように息をした。全身に痛みがあるが、生きている。植え込みに落ちたおかげだ。天が自分に味方してくれたとしか思えない。

順平はうめきながら植え込みから這《は》い出た。痛いところだらけだが、体は動く。奇跡的に、どこの骨も折れていない。

駐輪場の前で、疲れて仰向けになった。目をつぶった。

これからの人生を想像する。自然と笑みがこぼれた。俺の人生はこれからだ。これから全てがうまくいくはずだ。ゆっくりと目を開けた。
すると、ある物体が目に入った。順平に向かって落ちてくる。
人だ。
昨日の中学生だった。顔中に恐怖の色を浮かべ、矢のようにこちらに近づいてくる。
体を動かす暇もなかった。気がついたときには、中学生の顔がすぐそこにあった。
目が合った。
やばい、ぶつかる。
そう思ったとき、あたりが白く霞んだ。音が消え、時が止まった。母親の姿が目に
浮かんだ。子どもの頃の自分もそこにいた。
走馬灯が始まった。

満腹亭の謎解きお弁当は今日もホカホカなのよね

大津光央

大津光央（おおつ・みつお）

大阪市出身。2016年現在、ミュージシャンとしても活動中。

第14回『このミステリーがすごい！』大賞・優秀賞を受賞し、『たまらなくグッドバイ』にて2016年にデビュー。

◎著書
『たまらなくグッドバイ』（宝島社）

ランチタイムが落ち着いたころだ。売れ残りの日替わり弁当に、値下げシールを貼っていると、裏口から奇声が聞こえてきた。夫の声だ。休憩中に何の騒ぎか、大変だ大変だと店に駆け込んでくる。

「と、当選した」

「何に？」

「え、選ばれたんだよ」夫は興奮気味に手にある葉書をあたしに見せる。

それは某出版エージェントから届いたもので、いま流行《はや》りのお店物のミステリのモデルにうちが選ばれたという通知だった。

「喜べよ」夫はいった。「これで楽になるぞ。何せ流行ってるジャンルだ。だれに書かせるのか知らないがヒットは間違いない。店の宣伝効果もばっちりだ。伸《しん》ちゃんとこの肉屋も、タケ坊の実家の判子屋もそれで持ち直したんだから」

「まあ落ち着いてよ」夫と違い、あたしはその手の本が苦手でどうもピンとこない。

「落ち着けるもんか。よく読んでみろよ。うちの苦しい状況を汲《く》んでもらって、本になったときの印税の取り分は六・四の四だぜ」

「でも、ただ普通に営業してるだけじゃ駄目なんでしょ？」

「ああ、そこなんだよ」夫は眉根を寄せた。「まず、うちの客に適当な謎《なぞ》を持ち込んでもらわなくちゃならない。それをこっちで上手く推理して、あとでエージェントに報告するって契約なんだ。お前やらないか？　こういうのは女が探偵役の方が見栄えがするんだ」

「冗談よしてよ。お店もあるのに無理無理」

「ただいまー」

中三の娘が期末テストから帰ってきた。この子もミステリマニアだけに、話を聞くと飛び上がって喜んだ。

しかも、彼女は自分が探偵役をやるといってきかない。

受験の時期に店を手伝わせられるものか。第一、子どもに大人の事件を解決させるなど教育上問題がある。そういう小説やドラマが世にあふれているようだが、作り手は一体どういう神経をしているのだろう。

「やりたいのよ。お願い、何でも言うこと聞くから」

娘は涙を浮かべている。わかった、と夫は何を思ったのか、道具箱からノミと木槌《きづち》を持ち出す。

驚いたことに、夫はそれを使って娘の顔を削りはじめたのだ。

顔だけではない。ノミは手から足から全身に打ちつけられていく。血しぶきがあたりに飛び散るたびに、娘は天を衝《つ》かんばかりの悲鳴を上げた。

「だまって見てろ」止めに入るあたしを夫が制する。「お店物の探偵ってのはな、顎は鋭利に頬は薄目に、手足はいまにも折れそうなぐらいに細くなきゃ務まらない。本の表紙や挿絵によく見るだろ」

やがて、以前の娘とは似ても似つかないドールのような美少女が出来上がった。もう泣いたりはしない。姿を変えた時点で、わが娘はお店物ミステリの探偵になった。いわばフィクション世界の存在になったわけだ。痛みはもちろん、今後は喜びや悲しみすらも虚構の感情としてしか受け入れられないのだとか。

「よし、オレも削れ」夫はあたしに道具を渡す。「オレたち夫婦だって、今日からお店物ミステリの人間になるんだからな」

血走った目で迫られては拒否できない。あたしは泣きながら木槌をふるった。

彫りの深い美形の中年へ変身した夫は、満足気にしばらく鏡に見入っていた。

あたしだけは変身をまぬがれた。いや、夫はあたしにも刃を向けたのだが、細くなった腕では木槌を使えなかったのだ。

夫と娘は次に謎解き後の決め台詞の考案に取りかかった。それもあのジャンルでは必須の項目らしい。結果、出来上がったのがこれだ。

「今日の謎解きも満腹満腹。満腹亭のお弁当をよろしくね」

内容はともかく、親子三人そろって腹をさすりながらいうのはどうなのだろう。

肝心の謎解きはといえば、これが中々はかどらない。来る客来る客が、夫と娘の変わり様を見て、すぐに逃げ出してしまうのだ。

夫はいよいよ常連の一人を椅子に縛り付けて、半ば強引に謎を語らせた。

「え、えっとそうね」その接骨院の奥さんは冷や汗をかきながら言った。「うちの亭主が最近、午前の診療後に行先も言わずに外出するのよ。帰ってきたら、いつも線香の匂いをさせてるんだけどあれは何なのかなって……」

「はいはい、わかった」娘がはしゃいだように手を挙げる。「えっとね、おたくの院長先生はこっそりとお墓参りに行かれてると思いまーす。きっと、こっそりお参りしたいお相手がいるんだと思うなー。あはっ」

「そういえば……」奥さんは首をひねった。「去年にうちの父が亡くなったんだけど、亭主とは折り合いが悪かったから、大っぴらに供養にはいけないのかな……」

「ちょっと違う気がしますけど……」あたしはつい口をはさんでいた。

「お前はだまってろ」夫は言った。「奥さん。謎は解けましたね。さあ早く、ご亭主と一緒に供養に出かけておあげなさい」

奥さんは首をひねったまま、弁当も買わずに店を出て行った。

謎を抱えたお客は以後何人も夫につかまった。その度に見事な推理というか、こじつけを披露する娘。あの解決方法も流行りだという。夫曰く、推理が大体であればあるほど読者の安心を呼ぶものらしい。

あたしは決めポーズをするのに疲れてしまって、先に休ませてもらうことにした。

翌朝は階下から響く地なりのような音に起こされた。恐る恐る店へ下りると、作業員らしき男たちが中の物を一切合財引き上げていた。

「ど、どういうことよ？」

「見てのとおりだ」夫が連中に指示を出しながらいう。「お店物の世界ではな、背景は邪魔になるんだ。あのジャンルの作家は技術が足りないからそこを描けない。描いても、いまどきの読者がまた何というかあれだから、どうせ読み飛ばされる」

「そうよ」と、いつの間にか背後に立っていた娘。「だからお店を軽くしてもらうの。読者のためよ」

「しかし、オレたちの過去も邪魔だな。話が重たくなる」

夫は男たちを二階に上げて、家族のアルバムや想い出の品まで処分させた。連中が帰ったあとは、もう店と家の囲いだけしか残らない。

その囲いがいつか宙に浮かび上がり、朝空をただよいはじめた。

揺れる囲いの中で、夫と娘は何に臆する様子もなく、軽くなった軽くなったと手をつないで踊り出す。

「……これからどこへ行くの？」あたしは二人に尋ねた。

「決まってるだろ」

読者のもとへさ、と夫は軽やかにステップを踏む。「店の謎をお届けに上がるんだ。こんなに軽くなったんだ。読みやすいと喜んでもらえるさ」

「きっと一生本棚に置いてもらえるね」娘もスカートをつまんでお辞儀をする。

ところが、空を進む速度が遅くなると、二人は途端に機嫌を悪くした。

あたしのせいらしい。あたしは生身の身体であるから、いまだ現世の業を背負っている。その重みが浮遊の邪魔になるというのだ。

二人はうなずき合うと、あたしを容赦なく地上へ突き落とした。

これも罰と思えば仕方ない。真っ逆さまに降下しながら、あたしは合掌した。

あの接骨院の亭主はその実、あたしの不倫相手である。毎度ホテルで過ごしたあと、彼の方はアリバイ作りも兼ねて墓参りに励んでいた。そこで線香をつかえば、逢瀬《おうせ》の残り香も消されるというわけだ。

しかし、せっかく探偵役たる娘が解いた謎だ。母親といえども、脇役がでしゃばってはミステリにならないので、だまっておいた。

あの子たちは大丈夫だろうか。

軽くなって結構。だがその分、読者からの扱いも軽くなり、それこそ読み飛ばされて、だれの記憶にも残らないのではないか。

ねえ。

ほら、いまこれを読んでいるそこのあなた。
こんな格好で失礼しますけど、ほんとにご容赦下さいね。うちって、このジャンル
では新参者で色々慣れていないの。
いまのところは、箸《はし》休め程度にでも楽しんでもらえたら助かるわ。
今後とも満腹亭の謎解きをどうぞご贔屓《ひいき》に。

（つづく）

お届けモノ

高山聖史

高山聖史 （たかやま・きよし）

1971年、青森県生まれ。

第5回『このミステリーがすごい！』大賞・優秀賞を受賞し、『当確への布石』にて2007年にデビュー。

◎著書
『当確への布石』（宝島社文庫）
『消えたカリスマ美容師』（宝島社文庫）
『都知事選の勝者』（宝島社文庫）

◎共著
『「このミステリーがすごい！」大賞10周年記念　10分間ミステリー』（宝島社文庫）
『5分で読める！ひと駅ストーリー 降車編』（宝島社文庫）
『もっとすごい！10分間ミステリー』（宝島社文庫）
『5分で読める！ひと駅ストーリー 夏の記憶 東口編』（宝島社文庫）
『5分で読める！ひと駅ストーリー 冬の記憶 西口編』（宝島社文庫）
『5分で読める！ひと駅ストーリー 本の物語』（宝島社文庫）
『5分で読める！ひと駅ストーリー 食の話』（宝島社文庫）

心地よい朝だった。久しぶりに布団を干していると、呼び鈴が鳴った。

「C急便です」

晴天に似合う歯切れのいい声。ドアスコープから覗《のぞ》くと、業者の制服が立っていた。見覚えのあるエリアスタッフだ。

差し出されたのは、段ボールではなく、発泡スチロール製のクーラーボックスである。魚市場や魚屋などで見かけるもので、驚くべきは大きさだ。やっとドアを通過できるサイズなのだ。

「大丈夫ですか」と智子《ともこ》は思わず声をかけた。

「いえ、重くはないんですよ」

置かれたクーラーボックスを持ち上げてみて、智子はバランスを崩しそうになった。あまりに軽かったからだ。

送り主は『タムラ興業』。聞き覚えがない。

なぜここの住所を知っているのか。電話番号もちゃんと書かれているではないか。まだ引っ越したばかりで、伝えている者は少ないというのに。

智子はよく懸賞に応募してきた。趣味のひとつといっていい。タムラ興業とは、それらの商品を扱う会社かもしれない。似たような名前はいくつか書いたはずだ。

「どうかなさいました」

スタッフが心配そうに覗きこむ。

智子は「いえ」と受け取り票に判を押した。

あまりに軽い。開けてみて理由がわかった。カラだった。

いや、白い紙が一枚だけ入っていた。何か記してある。

〈必要があるときは、送り返してください。あとはこちらで処分します〉

意味がわからない。中身を入れ忘れたのか。

嫌がらせ？

最近、自分の身に起こったトラブルといえば失恋だ。二股をかけられて別れた。やるとすれば、元彼の彰《あきら》ではないだろうか。

問い詰め、相手が十五歳だと知らされた。訊《き》かなければよかったと心底思った。ショックの日からひと月ほど経《た》ち、心機一転、新しい生活をはじめようと引っ越しを決めたのだ。

携帯電話を買い替え、連絡を断ったことが気に入らないのか。それとも、自分より十歳も若い相手をつまみ食いしてみたものの、社会人には釣り合わない相手だと思い知らされた。悔やむほどに未練が湧き出してきた――。

智子は、自己嫌悪がたっぷり混じった溜《ため》息を吐《つ》いた。あんな男と付き合っていた自分がつくづく情けなく思えてくる。

探偵を雇ってここの住所を調べたのだろう。が、不可解なのはメモだ。何を送ろうと思っていた？　この大きさである。

ただ、タムラ興業の住所や電話番号は、彰のそれと一致しなかった。彼とは無関係かもしれない。試しに電話してみようかと思い、伸ばした手を止めた。

彰には、懸賞が趣味だと話したこともある。それらしい名前を騙《かた》り、油断させるつもりなのかもしれない。送り主欄に記されているのは、彼の実家の番号だとも考えられる。特定の電話だけ自分の携帯電話に転送させることもできるのだ。

反応すれば相手を喜ばせるだけ。智子は無視することに決めた。

昨日の晩は羽目を外しすぎた。引っ越し祝いと称した女子会は終電近くまで続いた。彼女たちにC急便のことを教えると、みな気持ち悪いといっていた。

今朝は毛布に潜《もぐ》っていたが、呼び鈴で観念した。

「C急便ですが」

出てみると、いつものスタッフがバツの悪そうな顔を見せた。巨大なクーラーボックスを足元に置いて。

「これも……軽いです」となかへ入れようとする。

「送り主に覚えがないの。受け取り拒否の扱いにして」

ドアを閉めようとして、スタッフの言葉を思い返した。——軽い？

智子は、階段の手前にいたスタッフを止めた。クーラーを開けてみると、果たしてメモが入っていた。

〈遠慮は要りません。トラブルがあれば、すべてこちらの責任ですから〉

ますますわからない。

重い頭でトーストを齧《かじ》っていると、部屋の電話が鳴った。ディスプレイには、忘れることのできない番号が表示されていた。

「智子か」

彰である。

「調べたのね」

一拍置いて、彰がいった。「悪かったよ」

拍子抜けするほど素直な詫《わ》び。落としどころが満載のセリフ。時間をかけて用意し、このときのために練習したのだろう。すらすらと口を衝《つ》くほど、上《うわ》っ面《つら》の言葉に聞こえてくる。憤りが鎮まるどころではなかった。

「最っ低。あのクーラーボックス、なんのつもり」

「は？　なんだそれ」

調べたといい、知らないという。

「電話するつもりはなかった。でも、万が一と思って――」

バカにするなとばかり受話器をたたきつけた。地球がひっくり返ってもやり直すつもりなんかない。二日酔いで気分が悪いうえに、聞きたくもない声で体調は最低ランクまで落ちた。また横になろうとしたときだ。呼び鈴が鳴った。

「今度は何よ！」

ついドアに向けて怒鳴ってしまった。しかし。

「開けて。お話があるの」と女の声。

心配した友達が来てくれたのだろうか。それにしては他人行儀な口調だ。

ドアスコープ越しに、ブレザー姿の少女と目が合った。

誰なのか直感でわかった。ただ想像とは違っていた。いまどきの子ではない。男を引き寄せる武器を何一つ持っていないように見え、ますます智子を混乱させた。

まだ社会に染まっていない青さを性的な魅力に置き換える歪《いびつ》さ。彰への失望感は、吐き気さえする。

「なんなの」

智子がドアを開けた途端、少女は豹変《ひょうへん》した。およそ人とは思えない声を発して室内へ雪崩れこんでくる。智子は上がり框《がまち》に尻餅をついてしまった。

「彰さんは、わたしのものよ！」

叫び、少女が手をふり上げた。カッターの切っ先が智子を狙っていた。

彰が何をいおうとしたのかようやくわかった。彼は、調査事務所を使い、智子の住所や電話番号を調べた。それが浮気相手にバレた。嫉妬に狂い、ここに来るのではないかと懸念したのだ。

間一髪のところで凶刃をかわし、揉《も》み合いになった。ようやくカッターを取り上げたが、少女はなりふり構わず突っこんでくる。止めようとして、智子は、あっと洩《も》らした。

胸を押され、少女が玄関用のマットに足をとられた。転倒した拍子に後頭部を打った。

動かない。

血の気が引いた。智子は少女の胸に手を宛《あ》てがった。

息はあるようだ。

持ちモノを調べると、財布と携帯電話、生徒手帳も出てきた。名前を検《あらた》め、智子は眉を寄せた。

タムラミドリ？

住所をなぞると、タムラ興業と一致するではないか。少女の自宅だろう。

今度こそ電話をかけた。返ってきたのは、女の嗄《しわが》れた声だった。こちらが名乗るや

「ちょ、ちょっと待って」と遮り、男性に代わった。少女の父親で、クーラーボックスを送ったとすんなり認めた。

智子が「急襲」されたことを告げると、彼は「どうしてあんな子になってしまったのか」と恐縮し直したような口ぶりで語った。

「初めてトラブルを起こしたのは小学校のときです。娘が好意を寄せていた男の子がいたのですが、自分以外の子と仲良くするのが気に入らなかったのでしょう。相手の女の子を呼び出して、切りつけようとしました。中学へ行ってからも同じ理由でやっていますす。ボーイフレンドでもなんでもないのに、心変わりをしたと勝手に嫉妬するらしいのです。去年はもっとひどかった。カッターで喉を狙ったらしくて。幸い、空振りに終わりましたが」

溜息を受話器にぶつけた。

「あんな性格のせいか、なかなかお付き合いできる男の子が見つからなかった。最近、あの子が苛々《いらいら》しはじめたもので、また悪い癖が出たのだと確信しました。今度こそ誰かを殺しかねないと思って、娘を問い質《ただ》しました。驚いたことに、交際中の男性がいるというではありませんか。ようやく、と思いましたが、何しろこれまでのことがありますから。にわかには信じられず、いろいろと調べていたところ、貴方様に行き着いたのです」

調べていたのは彰ではなく、少女の両親だった。彰は彼らに釘を刺されたのではないだろうか。娘を裏切れば、最悪の事態になると。

「二つもあれば入るでしょう。娘は華奢《きやしや》ですから」

娘が襲いかかるだろうと予想していただけではない。こちらが殺してしまう可能性も考え、カラのクーラーボックスを送ってきたというわけだ。

なんという父親。しかもこの冷静さ。

だが、母親の反応は違った。夫と代わったということは、こちらから電話がかかって来ることを想定していたはずだ。それにしては慌てていた。

「じつは、お嬢さんは――」

いいかけると、生徒手帳から紙片が舞い落ちた。二つに折られている。

〈しっかり密封したら、すぐにクール便で送りなさい〉

智子は口を押さえた。

〈着払いでいいから〉

少女の両親は娘にもメモを渡していた。クーラーボックスを女の家に送ってある。中身はなんとかするからと。

自分たちではどうしようもできなくなり、手を貸そうと思った。母親は、娘が智子を殺し、電話をかけてくるものとばかり思っていたのだ。

足が震えた。そばにあるクーラーボックスに助けを求め、座りこんでしまった。彰がこちらに未練がある以上、少女は自分を追い続けるのではないか。狂気を容認する両親の力を借りて、地の果てまでも。

どうすればいい。智子は項垂《うなだ》れ、少女を見下ろした。

あくまでも自分が本命だと信じている。単なる「つまみ食い」だったと知れば？

智子は腰を上げた。躊躇《ためら》うより先に携帯電話を引《ひ》っ摑《つか》んでいた。

「彰？　わたしも寂しかった。やり直そ」

「ほ、ホントか」

彰の声が裏返った。

「あの子にちゃんと話して。火遊びだったって」

「もちろん！　智子だけさ、俺は」

思いは実り、ついに交際へと発展させた、少女にとって初めての相手だった。やっと自分のものにできたのだ。彰は渡さない。誰かに取られるくらいなら――。

このクーラーボックスは、彰の部屋に送ろう。カラのままで。

智子はサイズを確認し、頷《うなず》いた。

「もうひとつくらい要るかもね」

神さまと姫さま

太朗想史郎

太朗想史郎（たろう・そうしろう）

1979年、和歌山県生まれ。

第８回『このミステリーがすごい！』大賞・大賞を受賞し、『トギオ』にて2010年にデビュー。

◎著書
『トギオ』（宝島社文庫）

◎共著
『「このミステリーがすごい！」大賞10周年記念　10分間ミステリー』（宝島社文庫）

とある村に一人の娘っ子がおりました。その娘っ子は野を駆け回り、木があれば登り、毛虫を見つければ枝で掬《すく》って誰彼構わず投げつけ、気に食わないことがあれば上級生の男の子にすら挑みかかるようなお転婆でしたが、聡明でも愚鈍でもなく、美しくも醜くもなく、足が速いわけでものろまなわけでもなく、取り柄といえばよく笑うくらいの平凡な子供でした。

ある日、いつものように娘っ子が日が暮れるまで遊び回り、泥だらけになって家に帰ると巫女《みこ》が来ていて、両親と話していました。

「娘さんは世界の姫に選ばれました。この世界を救うため、わたしに預けてはくれないでしょうか」

「何故《なぜ》うちの娘なのですか」

「神さまがお選びになったからです」

「何故神さまはうちの娘を選んだのでしょうか」

「きっと理由なんてありません。神さまは赤子のように無垢《むく》な存在ですので」

父親は大層喜びました。あの子を世界の姫にだなんて、願ってもない話じゃないか。

母親は大層不安がりました。あの子はまだ八歳なのですよ、早すぎます。

何度も話し合った結果、二人は半年後に一人娘を手放すことを決意しました。こうして何処《どこ》にでもいる娘っ子は世界の姫さまになりました。

ずっと待ち望んでいた姫さまの誕生、就任を世界中の人々が祝福しました。そして姫さまは持ち前の笑顔で、誰からも愛される姫さまとなったのです。

姫さまが姫さまとなってから三年経《た》ったある日、巫女が計算ドリルを解いていた姫さまの元へやってきて言いました。

「神さまは仰せられました。人の世界を見てみたい。見えなければ振り上げた手が大地にぶつかって、何もかも壊してしまうかもしれないではないか、と」

姫さまは執政官を呼びつけ、神さまに人の世を見渡せる光を与えるよう命じました。

執政官は答えました。

「では、神さまへの供物を世界の果てから探して参りましょう」

数ヵ月後、執政官が憲兵隊長を引きつれて戻ってきました。憲兵隊長の前にはトランクが寝かせてありました。姫さまが着座すると、執政官が短い挨拶の後に言いました。

「姫さま、神さまへの供物をご用意致しました」

執政官の目配せを受けて憲兵隊長がトランクを開けて中を示しました。ごろごろとした丸いものがぎっしりと詰まっています。初め、姫さまはそれが何なのかわかりませんでした。しかしよくよく見つめているうちにそれが大量の人間の目玉であることに気づき、手で顔を覆いながらすぐに下げるよう命じました。

「いえ、神さまへ奉げるものとして相応《ふさわ》しいか、姫さまに検《あらた》めて頂かねばなりません」

このような巫女の進言にも拘《かかわ》らず姫さまは気分悪そうに、よいよい、とだけ返事して寝室へ帰ってしまいました。それから奉納式が終わるまで誰にも会うつもりはないと、寝室から出てこなくなりました。だから、供物の選別から奉納式までの一切の仕事を巫女と執政官で行わなければなりませんでした。ただ、書類への署名だけは姫さまにしてもらわなければならなかったので、扉と床の間にある僅《わず》かな隙間を通してのやり取りは何回かありました。

寝室から出てきた姫さまの最初の仕事は、世界に向けて、人々の不安が一つ取り除かれたと宣言することでした。その元気いっぱいの声を聞いた民衆は沸き立ち、みんながみんな姫さまを讃《たた》えました。人間の目玉が奉納されたことは全く報道されなかったし、誰も知ろうともしませんでした。そのことを訊《き》かれず、姫さまはほっと胸を撫《な》で下ろしました。

それから四年間は大きな天災もなく、平穏な日々が続きました。しかしある日、憲兵隊長とテレビゲームで遊んでいる姫さまのところに、再び巫女がやってきたのでした。

「神さまは仰せられました。人の声を聞いてみたい。人の声を聞くことができれば、人が何を望み、何を恐れているのか、知ることができるのではないか、と」

姫さまは暗澹《あんたん》たる思いを抱きながら執政官を呼びつけました。案の定、巫女からの御託宣を告げると執政官はあのときと同じことを口にしました。ただ一つだけ違うのは、立ち去る直前にこう諫言《かんげん》したことでした。

「今度こそ、ご自身で供物を検めくださいませ」

数ヵ月後、姫さまは憲兵隊長の前に置かれたトランクを見ることとなりました。中身は思っていた通り、大量の人間の耳でした。姫さまはそれらを一つずつ小皿に乗せるよう命じ、テーブルの上に敷き詰めて吟味していきました。

奉納式を終えると、姫さまは世界に向けて、神さまに人の願いを聞き入れる備えがあることを伝えました。民衆は狂喜して姫さまを讃え、ある者は恵みの雨を、ある者は紛争の解決を、ある者は恋の成就を、ある者は金銭を神に願い、祈りました。

それから五年間、願いの叶《かな》った者も未《いま》だ叶わぬ者もいましたが、多くの人が死ぬような飢饉《ききん》や紛争や病はなく、世界は概《おおむ》ね平和に過ぎていきました。そしてまた、庭で散歩している姫さまのところに巫女がやってきて、こう言いました。

「神さまは仰せられました。人間の生きる源を感じたい。人間は何故こうも喧《やかま》しいのか。何故こうも多くの願いが存在するのか。何故叶わぬ願いをするのか。何故心とは裏腹の願いをしてしまうのか。何故一人の願いを叶えると他の誰かが悲しむことになるのか。生きることの喜びを知れば、人間が真に望むものを理解できるのではないか、と」

数ヵ月後に憲兵隊長はトランクに大量の鼻と舌を詰めて戻り、姫さまはそれらを一つ一つ検めました。奉納式も世界への宣言も、流れるような手際の良さで行うことができました。だからなのか、民衆が姫さまの言葉を盲信することはなくなりましたが、依然として姫さまは誰からも愛され慕われる世界の姫さまでした。

次に巫女が姫さまの前に姿を現したときには、六年が経っていました。姫さまは賢くはないですが愚かでもないので、六年もあれば御託宣の内容について想像できます。しかし一応聞くことにしました。

「神さまは仰せられました。人間の温《ぬく》もりを知りたい。人間は温もりで愛を感じるのだとわかった。愛が何たるかは知らぬが、とどのつまり、人間というのは愛されれば満たされるのだろう。愛されなければ、いくら願いを叶えたところで満たされないのだろう。ならば愛を知り、全ての人間を愛そうではないか、と」

姫さまは憲兵隊長を寝室に呼びつけました。世界の秘密を共有する二人は、いつしか人知れず愛を育むようになっていたのです。姫さまが全てを話すと憲兵隊長は納得し、二人は一晩かけて互いの肌を温め合いました。そして夜明けと同時に憲兵隊長の皮を剝ぎ、愛の温もりが冷めないうちに、それを神さまに捧げたのでした。奉納式を終えて血まみれの寝室に戻ると、憲兵隊長は言いました。

「神さまに捧げてしまったので、もう何も感じません。痛くもありません」

それは好都合だと姫さまは思い、憲兵隊長の四肢を切り落としました。それから頭と胴体だけになった憲兵隊長を、かつて目玉や耳や鼻や舌が運ばれたトランクに詰めると、宣言を執政官に任せて姫さまはトランクだけを持って逃げ出したのでした。

姫さまは民衆に紛れて執政官の宣言を聞きました。

「最早、畏《おそ》れ敬うべき神さまはいなくなりました。神さまは、いや、神は我々人類のよき友人、よき隣人となったのです」

民衆は、何故姫さまが出てこないのだと騒ぎました。病だの職務に対する厭気《いやけ》だの執政官との不和だの、様々な憶測が飛び交いましたが、そんな中でインターネット上にある動画が投稿されると、民衆にもようやく姫さまが逃亡したのだと理解できました。

その動画では、憲兵隊がアフリカの大草原で目玉をえぐり、ヨーロッパの裏路地で耳を削《そ》ぎ、東南アジアの市場で鼻や舌を切り落としていました。遅かれ早かれ、これまでの所業が白日の下に晒《さら》されると姫さまにはわかっていたのでした。

しかし姫さまに逃げ場はありませんでした。アフリカにもヨーロッパにも東南アジアにも、それから生まれ故郷の極東にも、姫さまを匿《かくま》ってくれる味方は一人もいませんでした。だから結局三月と経たないうちに、ヨーロッパの安宿に泊まっているところに群衆が押し寄せ、捕まってしまいました。後ろ手の姫さまと群衆の一人に担がれた四肢のない男が安宿から出てくると歓声で沸き立ち、我先と押し寄せ、捕らえた姫さまを如何に嬲《なぶ》り殺すかについて揉《も》め、辺りで殴り合いが始まりました。地面に押し倒された姫さまは熱狂する群衆を見上げて怯《おび》え、命乞いをしました。泣きながらお腹《なか》に赤ちゃんがいることを伝えると、ある者は糞《くそ》でも見るような目を姫さまと憲兵隊長に向け、ある者は屈辱的な処刑方法を思いついたように笑いましたが、ごく一部の理性的な者が子供に罪はないと強硬に処刑に反対したので騒ぎは一層大きくなり、そのうち警察がやってきて姫さまを奪っていったのでした。

　憲兵隊長は病院で息を引き取り、姫さまは裁判にかけられました。姫さまは証言台で巫女や執政官に強制されたことなのだと主張しましたが、誰一人として信じる者はいませんでした。それどころか、姫さまが虐殺を指示していた証拠となる署名入りの書類がぞくぞくと提出されたため、誰からも愛されていた姫さまは誰からも蔑《さげす》まれる嘘《うそ》つきになってしまったのでした。しかし今の姫さまにはそんなことは関係ありませんでした。

「これまでわたしは神さまの存在なんか信じていませんでした」

「だからあのような虐殺を指示できたのでしょう」

そう検事が呆《あき》れたように言い、傍聴席の巫女が無言で頷《うなず》きました。

「ただ命じられたことを行っていただけなのです」

「誰が姫さまに命令することができましょう」

姫さまは何も言い返さず、黙って目を閉じました。信じてもらうことではなく、罪を告白することに意味があったからです。

「でも今は毎日神さまに感謝して過ごしております。こうして懺悔《ざんげ》する機会を与えてくださったのですから」

そう言って姫さまは膨らみかけたお腹をそっと撫でました。

脱走者の行方

影山匙

影山 匙　（かげやま・さじ）

1988年、東京都生まれ。

第12回『このミステリーがすごい！』大賞・隠し玉として、『泥棒だって謎を解く』にて2014年にデビュー。

◎著書
『泥棒だって謎を解く』（宝島社文庫）

◎共著
『5分で読める！ひと駅ストーリー　本の物語』（宝島社文庫）
『5分で読める！ひと駅ストーリー　旅の話』（宝島社文庫）

逃げろ、逃げろ、逃げろ。

佐藤健一《さとうけんいち》は拘置所の門を体当たりで押し開けた。小雪が舞う中を全力で駆け抜ける。背後を振り返る。追手はなかった。佐藤がいなくなったことはまだ誰にもばれていないようだ。

拘置所はなかなか遠ざからない。まるで拘置所から追われている錯覚に襲われた。

住宅街に辿《たど》り着くと佐藤は脇道に入った。呼吸を整える。恐怖が脳内を這《は》いずった。今頃、刑務官達が自分を探しているかもしれない。もう駄目だ。どうにでもなれ。

後悔は後だ。とにかく逃げたい。今の服装では目立つ。佐藤が上着を脱ぎ捨てると上半身に寒風が突き刺さった。徒歩では体力が持たない。駅へ着く前に倒れてしまう。

佐藤は大通りに出てタクシーを拾った。後部座席に座るなり運転手が眉をひそめた。

「お客さん、天気予報を見ていなかったんですか。寒かったでしょう」

「いえ、走っていたので暑いくらいですよ」

自分の顔が引きつっていることを自覚していた。運転手が佐藤を盗み見ている。

運転手に行き先を告げた。車が発進する。白化粧をした住宅街を佐藤は眺めた。

さて、どうするか。金はない。運転手とのトラブルは避けなければならない。

ふと、いまわしい記憶が蘇《よみがえ》る。呼吸が荒くなり、汗が止まらなくなった。

俺は人を殺した。

佐藤の手には当時の感触が残っていた。脳裏に宿った記憶は二度と消えないだろう。

佐藤は込み上がる嗚咽《おえつ》を堪《こら》え、できる限り冷静さを装った。

＊＊＊

「その男性は料金を支払わずにタクシーを降りたんですね」

駅前交番に駆け込んできたタクシー運転手の小川《おがわ》は興奮した様子で頷いた。坂津晃《さかつあきら》巡査は小川の話に聞き入っていた。どうやら単なる無賃乗車ではないようだ。

「ああ。金はないが後で必ず払うから連絡先を教えてくれ、と言われたよ。普段だったら鵜《う》呑《の》みにしない。だが、その男は様子がおかしかった。平然を装っていたけど、動揺していて顔面蒼白《そうはく》だった。雪が降っているのに薄着で無一文。そんな男が拘置所の方向から逃げるようにタクシーを拾ったんだ。断れば何をされたかわからない」

平和で暇だった昼前の交番に凶悪犯罪の香りが舞い込んだ。そんな馬鹿な、と笑い飛ばす気にはなれない。脱獄が本当に発生していたら犠牲者が出る可能性もある。

拘置所に問い合わせていた荻原裕輔《おぎわらゆうすけ》巡査長が通話を終え、坂津に耳打ちした。

「脱獄の事実はない。所轄署にも連絡したが、脱獄が確認されるまでは動く必要なしと判断された」

「第一、脱獄が発生すればすぐに所轄署と交番へ通達されているはずだ。

荻原の表情には既に安堵《あんど》の色が滲《にじ》んでいた。坂津が静かに言う。

「まだ脱獄がばれていないだけかもしれませんよ」

坂津の一言が緊張感を連れ戻した。しばし沈黙が流れたあと、荻原が立ち上がった。

「念のため無賃乗車犯の行方を調べてみるか」

坂津も賛成だった。坂津は男がタクシーを降りた場所へと走った。荻原は交番でタクシー会社やバス会社へ連絡し、男らしき人物が乗車していないか確認を行う。

駅前商店街は閑散としていた。雪のせいか、シャッターが閉まった店も多い。

男は駅に近い公園の前でタクシーを降りたらしい。脱獄した男は何処《どこ》へ向かったか。探すべき場所は限られている。男は一刻も早く遠くへ逃げたかったはずだ。電車、バス、タクシーなどの交通機関を利用した可能性が高い。男は無一文だった。交通機関で不正乗車していれば必ず痕跡を残している。

天候は坂津に味方していた。ダウンジャケットやコートで武装しなければ耐《た》えられない寒さだ。雪が降る中では、薄着姿の男は目立つはず。

坂津は駅員やタクシー運転手、バス乗り場前のコンビニ従業員や駅前にいた人達に聞き込みをした。二十代後半、短髪、ワイシャツ姿の男を見なかったか。聞きまわった結果は空振りに終わった。だが、収穫はあった。男がタクシーを降りた駅は有人改札駅だ。切符を持っていない男がいれば駅員が必ず覚えている。男は電車を利用していない可能性が高い。残る可能性はバスかタクシーだ。坂津は荻原に電話した。

「駅前では、男を見た人はいませんでした。そちらの進捗《しんちょく》はいかがですか」

「周辺のタクシー会社、バス会社に確認したが、男の目撃情報はまだない。男が駅前に着いたのは二十分ほど前だ。とっくに交通機関を利用していると思ったが」

男は交通機関を利用していないのか、どこかで金を手に入れて怪しまれることなく逃げたのだろうか、あるいは徒歩で逃げたのだろうか。荻原が硬い口調で続ける。

「それと、先ほど拘置所の刑務官から電話があった。俺達の話を詳しく聞きたいそうだ。今、交番に向かっているらしい。どうやら、ただ事では無さそうだぞ」

「男を逃がす訳にはいかないですね。進展があったら連絡ください」

携帯電話をしまい、坂津は歩き出した。坂津は通行人や商店街にいた人に声をかけ、目撃者を探す。男がタクシーを降りた公園の通りで重点的に聞き込みを行った。

三十分ほど駅前を駆け回ったが、やはり男を見た人はいなかった。

何かがおかしい。雪の日に駅前を見慣れない薄着の男が歩いていれば誰かの記憶に残るだろう。それもまだ一時間前の話だ。

男がタクシーを降りた公園前に戻る。藁《わら》にもすがる思いで荻原に電話し、事情を説明した。荻原が言う。

「男は駅のほうには行かなかったのかもしれないな。交通機関の利用を諦め、徒歩で逃走したんじゃないか。もしかしたら、知り合いがいてうまく合流したとか」

「そうだとしても、誰一人目撃者がいない状況は何かが引っかかります。もしかしたら今までの情報に誤りがあるのかもしれません」

「男の外見や服装が間違っている可能性はどうだ。俺達は薄着の男を探し回っている。男がタクシーを降りて、すぐに防寒着を入手していたら薄着の男は存在しないだろ」

「男がタクシーを降りた公園の周辺には、服を入手できそうな場所はありませんよ」

「洗濯物を盗んだのかもしれない。とにかく、男が突然消えた訳じゃない。どこかに痕跡は残っているはずだ。頭を切り替えて一から探すぞ」

突然消えた、か。荻原の言葉は坂津の疑心をくすぐった。

「もしかしたら、男は駅前に来ていないのかもしれませんね」

荻原が鼻で笑った。

「馬鹿言うな。小川が間違えたというのか。それとも故意に嘘《うそ》をついたとでも言いだすんじゃないだろうな。証言者まで疑い始めたらきりがないぞ」

「小川の証言に嘘があったと考えれば辻褄《つじつま》が合うんです。小川は誤った情報を故意に流したのかも。我々が駅を捜索している隙に、別ルートから逃走するために」

荻原は少し間を設けた後、ため息交じりに言った。

「小川の正体は脱獄犯で、交番に来たのは警察の捜査をかく乱するためだったと言いたいんだな」

「可能性はあります。小川は今どこにいますか」

「とっくに帰したよ。わかった、小川の線も追ってみよう。おっと、拘置所の連中が来たようだ。また何かがわかったら連絡する」

雪が強くなってきた。吹雪《ふぶき》になれば男を探し辛くなるだろう。

小川が交番に訪れてから一時間が経過していた。もたついている時間はない。坂津は男がタクシーを降りた場所で男の痕跡を探し始めた。荻原からの連絡次第では無駄になるが、他にできることはない。

坂津は周囲に目を配る。それは突然、坂津の視界に舞い込んできた。

新たな可能性が目の前で瞬いた。

その時、携帯電話が荻原からの着信を知らせた。

「佐藤健一さん、ですね」

公園のベンチでうずくまるように座っていた男が顔を上げた。

佐藤が困惑した表情で坂津を見上げる。服が濡《ぬ》れていた。体は小刻みに震えている。

坂津は佐藤の隣に座った。

「刑務官達があなたを探しています。事情は聞きましたよ。交番まで一緒に来ていただけませんか」

「俺はもう拘置所には戻らない。刑務官なんて仕事は辞めますよ。馬鹿げている」

佐藤は唇を噛《か》み締め、拳《こぶし》を強く握っていた。

今日の午前十時、拘置所で死刑が執行された。絞首刑を執行する際はロープを死刑囚の首にかけ、床を開けて死刑囚を落とすのだが、執行スイッチは五つあり、五人の刑務官により同時にスイッチが押される。刑務官の罪悪感を和らげるため、四つはダミーとなっているそうだ。佐藤は五人のうちの一人だった。交番に来た刑務官の話では、執行刑務官に任命された当初から佐藤は動揺していたらしい。

死刑執行の直後、佐藤は執行手当ても受け取らずに姿を消した。拘置所から逃げ出した佐藤は小川のタクシーに飛び乗った。小川は嘘をついていなかった。佐藤はタクシーを降りた後、公園でずっとうなだれていたようだ。雪の中、公園に来る物好きは少ない。どうりで佐藤の姿を見た人がいない訳だ。

佐藤が静かに呟《つぶや》いた。

「私はこの手で人を殺してしまったんです。執行スイッチを押した瞬間、今すぐ刑務官を辞めようと思いました。たとえ相手が罪人でも、私は二度と人を殺したくない。こんな仕事、私には向いていなかったんです。気が付いたら走り出していた。まるで脱獄したような気分でした。拘置所の外で刑務官の制服を着ていたら目立つので、制服を脱ぎ捨てました。行方を知られずに、誰も私を知らない場所へ逃げようと思いました。でも、財布をロッカーに入れたまま。一文無しではどこにも行けなかったんです」

「大変な思いをされましたね。逃げ出したくなる気持ちは理解できます。ですが、もう一度冷静になって考えてみてはいかがですか。じっくり考えてから、退職しても遅くはない。交番に来た刑務官達は佐藤さんのことをとても心配していたそうです。佐藤さんと同じ思いをされた人達と一度話してみてはどうですか。気持ちが楽になるかもしれませんよ」

佐藤はため息を吐き、指先を凝視した。坂津は佐藤の決心がつくまで待った。佐藤が本気で逃げようと思えばもっと遠くへ行けたはずだ。だが、佐藤は踏みとどまった。先ほどの発言が本心だとは思えない。答えはもう決まっているはずだ。

もう降参だ。寒さに耐えかね、坂津が言う。

「それでは、そろそろ交番に行きましょうか」

佐藤が微《かす》かに頷《うなず》き、二人はゆっくりと立ち上がった。脱走者と警察官は交番へと歩き出した。

部屋と手錠と私

水原秀策

水原秀策　（みずはら・しゅうさく）

1966年、鹿児島県生まれ。

第3回『このミステリーがすごい！』大賞・大賞を受賞し、『サウスポー・キラー』にて2005年にデビュー。

◎著書
『サウスポー・キラー』（宝島社文庫）
『黒と白の殺意』（宝島社文庫）
『メディア・スターは最後に笑う』（宝島社文庫）
『偽りのスラッガー』（双葉文庫）
『裁くのは僕たちだ』（東京創元社）
『栄冠を君に』（講談社）
『左足の虹』（PHP研究所）
『キング・メイカー』（双葉文庫）

◎共著
『「このミステリーがすごい！」大賞10周年記念　10分間ミステリー』（宝島社文庫）
『もっとすごい！10分間ミステリー』（宝島社文庫）
『5分で読める！ひと駅ストーリー 夏の記憶 東口編』（宝島社文庫）
『5分で読める！ひと駅ストーリー 冬の記憶 東口編』（宝島社文庫）
『5分で読める！ひと駅ストーリー 猫の物語』（宝島社文庫）
『5分で読める！ひと駅ストーリー 旅の話』（宝島社文庫）

「どうしたの後藤《ごとう》君？」

聞きなれた声が耳元でして後藤ははっと目を開けた。

そこには彼が担当する作家――水原秀策《みずはらしゅうさく》――の顔があった。ふだん水原に会うのは憂鬱《ゆううつ》だった。生理的に合わないのだ。仕事でなければ一分たりともいっしょにはいたくはない。打ち合わせにわざと理由をつけて後輩の編集者を行かせたことさえある。

だが、この日は違った。後藤はベッド脇に立つ水原にすがりつくような目を向けた。

「水原先生。た、たす、助けてください」

「それはいいんだけどさ。ここで君、何してんの？　それにその格好は何？」

「え、ああ、はい。これは、その」急に恥ずかしくなり、後藤は顔が赤くなった。助かったという思いで、自分の状況を忘れていた。彼は今両手に手錠《てじょう》をはめられてベッドの支柱につながれている。足は自由だが、支柱は上でつながっており外すことはできない。

そして何より彼は全裸だった。

「何かの仮装？」水原が後藤の股間のあたりをにやにや笑いながら見ている。「何も服を着ない仮装っていうのはなかなか独創的だね」

後藤は恥ずかしさと怒りで自分の顔が赤くなるのがわかった。が、恥ずかしがってる場合じゃないぞ、とすぐに思い直した。そんな余裕はない。急に両手首の痛みがひどくなる。「ああ、ううう」思わずうめき声を上げた。

「あれ?」すっとんきょうな声を水原が上げた。「君の手首。血が出てるじゃないか」

後藤の腕を水原がつかんだ。痛みが倍加する。後藤の目から涙がこぼれた。

「いわゆるリストカットか」後藤の反応を気に留める様子もなく水原は言った。「両手首ともすっぱりいってる。意外にきれいに切れるもんなんだな。ふむ。しかし、君が自殺しようとするほど追いつめられていたとはね」

「先生……」痛みに耐えながら後藤は言った。「自殺じゃありません」

「わかってるよ。冗談だって」水原が小憎らしい笑みを見せた。「自分で両方の手に手錠をはめられないってことくらい誰だってわかる。冗談だよ、冗談。安心しろ。今、救急車を呼んでやるから」水原はスマホをポケットから取り出した。――アンドロイドのほう、おれの機種と同じか。携帯のたぐいは絶対に持たないと主張していたのに。きっとおれの真似《まね》だ――痛みにぼうっとした頭で後藤は考えた。電話が通じると、水原は手際よく状況説明を始めた。「いや、見たところ切られてからそんなに時間は経《た》ってないかと」水原はスマホから口を離し、後藤に言った。「どのくらい前に切られたんだ?」

「え、ええと、五分、いや十分前くらいです」

「十分前だと言ってます。はい。出血してますが、今はそんなに出てないようですね。

はい。では大至急よろしくお願いします」

後藤の体を安堵《あんど》感が包んだ。よかった。助かったんだ。ついさっきまでは絶望し、あきらめていたのに。手首は相変わらずずきずきと痛んでいる。が、耐えられないほどではない。

すると自分の置かれている状況の別の側面――水原に知られてはいけない側面――が脳裏をよぎった。水原の様子をそっとうかがう。水原の顔に浮かんでいるのは昆虫を観察する時の表情そのものだ。

「先生、すみません、恥ずかしいので何か上にかけてくれませんか？」話をそらす目的もあって後藤はそう言った。

「ああ。うん。さっき救急隊員の人にね、なるべく現場はそのままにしておいてくれって言われたんだ。処置の時に役に立つから。止血もしてあげたいんだけど、これまた止められたよ。素人がやるとまずいそうだ。でも心配はいらない。あと二十分くらいは大丈夫だってさ」水原が言った。「で、後藤君。教えてくれよ。どうしてこんな状況になったんだ？」

恐れていた質問がきた。慎重に答えなきゃと後藤は自分に言い聞かせた。それらしい理由をでっちあげるんだ。大丈夫、簡単にまるめこめる。この先生、頭はあまりよくない。

「それは。その。急に強盗に襲われまして」

「強盗？　待て待て。ここは君の家じゃなくて僕の家だよ」

「先生を訪ねてきましたらお留守で。ああ、そうだ。玄関の鍵が開いてたんです。外は寒いですし。中で待たせてもらおうかと」

「ああ、そう。しかし、僕は今日から旅行に行くと君に話したよね。たまたま忘れ物をしたので取りに戻ったわけだが。ともかく君は僕が不在だと知ってたはずじゃないか」

「それは、その、うっかりしてまして」

「気をつけなよ。君、そういうこと多いよ。まあいいや。それで僕の家にいたら強盗に襲われたと。でもどうして裸でベッドに手錠をはめられてるんだ？　手首まで切られて。それも強盗がやったのか？」

「実はそうなんです」

「変な趣味の強盗だなあ」水原はうんうんとうなずきながら言った。「まあ、そんなこともあるかな。変わったやつが世の中多いしね」

よかった、信じてくれたみたいだ。この先生は単純だから助かる——ん、それにあの音？

救急車のサイレンの音だ。聞き違いじゃない。まだ音は小さく、距離はある。だが、確実に近づいてきている。

水原が窓の外を見た。「救急車か。よかったじゃないか、後藤君」にっこり笑って言った。

「ありがとうございます。これも先生の――」

水原は手を振ってその言葉をさえぎった。「いいって。君には世話になってるからね。ほら、ネットで僕の小説が叩《たた》かれてたことがあったろ。『この作家には物事を観察する力がない』とかなんとか。君の忠告を聞かずに僕が反論コメントをしたら、なんて言うんだっけ、炎上しちゃって。あれは大変だったよ。君が相手のブログ主に話をつけてくれてさ、むこうが謝罪してくれたからよかったけど」

「ああ、そんなこともありましたね」ブログ主が後藤本人だとは口が裂けても言えない。

「で、どうだい。後藤君。痛みはどんな具合だ？　間断なく痛みが襲う感じか？」

「はい。ですが、前ほどでは」

「ふむ。痛みにはかなり慣れてきた、と。なるほどね」水原が再び後藤の手首に手を伸ばした。後藤が思わず手首を横にずらそうとした。「ああ、すまん。出血の変化を確かめようと思ってさ。大丈夫痛くしないよ」

水原はほとんどうやうやしいというような態度で後藤の手首を両手で持ち、じっくり見始めた。そういうことをされるとかえって痛みが増えるんだよ、と後藤は抗議しかけた。だが、抗議しても無駄だ。この鈍感で単純な先生にそれが理解できるとは思えない。

ブルブルとスマホのバイブ音がした。水原はちらっと胸元に目をやったが、そのまま後藤の手首の観察を続けた。

「先生、でなくてもいいんですか？」

「こんな時に電話でもないだろう」

「でも。救急車からの電話かもしれないですし」

「あ？　ああ、それもそうだね」しぶしぶ水原はポケットからスマホを取り出した。ちらっと画面を見ると、そのまま耳に持っていこうとして、その途中で手をすべらせた。ごとっとスマホがフローリングの床に落ちる音がした。後藤の位置からではよく見えない。「ああ、ああ」と泡を食った水原が体をかがめるが、さらに「うわ、しまった」と叫んだ。

「どうしたんです？」

「携帯が、ああ、やっちゃったよ。ベッドの下にすべりこんじゃった」

まったく。この先生の不器用さにはあきれるよ、と後藤は思った。一人では何もできない。ＦＡＸの設定のため休みの日に呼び出されたことすらある。そのくせ「じゃあ、あとよろしく。鍵はポストにでも入れといてくれ」と後藤を残して自分は遊びに行ったのだ。

「電話、切れたみたいだ」笑みを見せて水原が言った。「まあでも相手は救急車じゃないよ。うちの住所は向こうに伝えたしね。それにほら、サイレンの音。だんだんこちらに近づいてきてるよ」

「確かに」希望が後藤の胸にふくらんだ。

「しかし、待てよ」ふと何かに気づいたように水原が言った。「君を襲った強盗は僕の家には盗みに入ったわけだよね。まだ家を見て回ったわけじゃないけど、何も盗まれてないみたいだったけどね」

「さあ、それはあわててたとか」

「なるほどね。それにしても君はよくよく変なことに出くわすひとだね。前に待ち合わせに来なかった時もそうだったじゃないか」

「何かありましたっけ？」

「ありましたっけじゃないだろ。電車に乗っていたら網棚に置かれた他人の荷物が突然頭の上に降ってきたって。覚えてないかい？　それで首の骨がずれる大けがをして。そういうふうに病院から連絡してきたよね」

「あ、あれは痛かったです」もちろん嘘《うそ》だ。

「そう? 次に会った時にはケロッとしてたけどね。で、今回は強盗に襲われてベッドに縛りつけられたと」水原の顔から笑みが消えた。「君さー、もういいんじゃないかな。これ、君の女がやったんでしょ」

水原はわざとらしくゆっくりした足取りでベッドルームの壁面にある書棚に歩を進めた。ずらりと並んだ本の間に一つだけ熊のぬいぐるみが置かれている。

水原はぬいぐるみを手に後藤のもとに戻った。ぬいぐるみの右目の部分を指さして言った。「な、わかるかい。ここにカメラが仕込んであるんだ。意外に安いもんだよ。セッティングも込みで一万円で済んだ。妻の行動に不信を覚えた旦那とかによく売れるそうだ。内蔵された送信機から隣の部屋の受信機に電波が飛ぶ。何か動くものがベッドルームにいれば自動的に作動する仕組みだ」

「どうして、そんなことを」

「誰かが僕のベッドを使ってるとわかったからさ。さっきこの部屋に入る前に受信機を見て、君らの映像は確認させてもらったよ」

水原の話は事実だった。水原の家の合鍵を作ってホテル代わりに利用していた。不倫相手の女も結構楽しんでいたはずだった。女が『変わったプレイがしたい』と言いだした時、おかしいと気づくべきだった。後藤をベッドに手錠でつなぐと女は『どうして離婚してくれないの？』陳腐なセリフを吐きながら剃刀《かみそり》で後藤の両手首を切った。水原はベッド脇に置かれたファブリーズを手にした。「あのね、こんなもので匂いを消そうとしても女の匂いは残るもんだよ。タオルを敷いて体液がシーツに残らないようにしてたけど、それでも少しはしみがついてたしね」

謝ろうとして開きかけた口を後藤は閉じた。救急車の音が聞こえなくなっている。

「あれはうちに来る救急車じゃなかったようだな」水原が平板な声で言った。

後藤ははっとした。「あんた、救急車を呼んでないんだ」

「へえ、なぜそう思う？」

「さっき電話がかかってきた時、パスロックをはずさずにいきなり耳もとに持っていこうとしてた。使い方を知らないんだ——そうか、あれは僕のスマホだ」

「あははは、その通り。一応救急車を呼んでるふりが必要だろ？　隣の部屋で脱ぎ散らかした君の服の間から拾ってきた。カバーを外せばばれないかと思ってね。しかしなあ、やはりああいうのは僕には合わないね」

「なぜなんです、水原さん。僕を死なせる理由がないじゃないですか」

「理由？　実はさ、次の作品で自殺する女子高生が出てくるんだよ。それでリストカットした人間がどうやって死んでいくのか観察しようと思ってね。実地で確かめてみようというわけさ、僕はほら、観察力が欠けてるらしいから」

微笑む女

中村啓

中村 啓（なかむら・ひらく）

1973年、東京都生まれ。

第7回『このミステリーがすごい！』大賞・優秀賞を受賞し、『霊眼』にて2009年にデビュー。

◎著書
『樹海に消えたルポライター　霊眼』（宝島社文庫）　※単行本刊行時は『霊眼』
『家族戦士』（角川書店）
『仁義なきギャル組長』（宝島社文庫）
『奄美離島連続殺人事件』（宝島社文庫）
『忍ビノエデン』（スマッシュ文庫）
『リバース』（SDP）
『飯所署清掃係　宇宙人探偵トーマス』（宝島社文庫）

◎共著
『「このミステリーがすごい！」大賞10周年記念　10分間ミステリー』（宝島社文庫）
『5分で読める！ひと駅ストーリー 乗車編』（宝島社文庫）
『もっとすごい！10分間ミステリー』（宝島社文庫）
『5分で読める！ひと駅ストーリー 夏の記憶 東口編』（宝島社文庫）
『5分で読める！ひと駅ストーリー 冬の記憶 東口編』（宝島社文庫）
『5分で読める！ひと駅ストーリー 猫の物語』（宝島社文庫）
『5分で読める！ひと駅ストーリー 旅の話』（宝島社文庫）

大きなお世話かと思ったが、おれは覚悟を決めてタツヤに例のことを打ち明けることにした。

「おい、タツヤ。大事な話があるんだ。落ちついて聞いてくれ」

「なんだよ、急にあらたまって……」

タツヤは昼食を終えて、旨《うま》そうに煙草を吸っていた。事態の深刻さがまるでわかっていないことに同情を禁じ得なかった。

このまま知らないでいたほうが幸せなのかもしれない、そう思った。だが、友達として、いや、おれの中の正義感が、是非を糺《ただ》せと訴えていた。

「おまえの彼女、浮気してるよ」

「え？」

「おまえの彼女、浮気してるって言ってんの」

「おいおい、声が大きいよ」

タツヤは首をめぐらせた。おれは「ごめん」と謝った。

「で、何だって、ユキコが浮気してるって？」

「昨日の日曜日、渋谷の交差点で信号待ちしてるとき、偶然、ユキコちゃんが知らない男の車の助手席に乗ってるの見たんだ」

タツヤはほっとしたように煙を吐き出した。

「昨日は、ユキコはおれと一緒にいたよ」

おれはゆっくりとかぶりを振った。親友にそんな悲しい嘘《うそ》をついてほしくなかった。

「おれも見間違いかと思ったよ。だけど、あれは間違いなくユキコちゃんだった」

「ずいぶんと確信を持って言うんだな。でも、おまえの見間違いだって。おれのユキコが浮気なんてするわけがないだろう」

タツヤは白い歯を見せて笑った。

タツヤがここまで恋人のユキコのことを信じ切っているのには理由がある。タツヤとユキコはまだ学生にも関わらず将来を誓い合った仲だからだ。ユキコの夢は結婚して子どもを産み、幸せな家庭を作ること。さらに、育ちのいいお嬢様であるユキコはタツヤしか男を知らず、浮気をするようなふしだらな女ではないというわけだ。

羨ましい話だ。ユキコはその美貌から今年ミス・キャンパスに選ばれたこともあり、学園中の男子生徒がタツヤを羨望の眼差しで見つめている。正直なところ、おれも少なからず嫉妬《しっと》している。だから、ユキコが浮気していることを知ったときはショックだったし、何も知らないで幸せに浸っているタツヤに非情な現実を突きつけてやろうと思った。

「タツヤ、女っていうのはわからんぞ」

「おまえが女の何を知ってるっていうんだよ。おまえまだ童貞じゃないか」

おれはぐうの音《ね》も出なかった。だが、女性経験がないからといって、女を語る資格がないということにはならない。

おれは反撃に出ようと言葉を紡いだ。

「女は変わるっていうじゃないか。ユキコちゃんも変わったんだよ。そして、変えたのは、タツヤ、おまえだ」

タツヤの目から力が失われる瞬間を見た。心当たりがあるのだ。

タツヤと知り合う前までは、引っ込み思案で内気な性格だったユキコは、まるで蛹《さなぎ》が蝶になるかのような華麗なる変身を遂げた。タツヤがユキコの女としての魅力を引き出し開花させたのだ。そして、半年前、ミス・キャンパスに選ばれたのを境に、ユキコは雑誌のグラビアやモデルといった芸能活動を始めた。社交的になり、男友達も増えた。それが原因だろう、最近では、タツヤとユキコが口論をするシーンが、あちこちで目撃されていた。

タツヤは夢見るような目をして言った。

「ユキコは何も変わらないよ。おれたちの愛も永遠に変わらない」

「実は、証拠があるんだ」

おれはノートパソコンを取り出すと、ディスプレイをタツヤに向けた。ここまでするのは酷かと迷ったが、タツヤがあまりにも頑固なために、おれも意地になっていた。

ンまで見たかったのかなと、思わずためいき。そのあとタツヤは、今度はFacebookのあ

「これを見ろよ」

タツヤの表情が見る見るうちに変わっていった。おれが見せたのはFacebookのあるユーザのページだった。そのユーザは、自分のデート模様を写真に撮って、ページにアップしていたのだ。日付は先週の金曜日、ユーザと思《おぼ》しき男性とその彼女の仲睦《むつ》まじい写真の数々がアップされていた。その彼女はどこからどう見てもユキコだった。

「これ、間違いなくユキコちゃんだよな？」

タツヤは明後日のほうを向いた。「先週の金曜日っていえば、ユキコの誕生日じゃないか。やっぱり、ユキコはおれと一緒にいたよ」

おれは怒った。「もう嘘をつくのはよせよ。これだけじゃない。おれは複数の友達から、ユキコがおまえ以外の男と一緒にいたっていう目撃証言を得てるんだよ。あの女はあっちこっちで浮気してるんだよ」

タツヤは疲れたようなため息をついた。「わかってないな。まるでわかってない。じゃあ、聞くけどさ、おまえやその目撃者は、ユキコが動いているところを見たのか？」

「はあ？」おれは意味がわからなかった。

「だから、ユキコが動いているところを見たかって聞いてんの」

おれは車の助手席に乗ったユキコを思い出した。ユキコはただ助手席に座っていた

だけだ。別に動いていたわけじゃない。タツヤに見せたFacebookの写真も、写真だから静止しているし、複数の友達から聞いた話を思い浮かべてみても、公園のベンチで座っていた、部屋にいる写真を見た、バイクの後ろに乗っていたなど、ユキコが動いているところを見たわけではないことに気づいた。

「確かに、動いているところを見たわけじゃないけど、それがどうしたんだ？」

「それはな、ユキコじゃない。ダミーだ」

この男はいったい何を言っているんだろう。思考が追い付かず、おれの頭は空転した。

「あのな、いまの時代には、３Ｄプリンターなる代物があるんだよ」

３Ｄプリンターとは、コンピュータ上で作った３Ｄデータを設計図として、プラスチックの樹脂などを何層にも重ねていき、立体物を精巧に再現する技術である。カラープリンターのように、仕上げに色の塗装《とそう》もできるため、本物と見まがうコピーを制作できる。３Ｄデータを作るのも簡単だ。アングルを変えて複数写した対象物の写真データさえあれば、３Ｄデータに変換することが可能である。つまり、ユキコを映した写真から、ユキコそっくりの人形を作り出すことができるのだ。

「いまやユキコは有名人だからな。いろんなやつがユキコの写真データを持ってる。３Ｄプリンターを持ってるやつなら、誰でもユキコのダミーを作れるってわけだ。でも、オリジナルはうちにいるよ」

「おれが見たのは3Dプリンターで作成されたユキコちゃんだっていうのか？」

タツヤは笑顔でうなずいた。

「そんな馬鹿《ばか》な！」

「だから、動いているところを見たか、って聞いたんだ。見てないだろう。それは3Dプリンターで作成したダミーだからだよ」

おれは絶句した。言葉が出てこなかった。

「心配してくれてありがとうな」タツヤが笑みを浮かべた。「だが、心配には及ばないよ。おれのユキコはちゃんとおれのところにいる」

タツヤはスマートフォンを操作して、一枚の写真を見せてくれた。それは、タツヤとユキコがにっこり笑って並んで写っているもので、彼らの手には今日の日付の新聞紙が握られていた。タツヤがまた操作すると、今度は一昨日の日曜日の日付の新聞紙を持った二人の写真が出てきた。あまりにも用意周到なことに呆《あき》れたが、それはまぎれもないユキコとタツヤが一緒にいた証拠だった。

「そうか。おれの早とちりだったんだな。それにしても、おまえら毎日、その日の新聞持って写真撮ってるのか？」

「最近、おまえみたいにおれたちの関係疑うやつ多くってね」

「なるほど。ところで、ユキコちゃん、最近、見ないけど、どうしてるんだ？」

「ああ、元気にしてるよ。あ、おれいまから用事あるんで、もう行くわ」

そう言うや、タツヤは席を立ち、足早に去っていった。どこか違和感を覚えながら、タツヤの背中を見送っていると、同じ学科のマユミがやってきた。その顔には不安と疑念の色が浮かんでいた。

「ねえ、いまタツヤ君と話してた？」

「ああ、そうだけど？」

マユミは周囲をうかがうと、空いた席に座り、内緒話をするように声を落とした。

「あのね、最近ね、ユキコのことぜんぜん見ないの。誰もユキコと会ってないの。それで、携帯に電話するとね。おかしな声で返事があるの。風邪《かぜ》をひいてるからって言うんだけど、なんだか男の人の裏声みたいな声なんだよね」

二の腕にさっと鳥肌が立った。

――ユキコが動いているところを見たか？

その言葉がおれの頭の中を貫いた。タツヤは、ユキコは家にいると言った。そして、新聞紙を持った二人の写真を見せてくれた。だが、おれがタツヤに見せられたものも二人の静止した写真であり、ユキコが動いているところを見たわけじゃないのだ。

「ねえ、顔色が青いよ」

「あのね、変な噂《うわさ》があるの。タツヤがユキコのこと監禁してるんじゃないかって。ほら、ユキコが急に有名になってみんなの注目浴びるようになったもんだから、タツヤが焼き餅焼いて、ユキコを誰にも会わさないように、自宅に監禁してるんじゃないかって——」

「え、いや……」

「監禁ならまだいいさ」

「え?」

おれはノートパソコンに向き直り、通話ができるソフトを立ち上げた。

「何するの?」

「テレビ電話。ユキコが本物かどうか確かめる」

マユミは首を傾《かし》げた。「本物かどうか?」

ユキコの番号にかけると、長いコール音のあと、ようやく応答があった。画面に現れたユキコの顔を見て、おれは息を吞《の》んだ。顔半分が大きなマスクで覆われていた。

「ゆ、ユキコちゃん、久しぶり」

ユキコは空咳《からぜき》をした。「うん、久しぶり。実は風邪ひいてるの。だから、声も変だし、あんまり長く話せないの」

マユミの言うとおり、ユキコの声はまるで男の裏声のようだった。奇妙なのは、ユキコの目元が明らかに笑っていることだ。いつもの明るいユキコの表情のままなのだ。

おれは覚悟を決めて口を開いた。

「あのさ、急に電話してこんなこと言うのもなんなんだけどさ。ユキコちゃんって、変わっちゃったよね。ちょっとみんなからちやほやされたからって、芸能活動みたいなこと始めちゃってさ。まるで有名人気取りじゃん。勘違いも甚《はなは》だしいよね。痛い女の典型的なタイプだよね」

「ひっどーい！　どうしてそんなこと言うの！」

ユキコは怒った。横でマユミも「ひどいよ」とユキコの肩を持った。おれは構わず攻撃を続けた。

「だいたい見る目もないよね。タツヤみたいな馬鹿と付き合うぐらいだもんね。あいつ本物の馬鹿だからね。まあ、馬鹿同士馬が合うのかもしれないけど」

「許せない！　発言撤回して！　ふざけるな！　おまえのほうこそ馬鹿だろ！」

マユミが画面を食い入るように見つめた。その顔から見る見る血の気が失せていく。

おれは身体の震えを止めることができなかった。ユキコは生身の人間では到底真似のできないことをしていた。

なんと、ユキコは激怒していたが、その目はやさしく微笑んでいた。

その朝のアリバイは

山本巧次

山本巧次（やまもと・こうじ）

1960年、和歌山県生まれ。

第13回『このミステリーがすごい！』大賞・隠し玉として、『大江戸科学捜査　八丁堀のおゆう』にて2015年にデビュー。

◎著書
『大江戸科学捜査　八丁堀のおゆう』（宝島社文庫）
『大江戸科学捜査　八丁堀のおゆう　両国橋の御落胤』（宝島社文庫）

◎共著
『5分で読める！ひと駅ストーリー 旅の話』（宝島社文庫）

その男は、こちらに背を向けてホームに立っている。早朝の京浜東北線蕨駅《わらび》。かなり端の方なので、男の近くに人はいない。マサカズはキャップの庇《ひさし》を下げ、コートの襟を立ててそっと背後から近づく。この角度なら、監視カメラに顔は映らない。ホームの反対側には多くの客がいるが、客たちの視線はこちらではなく、ちょうど到着した大船行き電車に注がれている。反対方向の大宮行きを待つ男も、そちらには顔を向けない。

完璧だ。何度もシミュレーションした甲斐《かい》があった。マサカズは満足して、コンマ何秒のタイミングをはかる。男は、何も警戒していない。判で押したように毎朝繰り返される通勤時間。警戒する理由はない。

大宮行き電車が入って来た。男が顔を上げ、電車を見る。その背中を、マサカズは力いっぱい押した。

男の体が前にのめる。「あっ」という叫びとともに、男は進入してきた電車の前に落ちていく。ほんの一瞬の出来事。警笛さえ鳴らない。ゴッという鈍い音、急ブレーキの音、誰かの短い悲鳴が同時に起こる。マサカズはさっと体を翻し、反対側の大船行き電車に乗り込む乗客の中に紛れ込んだ。ほとんどの乗客は、ホームの反対側でたったいま起きた事件に気付かない。何人かが振り向くが、駆け寄ったりはしない。通勤時はみんな、自分のことだけしか考えない。大船行きの運転士と車掌さえも、気付いていない。

マサカズの乗った大船行き電車は、何事もなかったように発車した。普通に加速し、蕨駅のホームは後方に去って行く。満員に近い車内は静かだ。誰一人、マサカズに注意を払わない。うまくいった。ここまでは、全て計算通りだ。やっと、復讐《ふくしゅう》を果たせた。

突き落とした男は、マサカズのもと上司だ。新卒で営業マンとして入社したマサカズの上に、営業所長として座っていた。一言で言うと、クズだった。上にはへつらい、立場の弱い相手は徹底して攻撃する。他の同期生よりほんの少し動きが鈍いマサカズは、格好の苛《いじ》めの標的《ターゲット》になった。重箱の隅をつつき、些細《ささい》なことでいつまでも叱責《しっせき》し、罵倒し、無能呼ばわりを繰り返す。ひたすらマサカズを貶《おとし》め、それによって自分を誇示していたのだ。周囲は後難を恐れ、誰も味方してくれなかった。

一年で鬱《うつ》の症状が出て、会社を辞めた。辞めたときも負け犬呼ばわりされた。パワハラで訴えることも考えたが、応援してくれる人はいなかった。半年ほど、家にこもった。その間、頭にあったのは、いつかあいつを殺してやる、という思いだけだった。その後、ビルの清掃会社で働き始めた。鬱の症状は改善したが、復讐の念はより強くなった。働きながら、ひたすら殺人計画を練った。そうしていると、心の平衡が保てるような気がした。そして一年で、完璧な計画が出来上がった。

協力者がいた。同じ清掃会社にマサカズより半年早く入った、ヒロユキだ。一緒に飲んで、上司のことを話した。荒れて、思い切りぶちまけた。ヒロユキは、迷惑がりもせず黙って聞いていた。そして言った。自分とそっくりだ、と。

初めて仲間を見つけた。嬉《うれ》しくなり、つい殺人計画まで喋《しゃべ》ってしまった。途中でまずい、と思ったが、もう遅かった。だが、終《しま》いまで聞いたヒロユキは、ぼそっと言った。

「手伝うよ」

マサカズは驚いて問い返した。

「本気か」

ヒロユキは頷《うなず》いた。

「俺も、同じだ。俺も、復讐してやりたかった」

ヒロユキの仇《かたき》は、心臓発作で急死していた。ヒロユキには、恨みをぶつける相手がいなかった。だから代わりに、マサカズが恨みを晴らす手伝いをしたいのだ、と言った。マサカズは、しばらく呆然《ぼうぜん》とヒロユキを見つめた。そして大きく頷き、手を差し出した。

赤羽で埼京線に乗り換え、渋谷に向かう。こちらもかなり混んでいる。マサカズは時計を見る。六時五十分。ヒロユキが、最初の清掃現場へ着く頃だ。今日、ヒロユキは本来は非番。それが今は、マサカズのシフトに入っている。会社は無論、知らない。

これはアリバイ工作だった。ヒロユキはマサカズの代わりに、マサカズが昨夜、家に乗って帰っておいた会社の軽ワゴン車で、町田市にある倉庫事務所の清掃に行ったのだ。朝七時から八時。埼玉県の蕨から三十分でその事務所まで移動するのは不可能。ヒロユキは清掃を済ませ、あらかじめマサカズが作っておいた作業日報を警備員に渡して、次の現場に向かう。これで、マサカズの筆跡が事務所に残る。マサカズとヒロユキは体格も年恰好もほぼ同じ。清掃作業員の制服を着ていれば、警備員は注意を払わない。清掃区域には、監視カメラもない。入れ替わりの実験は、二度やってみた。二度とも、気付かれることはなかった。

マサカズは、九時半から横浜市の根岸にある事務所の清掃に入る。横浜駅近くの防犯カメラのない裏通りで、九時にヒロユキと入れ替わる。

「タイミングが肝心だ。車を長く停めてはおけないし、俺が待ち合わせ場所で長く姿をさらすのもまずい」

マサカズが念を押すと、ヒロユキはわかっていると頷く。

「時間調整しながら走る。そっちは電車だから、時間は問題ないな」

「ああ。途中どこかで時間を潰して、ぴったりに行く」

その言葉通り、マサカズは渋谷で喫茶店に入る。モーニングを注文して、ゆっくり、四十五分ほど潰す。それからおもむろに駅に戻り、横浜へ行くため東横線の電車に乗り込む。時間は充分余裕がある。ヒロユキには、緊急時にはメールしろと言ってあるが、何事もない。着信なしを再確認して、ほくそ笑む。午前八時を過ぎた。あと一息だ。

突然、着信音がする。メールではなく、電話だ。ぎょっとする。メールでなく電話を使うということは、ヒロユキにとんでもない手違いがあったのか。だが、発信者を見るとヒロユキではなかった。社長だ。マサカズは眉間に皺《しわ》を寄せる。この時間に、何だというんだ。出ないわけにはいかないが、今は発車を待つ電車の中だ。仕方なくいったん切り、渋谷駅のホームに出る。電車の音や駅の放送が相手に聞こえるとまずいので、トイレに入った。

「あ、社長。すいません、ちょっと出られなかったもんで。何ですか」

社長あてに電話をかけ直し、とりあえず詫《わ》びてから用件を尋ねる。いまは面倒事にはかかわりたくないのだが。

「あー、そっちはいま、町田だよな」

一瞬ヒヤリとするが、平然とした声で答える。

「はい、そうですが」

「根岸の事務所長から電話があってな。始業を二時間遅らせることにしたんで、今日の清掃はいらないってさ。その代わりに、ほれ、君もよく知ってる相模原の山下《やました》さんの倉庫。あそこのスポット清掃をやってくれ。町田からなら三十分で行けるだろ。山下さんには連絡しといたから、頼むよ」

頼むよって……冗談じゃない。マサカズは蒼白になった。今から三十分で相模原なと、絶対に無理だ。一時間はかかる。山下さんは顔馴染《かおなじ》みだから、ヒロユキを行かせるわけにはいかない。相模原の駅に車を回させて、入れ替わらねば。その交代時間を考えれば、倉庫まで一時間半。山下さんは時間にうるさい。一時間の遅刻をどう説明すればいいんだ……。いや、そもそも何で根岸の始業が二時間も？

マサカズは震えそうになる声で、社長に理由を問うた。

「京浜東北線と根岸線が止まってて、社員が出勤できないらしいんだ。ほら、根岸駅のある根岸線って、京浜東北線と繋《つな》がってるだろ。その京浜東北線で何かあったようだな。ちょうどラッシュアワーに引っ掛かって、電車が数珠《じゅず》つなぎになってるらしい。間が悪いや。こうなると、東京の電車は弱いね」

社長はそれだけ言うと、電話を切った。マサカズは、スマホを握りしめたまま呆然と立ち尽くす。京浜東北線で何かあって、まさか……。

ふらふらとトイレを出たマサカズの頭上に、駅のアナウンスが降ってくる。

「本日六時三十分頃、蕨駅で発生した人身事故のため京浜東北線が運転を見合わせておりり、東横線でも振り替え輸送を実施しております。お客様には大変ご迷惑をおかけいたしますが、何とぞご理解のほどを……」

電話ボックス　柳原慧

柳原 慧 （やなぎはら・けい）

東京都生まれ。

第2回『このミステリーがすごい！』大賞・大賞を受賞し、『パーフェクト・プラン』にて2004年にデビュー。

◎著書
『パーフェクト・プラン』（宝島社文庫）
『いかさま師』（宝島社文庫）
『コーリング 闇からの声』（宝島社文庫）
『Xの螺旋』（徳間文庫）
『腐海の花』（廣済堂出版）
『レイトン教授とさまよえる城』（小学館）
『レイトン教授と怪人ゴッド』（小学館）
『レイトン教授と幻影の森』（小学館）

◎共著
『「このミステリーがすごい！」大賞10周年記念　10分間ミステリー』（宝島社文庫）
『5分で読める！ひと駅ストーリー 乗車編』（宝島社文庫）
『もっとすごい！10分間ミステリー』（宝島社文庫）
『5分で読める！ひと駅ストーリー 冬の記憶 西口編』（宝島社文庫）
『怪談実話 FKB饗宴5』（竹書房ホラー文庫）
『5分で読める！ひと駅ストーリー 本の物語』（宝島社文庫）
『5分で読める！ひと駅ストーリー 旅の話』（宝島社文庫）

「知ってるかい。この世界のどこかに、電話ボックスの墓場があるんだ」

金属弦をはじいたような、錆《さ》びた響きの声が、電話口から流れてきた。

夕陽で赤く染まった造成地に、古い電話ボックスが棄てられている。中では受話器を握ったままの姿で、人が静止している。それはこの世で逢《あ》えなくなってしまった人と、最後に話せる不思議な電話ボックスなのだ。願いが叶《かな》うと、電話をかけた人の時間は止まってしまうのだと。

廃棄された電話ボックスの中で、静止している人の姿が脳裏に浮かぶ。壁に染み出した水のように、不安がじわじわと胸に拡がる。

わたしは声を励まして言う。

「なんだか怖い話だけど、命懸けで電話をかけてもらえるなんて幸せだよね」

ふと、もしもわたしが死んだらどうすると、彼に問いかけたときのことを思い出した。ひどくけんかをして、何時間も揉《も》め、疲れきって、もうだめだと思い、彼に訊《き》いたのだ。わたしが死んだらどうすると。

彼は少し考えて答えた。たぶん、いつもと変わらず、同じようにわたしの部屋に来ると思うと。わたしが死んだことが理解できないから。毎日、仕事からこの部屋に帰ってきてシャワーを浴び、テレビを観て、眠る。ずっとそれを続けると思うと。

その言葉を聞き、わたしはひどく悲しくなった。そして絶対に、彼より先に死ねないと思った。家主に出て行けと言われ、目に涙を浮かべ、拳《こぶし》を握りしめている彼の姿が胸に浮かんだからだ。彼にそんな悲しい思いはさせたくない。だから彼より先には死なない。

彼は思い出したように言った。

「そういえば、きみが作ってくれた歌詞に曲をつけてみたよ」

ギターを爪弾《つまはじ》く音がし、錆びた響きの歌声が聞こえてきた。

「さよなら。きみはあどけない声であかるく歌った」

水銀のような声。金属的だが耳障りではない。鋼のように強靱《きょうじん》でよくしなる。それでいてあどけない。甘いだけでなく、毒のように聞く者を痺《しび》れさせる。だから水銀。初めて彼の歌を聞いたとき、そんなふうに表現したら、彼はとても喜んでいた。ひいき目でなく、彼の歌声はこれまでに聞いたどんな歌手のものよりも魅力的だった。

「続きはこんど会ったときに聞かせるね。明日からしばらく故郷に帰るんだ。ばあちゃんの容体がよくないから」

彼には、ひとり暮らしをしている九十歳の祖母がいた。母親に捨てられた彼を祖母が引き取り、海辺の村で育てた。ばあちゃんがいなかったらおれは死んでいたと、彼はよく言っていた。

高齢の、しかも病身の祖母に、彼が会いに行くことは必然だった。だが、それがなぜこんなにも不吉に思えるのだろう。

　わたしは思わずつぶやいていた。

「もう戻ってこないの」

　彼は驚いたように答える。

「まさか」

「なんだかもう逢えないような気がする」

　彼は笑いながら言った。

「そのときは電話をかけてよ。不思議な電話ボックスで」

*

「危険だからバスは出ねえよ」

　地元の人が下を向いたまま、ぼそっと言って立ち去った。

　山向こうの村が、津波でまるごと海に呑《の》まれた。村に通じる道路はひび割れ、車はいまだ通行禁止だ。

　歩くしかない。何時間かかっても、歩いて自力で山を越えるのだ。

　彼は戻ってこなかった。わたしが死んでも部屋に通ってくると言っていた彼は。

しばらくは彼の不在が理解できず、呆然《ぼうぜん》と暮らした。眠らず、食べず、幽霊のように生気をなくし、このままではほんとうに死人になると思ったときに決めたのだ。あの電話ボックスを探そうと。死んでもいい。ただ、彼の声が聞きたかった。水銀のように魅惑的なあの声が。

突然、視界がひらけた。見わたすばかりのエメラルドの海、波濤《はとう》が白く煌《きら》めいている。湾内には、お椀をかぶせたような丸い小島が点在している。ときおり聞こえるのは鳴き交わすカモメの声。美しい。まるでお伽《とぎ》の国に迷い込んでしまったみたいだ。

ここは彼の故郷だ。九十歳を超えた祖母が住んでいた海辺の村。そして最後に彼が訪れたであろう村。家はすべて海に呑まれ、消失してしまっていた。流れ着いた瓦礫《がれき》と、数字の刻まれた礎石だけが残されている。

この村のどこかに、いまもきっと彼はいる。

村の外れに小山がある。鬱蒼と繁る木を分け入り、暗い山道を登って行く。歩き通しで意識を失いそうだ。ひどく眠い。まだだ。もっと歩かなければ。瞼《まぶた》が重い。半分眠りながら歩を進める。足元がふらついて、どっと倒れ込んだ。だめだ。眠い——

はっと目を覚ます。すっかり眠ってしまったようだ。目の前には赤黒い風景がひろがっている。

ここは。造成地だ。剝《む》き出しの土が雑に盛られ、いくつも小山が築かれている。

残照の中に、斜めに傾いだ電話ボックスがたくさん立っている。まるで本物の墓場みたいだ。ボックスの中は暗い。だが、うっすらと人の姿が見える。みな受話器を手に静止している。

幽《かす》かに声が聞こえる。

──元気かい。身体をたいせつにしておくれ。

──忘れないで。わたしのことを。

がやがやと聞こえていた声が、しだいに耳を聾するほど大きくなり、やがてひとつの言葉になる。

──さよなら。

──さよなら。

わたしは耳を押さえ、逃げるようにその場をあとにした。

とっぷりと日が暮れ、あたりは闇につつまれる。曲がりくねった一本道の向こうに、水銀灯に照らされて、無人の電話ボックスがぽつんと立っているのが見える。

引き寄せられるように歩き、ドアを開ける。

ここで電話をかけよう。話し終わったときに、わたしの時間は静止する。電話ボックスの中にいた人たちと同じように。それでいい。今生で、最後に彼と話すことができれば、それだけでいい。

受話器に手をかけようとした。その瞬間、けたたましいコール音が鳴り響き、弾かれたように手を離す。しげしげと緑色の電話機を眺める。一回、二回。コール音は鳴り続ける。どうしよう。出てみようか。

意を決し、受話器を外す。おそるおそる耳に押し当てると、遠くの方でノイズが聴こえる。古いレコード盤を回しているようなざらざらした音だ。

「さよなら。もう逢えない」

わたしは悲鳴を上げた。彼だ。彼の歌声だ。甘く錆びた響きの、水銀のような声。

《僕のいない部屋を、きみは毎日訪れる。

シャワーを浴び、食事をし、ひとりで眠る。胎児のように丸くなって。

きみには理解できないんだ。僕がこの世にいないということが。

だから僕は幽霊になり、この部屋に戻ろう。

きみと一緒にテレビを観て笑い、
ひとつの毛布にくるまって、静かに寄り添っていよう。きみが眠るまで》

ふいに歌がとぎれた。

「もしもし。きみだね」

耳元で、やさしい声が響く。

「よかった。生きてたんだ」

わたしは涙声になる。

彼が何か話している。接続状態が悪いのか、とぎれとぎれになり聴き取りにくい。

「いいかい。僕にはきみの声が聴こえないんだ。だからこれから僕が話すことを、よく聴いてほしい。メロディはここまでしかできてないんだ。だからきみにこの先を作ってもらいたい。僕にはもう作ることができないから」

「作ることができないって、どういうこと？」

わたしは思わず問いかけていた。

彼は笑いを含んだ声で言った。

「僕ときみとの合作を世に出したかった。だからこれが最後のお願いだ」

ノイズが激しくなり、声が聴こえなくなった。

わたしは慌てて呼びかけた。

「待って！　もっと話して」

不意にぷつりと音が消えた。やがて、通話終了を告げるツーツーという無情な機械音に切り替わった。

わたしは呆然と受話器を置いた。これが最後の会話か。彼とはもう二度と話せないのか。

だが、なぜかわたしはまだ動いている。静止していない。

はっとした。電話ボックスで電話をかけてきたのは彼の方だ。わたしではない。ならばあの電話ボックスのどこかに、彼はまだいるかもしれない。

わたしは走りだした。造成地に向かって。今なら間に合うかもしれない。彼に逢えるかもしれない。静止するまえの彼に。

だが、造成地にあった電話ボックスはすべて消えていた。中にいた人々も、みんな消えてしまっていた。

全身の力が抜け、その場にうずくまる。彼は電話線の彼方へ去ってしまった。もう二度と逢えない。すべて無になってしまう。みんな彼を忘れてしまう。彼が生きてきたこともすべて。

いや、違う。彼が歌ったメロディは記憶に残っている。

《わたしはここにいるよ。見つけてよ。探し出してよ。そして歌いかけてよ。

あのあどけない声で》

完成させなければ。

この世に生まれ出たいと願っている歌を。

わたしは立ち上がり、闇の中の一本道を歩き出した。現世に向かって。

ゆうしゃのゆううつ

堀内公太郎

堀内公太郎（ほりうち・こうたろう）

1972年、三重県生まれ。

第10回『このミステリーがすごい！』大賞・隠し玉として、『公開処刑人 森のくまさん』にて2012年にデビュー。

◎著書
『公開処刑人 森のくまさん』（宝島社文庫）
『公開処刑板 鬼女まつり』（宝島社文庫）
『だるまさんが転んだら』（宝島社文庫）
『公開処刑人 森のくまさん　―お嬢さん、お逃げなさい―』（宝島社文庫）
『「ご一緒にポテトはいかがですか」殺人事件』（幻冬舎文庫）
『既読スルーは死をまねく』（宝島社文庫）
『スクールカースト殺人教室』（新潮文庫nex）

◎共著
『5分で読める！ひと駅ストーリー 乗車編』（宝島社文庫）
『もっとすごい！10分間ミステリー』（宝島社文庫）
『5分で読める！ひと駅ストーリー 夏の記憶 西口編』（宝島社文庫）
『5分で読める！ひと駅ストーリー 冬の記憶 西口編』（宝島社文庫）
『5分で読める！ひと駅ストーリー 猫の物語』（宝島社文庫）
『5分で読める！ひと駅ストーリー 食の話』（宝島社文庫）

「ぼく、ゆうしゃ、やめる……」

桃子《ももこ》が二歳になる娘の心《こころ》を寝かしつけたところに、息子の秀実《ひでみ》が帰ってきた。ガックリと肩を落としている。

右手には、新聞で作った勇者の剣。左手には、ダンボールで作った勇者の盾。頭には、カレンダーで折った勇者の兜《かぶと》。身体には、ゴミ袋に穴を開けた勇者の鎧《よろい》──。

近頃、幼稚園から帰ってくると、すぐに「いしはらこどもクリニック」に行くのが秀実の日課となっていた。ミキティー先生こと、石原美樹《いしはらみき》を「勇者」として守りに出かけるのだ。ライバルは、同じ「くま組」の和明《かずあき》くんと翼《つばさ》くん。悪者から先生を守った者が、真の勇者として、将来、先生をお嫁さんにできるらしい。

「勇者をやめる？」

秀実は無言で、勇者の剣と勇者の盾を置いた。続いて、勇者の兜と勇者の鎧も外してしまう。引退のときに歌手がマイクを置くシーンを思い出して、つい笑いそうになった。しかし、本人はいたって真剣だ。

「だって……せんせいが……やめろって……」

「先生が？」

「せ、せんせいが……ゆ、ゆうしゃ……やめろって──」秀実がしゃくりあげた。その場に座り込むと、ワンワンと泣き出してしまう。驚いた心が目を覚まして、一緒に泣き出した。

「――じゃあ、和明くんは何も言ってないんですか」

ええ、と電話の向こうで、和明の母が答える。「いつもどおり勇者を終えて、三時過ぎには帰ってきたわ」

「そうですか……」肩すかしを食らった気分だった。

「もしかして――」和明の母がクスクスと笑う。「秀実くん、先生のイヤがることやっちゃったんじゃないの？」

桃子はムッとした。「そんなことないと思いますけど」

「でも、やめろって言われたんでしょ」

桃子は言葉に詰まる。「……たぶん、ですけど……」

「秀実くんって、意外とヤンチャなとこあるからねえ。いずれにしろ、先生に訊《き》いたほうがいいわよ。謝るなら早いほうがいいし」

電話を切ると、深呼吸した。気持ちを落ち着ける。和明の母は、桃子より八歳上の四十歳だ。基本的にいい人なのだが、ときおり嫌味っぽくなることがある。

リビングをうかがった。秀実は足を抱え込んだ格好で、ＤＶＤのアンパンマンを観ている。背中がさびしげだった。隣では、泣き疲れた心がスヤスヤと眠っている。

石原美樹は、駅前にある「いしはらこどもクリニック」の小児科医だ。以前は大学病院に勤めていたが、今年の一月から父親の病院に移ってきた。二十九歳、白い肌に潤んだ瞳、同性の桃子から見ても実にかわいらしい。美樹が来てから、付き添いのお父さん率が増えたのは言うまでもない。

お父さんたちだけではなかった。美樹は男児たちの心も鷲づかみにした。秀実も例外ではない。最近まで、「ママをおよめさんにしてあげる」と言っていたのに、あっさり「ぼく、ミキティーせんせいとケッコンする」と言い出したのだ。鮮やかな心変わりだった。

カワイイだけに美樹に色目を使う男どもも少なくない。出入り業者や駅前にある商店街の店主など、用もないのにクリニックに通う男どもがずいぶんと増えた。

「変な虫がつかなきゃいいけど」

以前、桃子たち母親がそう噂《うわさ》していたのを、子どもたちに聞かれてしまった。先生が危ないと子どもたちなりに不安を覚えたらしい。かくして、勇者三人組が誕生することになった。

美樹にしたら、いい迷惑だろう。それでも、毎日の「押しかけ勇者」を、美樹は笑顔で待合室に入れてくれる。元来、子ども好きなのだ。そういう意味では、信頼できる先生だった。

翼の家にも電話をかけてみた。しかし、和明と同じだった。いつもどおり、勇者を終えて、無事に帰宅しているという。

なぜ秀実だけが、「やめろ」と言われたのだろう。もし本当に美樹を怒らせたのだとしたら、ちゃんと謝る必要がある。

「ねえ、ヒデちゃん」

秀実は振り向かなかった。アンパンマンを見つめている。

「ママ、先生んとこ、行ってこようかな」

秀実が振り返った。

「やめてよ！」

「だって、気になるじゃない。和明くんや翼くんはそんなこと言ってなかったわよ」

「きづいていない、いい、いないだけだよ」

「……え？」

秀実はプイッとテレビのほうを向いてしまった。

「たぶん、せんせいはぼくたちがキライになったんだ」

春先の風が頬をなでていく。夕方になると、まだ肌寒さを感じた。右手前方に、「いしはらこどもクリニック」の看板が見えてくる。病院の前の道路には、トラックが停まっていた。危ないなと顔をしかめる。先日も、飛び出した子どもが事故にあったばかりだ。

秀実には、買い物に行く、と告げてあった。しかし、桃子が実際どこに行くつもりなのかは分かっているだろう。あえて一緒に来なかったことが、それを物語っている。

本当は放っておいてもよかった。美樹に夢中な様子は、正直、おもしろくない。しかし、落ち込んでいる息子を、そのままにしてもおけない。女心と母心の微妙なバランスだった。

そのとき、病院のドアが開いた。白衣を着た当の石原美樹が出てくる。めずらしく険しい顔をしていた。大股でトラックへ近づいていくと、運転席をノックして何やら文句を言い始める。

病院の前には、よく違法駐車の車が停めてあった。駅前から一本奥に入っているので、しばらく停めておくには都合がいいらしい。しかし、車が停まっていると、死角ができてしまって危険だ。先月も、病院から出てきた小学生が自転車と接触事故を起こしていた。車の陰で、お互いが見えなかったらしい。幸い、怪我は大したことなかったが、美樹もナーバスになっているのだろう。

トラックがエンジンをかけた。わざとらしく急発進すると、アクセルをふかして走り去っていく。

見送っていた美樹が振り向いた。桃子に気がついて、険しかった顔が和らぐ。

「西條《さいじょう》さん、こんにちは」

「こんにちは」

桃子は近寄っていった。

「秀実くん、今日は具合悪かったんですか」

そう言う美樹に、不機嫌な様子は見られない。

「ええ、まあ……」

どうやら秀実が嫌われることをしたわけではなさそうだった。ひとまずホッとする。

「朝晩は冷え込みますからね。気をつけてください」

「ありがとうございます」

すると、何が原因だろう。秀実の勘違いだろうか。

「また違法駐車ですか」と間を持たせるため桃子は尋ねてみた。

「そうなんです」美樹が顔をしかめる。「一向にやめてくれないんですよね」とため息をついた。こういうのも貼ったんですけど、と壁を指差す。先日までなかったステッカーが貼ってあった。

ステッカーを見た美樹が一瞬、ポカンとする。それから、ふき出した。

「やだあ！　イタズラされてる！」

ステッカーを目にして、桃子はすべてを理解した。美樹と一緒になって笑い出す。

なるほど。そういうことだったのね――。

ドアを開けると、すぐに秀実が玄関まで出てきた。期待と不安の入り混じった表情をしている。

キッチンへ向かいながら、そうそう、と桃子はさりげなく切り出した。「さっきミキティー先生に、偶然、会ったわよ」

「……ふーん」秀実が興味のないフリをしている。

「ヒデちゃんが来なかったこと、心配してたわ」

秀実が目を伏せる。「でも、それは――」

「禁止してないって」

「……え？」

「勇者は禁止じゃないって」

「……ホントに？」

「ホントよ」

「でも、びょういんのまえに――」

桃子はしゃがみ込んだ。秀実と視線を合わせる。

「明日、ちゃんと見てみたら分かるわ」

「わかる?」

「ちゃんともう一回、読んでみて」

「あのシールを?」

「そう」

「ゆうしゃはダメじゃないの?」

「ダメじゃないわ」

「ホントに?」

「ホントよ。ママがウソ言ったことある?」

「たまに」

頭にゲンコツしようとして、思いとどまる。「これはホント。ウソだったら、新しいアンパンマンのDVD、買ってあげる」

「やった!」ヒデミが目を輝かした。

「ダメよ」桃子は苦笑いする。「だって、これはウソじゃないもの」

美樹が貼ったステッカーには、「駐車禁止」と書いてあった。さらに、漢字の横には、ひらがなでふりがながふってあった。その一文字目の「ち」を隠すように、嚙《か》み終わったガムが貼りつけてあったのだ。小学生のイタズラだろうと美樹は笑っていた。

秀実に漢字は読めない。しかし、ひらがななら読むことができる。

「……じゃあ、ゆうしゃはつづけてもいいの？」

「もちろん。先生が、明日も待ってますって」

秀実がみるみる笑顔になる。そこまで美樹が好きなのかと、少々癪《しゃく》にさわるが、やっぱり笑顔のほうが断然いとおしさを覚える。

桃子は秀実を抱きしめた。

「な、なに？」秀実が戸惑《とまど》った声を上げる。

「ねえ、ヒデちゃん――」と顔をのぞき込んだ。「たまには、ママの勇者にもなってくれない？」

秀実がキョトンとした。次の瞬間、ニッコリと笑う。

「かんがえとくね」

「ゆうしゃ」の憂うつは解消されても、母の憂うつはしばらく続きそうだった。

最後の客　梶永正史

梶永 正史 （かじなが・まさし）

1969年、山口県生まれ
第12回『このミステリーがすごい！』大賞・大賞を受賞し、『警視庁捜査二課・郷間彩香　特命指揮官』にて2014年にデビュー

◎著書
『警視庁捜査二課・郷間彩香　特命指揮官』（宝島社文庫）
『警視庁捜査二課・郷間彩香　ガバナンスの死角』（宝島社文庫）

◎共著
『5分で読める！ひと駅ストーリー 猫の物語』（宝島社文庫）
『5分で読める！ひと駅ストーリー 旅の話』（宝島社文庫）

降りる客もいなければ乗る客もいない。ハンドルを握る運転手は、それでもバスを止めるとドアを開け、行き先をアナウンスし、定刻になるまで待った。

「発車します」

車内にもだれがいるわけでもなかったが、ひとこと言ってドアを閉めた。

今日は一人も客を乗せていない。だが、これはいつものことだった。いつ廃線になってもおかしくない田舎のバス。採算は取れていないに違いない。

客の有無にかかわらず、バス停ごとに律儀に止まっているのは、今日で定年だからだった。

仕事を失う寂しさというよりは、自分の一部が消えてしまう不安と言ってもいいかもしれない。だから、ひとつひとつ、別れを惜しむように、そして愛《いと》おしむようにバス停に止まっていたのだった。

ハンドルを握るようになってからずいぶん経《た》った。毎日毎日、同じコースを飽きもせず回ってきた。永遠にこの退屈な日々が続くのだろうかと思ってうんざりしたこともあったが、それも今日で終わりとなると少し寂しい。

新しい人生の始まりだよ。

それは気楽な奴の言い分だ。自分にはこれしかなかった。利用されなくても、決まった時間にバスが来ることに安心する人はいたはずだ。たとえ時計代わりだとしても、そう思うと意義を感じられた。

プライベートでは車を運転しないので、決まったルートの外に何があるのかすら知らない。そう、来る日も来る日も同じコースを回り続ける。それだけの人生だった。

バスは一旦町を離れ、長い坂道を上っていく。左手には平原が広がり、見下ろす海には夕日が落ちていく。

このコースの中で、いちばん好きな風景だった。

なだらかなカーブに合わせてハンドルを切り、ギアを一段落としてアクセルを踏む。

このバスも老体なので、悲鳴のようなうなり声を上げている。

ほら、がんばれ、あと少しだ。視界を埋める空の割合がぐんぐん大きくなっていくのを見ていると、まるで空に向かって飛んでいくような錯覚をする。それがまた気持ちいい。

そこに、死角になっていたコーナーから銀色のオープンカーが中央車線をはみ出して突っ込んできた。

男は慌ててハンドルを切ってかわすと、ガードレールギリギリで停車させた。

くそっ、またあいつか！

よく見る車だった。恐らく都会者が車通りの少ない峠道を求めてやってくるのだろう。彼らにとって、カーブが続くこの道は恰好のレース場なのだ。

やれやれ。

男は首を振って、再びバスを走らせた。

この坂を上りきったところに小さな見晴台があって、そこからの景色はとても素晴らしいのだが、かつては賑《にぎ》わったドライブインはとうにつぶれていた。割れたアスファルトからは雑草が顔を覗《のぞ》かせ、自動販売機のディスプレイは割られて何が入っていたのか分からない。バス停の時刻表もサビだらけで文字を読み取ることも難しかった。

この退廃的な場所が、最後の停留所だった。

時計を見る。発車までまだ時間があった。

男はエンジンを切ると、外に出て大きく伸びをした。それからしばらくバスを離れて歩いてみた。夕焼け空に綿あめのような薄雲が伸びていて、海に落ちようとする太陽に照らされて茜《あかね》色に輝いていた。短い夏が終わろうとしているのが、既に肌寒くなった風からも感じられた。

さて、次はいよいよ終点か。

腕時計に目をやり、バスへ戻ろうとしたとき、声をかけられた。

「あの、まだ間に合いますかしら」

見ると、グレーのストールを羽織った人の良さそうな老婆が杖《つえ》をつきながら歩いてきていた。あまり早く歩けないため、バスが先に行ってしまわないかと心配だったようだ。

「お客さんはあなただけですから、ゆっくりでいいですよ」

バスに乗り込んだ老婆は、左側最前列の席に座ろうとした。そこは前輪の上にあたり、一段高くなっているためよじ登るような格好になる。

危ないから他の席に、と言ったが、どうしてもここがいいと言うので男は手伝ってやった。

「この席は見晴らしがいいから好きなのよ。それにお話ができますでしょ」

タクシーではないのだが、まぁ最後だし乗客もひとりだけだからいいかと思いながら、バスを終点目指して出発させた。

——都会に住んでおりましたが、主人が脱サラしてペンションを建てるというのでこの町に来たのです。

——ここには長く住んできましたが、発つことになりましたのでね、最後に見ておこうかと。ほら、ここは見渡せますでしょ。

——いろいろ変わりましても、ここから見る海は変わりませんね。

——海は、この町に来た頃に一度行きましたけども、それっきりで。

品の良さそうな話し方をする老婆は、目を細めて車窓を楽しみながら思い出を語った。

「実は、あなたが最後のお客さんですよ」

老婆はニコニコとした顔を向ける。聞こえていなかったのかなと思い、もう一度言う。

「今日で定年なんですよ」

「そうでしたか」

普通はもっと驚いたりするものではないかと思ったが、こんなことでは動じないほどの人生経験を積んできたのかもしれない。確かに、定年なんてありふれたこととも言える。そう思うと少し気が楽になった。

バスは峠を越え、坂を下りた所にある赤信号で停車した。T字路になっていて、ウインカーが示すとおり右に曲がればすぐに終点だ。

カッチン、カッチン。静かな空間にウインカーがリズムを刻む。

信号で待っているとはいえ、車の通りがあるわけでもなかった。いったい誰に対しての方向指示なのかと疑問に思ってきたが、今日その理由があるとしたら、きっとこの人に対してだろう。

「どこに続く道なのかしらね」

老婆はウインカーとは逆の左側を見ながら言った。

「さぁ、そっちには行ったことがないので分かりませんが……でも、たぶん海じゃないでしょうかね」

「海ですか、いいですねぇ。でも、こんなに近くなのに本当に行かれたことはないのかしら」

頑張って思い出して、というような目を向けてくるが記憶にないものは仕方がない。

「いつも決まったルートばかりでしたし、仕事以外では運転しませんでしたので」

男はハンドルを摑《つか》んで体を引き寄せ、少し汗ばんだ背中に空気を送り込んだ。

「毎日毎日、同じ場所をぐーるぐる。たまには決められたルートではなくて、自由に走ってみたかったですよ」

「あら、では行きましょうよ。少しくらい遠回りしても怒られないわ」

「いいですよねぇ。きっと楽しいでしょうね」

「ええ！　じゃぁ行きましょう！」

冗談かと思ったが、老婆は少女のようにキラキラとした目を向けてきた。

「今日が最後なんでしょ！」

「そりゃそうですが……」

男は呆《あき》れて笑ってしまった。何をバカなことを言い出すのか。タクシーならともかく、いくらなんでも……。

それなのに、青信号になったとき思わず左にハンドルを切っていた。

我ながら理解できない行動だったが、理性や社会的な常識といった心のハードルを越えてしまうと、急に楽しくなってきた。

バスは木々のトンネルを抜け、まだ明るさを残す空の下、早めに顔を出した白い月を目指し走っていく。

どうしてこんなことをするのかと自分でも不思議だったが、コースから離れるにつれ、なんだか気持ちが軽くなるような、ふわふわとした感覚になっていた。

やがて砂浜に出た。しばらく走っているとバス停が目に入った。とっくに廃線になっていたのだろう、待合小屋は海風を浴びて今にも朽ち果てそうだった。

ここで男はバスを止めた。何かが琴線に触れたからだった。

「ここ、来たことがある気がする……」

「あら、降りてみましょ」

楽しそうにサクサクと砂を踏む老婆の後ろ姿を見ながら後を追った。すると渚《なぎさ》へ歩を進めるごとに頭の中で何かがうずいた。足元を見下ろしながら思う。この感覚、どこかで……。

そして目を上げると、浜に横たわる丸太と、そこに腰をかけて海を眺めている老婆の背中があった。

唐突に理解した。『我々』はここに来たことがある。

運転手は老婆の横に座ると、見覚えのある指輪を認めた。

「ずいぶんと、久しぶりだったね」

「お気付きになりましたか」

「今の今まで分からなかった。君が、あまりに変わっていたから……言い訳かな」

「いえいえ。一緒にいた頃は、こんなにおばぁちゃんではありませんでしたものね」

かつて妻だった老婆はまたケタケタと笑った。聞き覚えのある、大好きだった声だった。

「全部思い出したよ。この景色を見て、ここにペンションを建てようと思ったんだったね」

「はい、そうですね」

「君にはずいぶんと苦労をかけたろう」

妻は笑みを浮かべたままうつむいて、小さく頭を振った。

そして男は、長い沈黙を経て意を決するように話しかけた。

「ねぇ、いつ、僕は死んだんだい？」

「こっちにきて間もなくですよ。ペンションがうまくいかなくてバスの運転手として働きはじめたんです。そして事故に遭ったんです。対向車線をはみ出した車を避けようとして、谷に」

記憶が蘇《よみがえ》る。あの銀色のオープンカーだ。

「お客は？」

「幸いなことに乗っていませんでした。廃線間際の路線でしたから」

「そうか、よかった」

ざぶんざぶん。大きめの波が砂浜の上を滑って、足元を濡らした。

「どうりで僕はずっと一人で走っていたのか」そこで大切なことに気づく。「でも、君は……？」

「見ての通り、十分生きました。私たちの娘は二人の孫も見せてくれました。あの子は幸せにやっていますよ」

男は何度も頷《うなず》いた。そして理解した。

「君は、閉じた輪を解きに来てくれたんだね。僕は同じ所から抜け出せずにいた」

「ようやくあなたのところに来られました。お待たせしました」

妻の目は、あの頃の記憶を呼び起こしてくれた。

自分のわがままに振り回し、その後もひとりにさせてしまった。辛い思いをさせたにちがいない。

すると気持ちを察したかのように言った。

「でも、ひとりではなかったですから」

触れた手を、妻はぎゅっと握り返した。

「あの子がいましたもの」

男は満ち足りた気持ちになった。この充足感は長らく感じることができなかったものので、体まで軽くなった気がした。

いや、実際に軽くなっていた。地面をひと蹴りすればふわりと浮かぶ。

海の上に浮かぶ白い月を見上げた。

「さて、これからどこにいこうか」

「どこへでもお供しますよ。ようやくふたりになれたんですもの。のんびりいきましょ」

死を呼ぶ勲章　桂修司

桂 修司（かつら・しゅうじ）

1975年生まれ。

第6回『このミステリーがすごい！』大賞・優秀賞を受賞し、『呪眼連鎖』にて2008年にデビュー。

◎著書
『パンデミック・アイ　呪眼連鎖』（宝島社文庫）　※単行本刊行時は『呪眼連鎖』
『七年待てない　完全犯罪の女』（宝島社文庫）
『ドクター・ステルベンの病室』（宝島社文庫）

◎共著
『「このミステリーがすごい！」大賞10周年記念　10分間ミステリー』（宝島社文庫）
『5分で読める！ひと駅ストーリー 降車編』（宝島社文庫）
『もっとすごい！10分間ミステリー』（宝島社文庫）
『5分で読める！ひと駅ストーリー 夏の記憶 東口編』（宝島社文庫）
『5分で読める！ひと駅ストーリー 冬の記憶 西口編』（宝島社文庫）
『5分で読める！ひと駅ストーリー 猫の物語』（宝島社文庫）
『5分で読める！ひと駅ストーリー 旅の話』（宝島社文庫）

医学部教授、岩田俊彦《いわたとしひこ》の元に郵便物が届いた。やけに大きく重く、分厚い封筒だ。消印は昭和六十一年の十月十日、局は北灘島《きたなだとう》支局となっている。北灘島ってどこだと思い、差出人名の長井《ながい》という姓を見て、やっと岩田はすべてを思い出した。

さてはあの不良医局員め、明けても暮れても漁師の診察ばかりでアカデミックのアの字もない暮らしが嫌になり、お詫《わ》びの品でも包んできたかと、誰もいない教授室でこっそり封を切ると、長い手紙とレントゲンフィルムが入っている。はて紹介患者なのかと、岩田はいぶかりながら手紙を読み始めた。


このたび岩田先生におかれましては、その輝くばかりの研究業績が認められ、栄えある学士院の褒章を授与されたと聞きおよびました。私はこのような孤島におり、同門の医局員からも距離を置かれている身ですが、さきほどテレビで知りました。華やかで盛大な、眩《まぶ》しいほどの受賞パーティでしたね。

さて、まず先生には、時計を確認していただきたく思います。ぶしつけなお願いであるとは思いますが、今は理由を云《い》えません。後ほど意味を持ってきます。

あいかわらず長井は回りくどい奴《やつ》だなと、先生の笑う声が聞こえるようです。もって回ったような不愉快な話し方をすると、回診の際にいつも私を笑ってらした。

本題に入りましょう。

このたび、私が手紙を差し上げたのは他でもありません。私の今までの非を詫び、先生の業績集にあらたな一ページを増やすお手伝いをしたいと考えたからです。この島ならではの貴重な症例です。次の医学総会はこの話題で持ちきりでしょう。まずはフィルムをごらんください。

岩田は半信半疑で封筒に手を差し込んだ。固くて薄い感触がある。レントゲン写真が三枚入っていた。

奇妙な写真だった。岩田は老眼鏡の眼を細め、部屋に備え付けのシャウカステンに提げて透かし見た。レントゲン写真は本来、X線が通り抜ける肺の部分が黒く、X線を通さない肉や骨が白っぽく写る仕組みであるが、この写真は全体として黒くぼけていた。黒いもやの中に辛うじて透かし見えるのは脊椎と肋骨《ろっこつ》であり、どうやらこの写真は胸を正面から撮ったものらしい。患者の左胸、ポケットでもありそうな部位に星形の黒い何かが写っており、そこを中心にハレーションが起こっている。小さな光の爆発、あるいは黒く小さな太陽が写っているように見えた。

苦しいのだろうか、レントゲンを撮る間、患者はじっとしていられなかったようである。三枚ともポーズがいちいち違い、体軀《たいく》がねじれ、骸骨が踊っているようだ。

フィルムには長井の拙《つたな》い字で、『このフィルムを見たものは必ず死ぬ』とある。

岩田は絶句した。――何を考えてこんなものを寄越したのか。

怒りのあまり封筒ごと破棄しようかと考えたが、貴重な症例という言葉が気になった。後ろ毛がざわめくような落ちつかない気分のまま、手紙の続きに眼を落とす。

患者の名はセルゲイといい、小柄で赤毛の中年男です。オホーツクでカニを密漁する漁師らしいのですが、急激な体調不良のために下船し、うちを受診しました。

もともと不勉強で先生の元を追い出された私です。船乗りの病気、まして外人の病気など分からぬと、投げやりな気持ちのまま、とおりいっぺんの検査を行いました。診療所といっても、職員は私と老いた看護師のふたりだけなので、私自らがレントゲン機器を操作し、写真を撮りましたが上手くいきませんでした。何度やっても、フィルムが真っ黒に焼けてしまうのです。

慣れないレントゲン撮影でくたびれてしまった私は、老看護師に命じて患者を病室に移し、何の治療も始めないまま寝入ってしまいました。

細かいことを書いてもきりがありません。

結論から云います。翌朝私が起きると、患者は鼻と口から血を流して死んでおりました。失血死でした。私は見ませんでしたが、後で看護師が下着を脱がすと、ジャムのように半ば固まった血液が肛門から漏れていたそうです。左胸の一部が熱傷を負っており、醜くただれていたとも。

私は、なんだかわからないうちに患者が死んだので怖くなりました。どこから来たのかも分からない人間です。何か致命的な感染症だったらと思うと、遺体にもできるだけ近寄りたくはなく、老い先短い老看護師なら良いだろうと命じて、さっさと棺桶《かんおけ》に入れるよう命じました。

――ああ、岩田先生。医局で罪を得てこんな孤島に送られたというのに、なお未来を案じていた私の愚かさを笑ってください。実際、私は甘かったのです。

岩田は、ここで本当に笑った。同情を誘っているつもりだろうが、こんな手紙で駆け引きしても無駄である。ひとしきり嘲笑《ちょうしょう》してから手紙に戻った。

漁師を死なせてしまったことで文句を云われるかもしれないと思いましたが、反面、彼らが密漁者であるので侮っていました。案の定、やつらは、遺体を引き取りに来ませんでした。それどころか連絡も取れませんでした。

しかし私も、それどころではありません。何かの伝染病だったらと思うと、そしてその死体が診療所のすぐ裏に安置されていることが嫌で嫌でたまりませんでした。

三日だけ待って、私は役場の支所に届け、火葬の許可を求めました。疫病の恐れがある行き倒れと申告しました。予想よりはるかに早く許可がおりました。火葬場に運び込む際に、またあの気の利かぬ老看護師が、故人の胸ポケットから妙なものを見つけました。それは、奇妙な星形の金属片と手帳でした。

「これ、あの外人さんの日記じゃないかしら」

私はオキシドールで手帳を消毒し（＊このような消毒過程が細菌学的に何の意味もないことは、すでに先生の御指導で理解しております。ただ私は、せずにいられなかったのです）その日記を読みました。もし自分が感染していたら、少しでも多くの情報が必要になるからです。

日記には恐るべきことが書かれておりました。私も看護師も、読んでいるうちに寒気がしてきたくらいです。

辞書を引きながら読んだところでは、このセルゲイという患者はウクライナ人で、ちょっと前まで、ソ連邦で大規模な工事に従事していたようです。それが何の工事だったのか、この男には最後まで分からなかったようでした。この作業には三十万人ほどが従事していたようです。男は渡りと呼ばれる貧しい季節労働者で、故郷には子供が七人と妻があるようでした。密漁船に乗っていたことからも分かるように、給金を重視しており、職種を選ぶ余裕がないようでした。子供が読んでも分かるような平易な文章で、明らかに読者を意識して書かれておりました。日付の古い部分は千切られて無くなっていました。ひょっとしたら、数ヶ月ごとにまとめて千切り取り、故郷の家族への近況報告としていたのかもしれません。

さて、この男は、封入、と呼ばれる作業をしていたようです。それは、巨大な施設をさらに巨大なコンクリートの塊でまるごと覆ってしまう作業だったようです。

その施設は古びて傷んでいるものの、まだ使用できる部屋や設備がたくさんありました。どうせコンクリートで塗り固めてしまうのならと、男と同僚は王家の墓に忍び込んだ盗賊さながら、何か使えるもの、金目のものはないかと休憩時間ごとに探しまわったようです。特に子供用の衣類を探していたようです。

男はその際、施設の最深部に、ある密室を見つけました。

奇妙な部屋でした。その部屋の奥ではコンクリートの天井が割れ、そこから冷えたマグマのようなものが鍾乳石《しょうにゅうせき》のようにぶらさがっていました。また、床の一部も割れ、そこからもマグマのようなものが吹き出したかたちで固まっていました。

近づいて見ると、マグマに見えたものは灰色の切り株みたいな、奇怪にねじくれた塊でした。表面には細かな皺《しわ》がびっしり。男はそれを象の足と名付けました。

トンカチで叩《たた》いてみると金属音がしました。切り株めいたそれを動かそうとしても、ビクともしませんでした。見かけより遙《はる》かに重かったのです。懐中電灯の光を浴びると部分的に青黒く煌《きら》めき、見たことのない貴重な金属に見えました。

やがて、異変に気づいた現場監督が飛んできたので、男は慌ててそのかけら、足元にあった小さな星形のかけらを胸ポケットに入れました。

監督にぶたれました。男は何も見なかったし、その部屋に入ったこともないことになりました。男は約束しましたが、即クビになりました。日記には小さな字で、仕送りが遅れるかもしれないと妻への詫びがありました。

どうやらその後、男は船に乗る職を得たのですが、体調不良で日記が書けなくなったようです。日付を確認すると、地下室に入ったのは死の二週間前でした。

さて、日記を読んでいるときに感じ始めた私と看護師の寒気は、そのまま発熱になりました。歯がかみ合わぬほどの悪寒と戦慄《せんりつ》が交互に訪れます。

すでに恐るべき何かが私の身体《からだ》を貫いた後で、とっくに私を損ねていたのです。

私は仮説を立てました。彼が作業をしていたのは、昨今ニュースになっているあの場所だったのではと。そして彼がそれと知らずに持ち帰ったものは、炉心溶融後に地下で冷え固まった、あの物質だったのでは。レントゲンフィルムが真っ黒に感光したのは高量の放射線。すると胸の火傷は飛距離の短いベータ線でしょうか。

先生のお叱りのとおり、私は不熱心な医者です。私は最初からこの患者を嫌っておりました。怖かったのです。振り返れば、私が彼の至近距離にいたのは、せいぜい一分くらいのものでした。あとはほとんど老看護師がやってくれたのです。その彼女は、つい先ほど死にました。村人は老衰だと思っています。

私の白血球もゼロでした。血小板もです。機械の間違いではないようです。


——チェルノブイリか。岩田は嘆息した。

長井が死の床でこの手紙を書いたのだと思うと、なかなか興奮が冷めない。たしかに貴重な一例だ。この症例を学会に報告すれば、一大センセーショナルを引き起こすに違いなかった。タイトルは『遠隔被曝により死亡した邦人の二症例』だ。

長井には気の毒をしたな、そう思いはじめたとき、封筒の中にまだ一枚の紙片が残っているのに気づいた。岩田は眼を見開く。紙片に血がついていたからだ。


ところで岩田先生。

この封筒の奥に隠してある星形の金属に気がつかれましたか?

そして、先生がこの手紙を読むのに、どのくらいの時間がかかりましたか? ぜひ時計を見られるとよろしい。愚鈍な私と違い、速読をもって知られる先生ですが、それでも一分以上はかかっているのではと思います。いかがでしょうか。

この金属片は、先生の二番目の勲章にされるとよろしいでしょう。白装束の襟に、きっと似合うと思いますから。

世界からあなたの笑顔が消えた日

佐藤青南

佐藤青南　（さとう・せいなん）

1975年、長崎県生まれ。

第9回『このミステリーがすごい！』大賞・優秀賞を受賞し、『ある少女にまつわる殺人の告白』にて2011年にデビュー。

◎著書
『ある少女にまつわる殺人の告白』（宝島社文庫）
『消防女子!!　女性消防士・高柳蘭の誕生』（宝島社文庫）
『サイレント・ヴォイス　行動心理捜査官・楯岡絵麻』（宝島社文庫）
『ジャッジメント』（祥伝社文庫）
『ブラック・コール　行動心理捜査官・楯岡絵麻』（宝島社文庫）
『ファイア・サイン　消防女子!!　高柳蘭の奮闘』（宝島社文庫）
『インサイド・フェイス　行動心理捜査官・楯岡絵麻』（宝島社文庫）
『白バイガール』（実業之日本社文庫）
『サッド・フィッシュ　行動心理捜査官・楯岡絵麻』（宝島社文庫）
『市立ノアの方舟』（祥伝社）

◎共著
『「このミステリーがすごい！」大賞10周年記念　10分間ミステリー』（宝島社文庫）
『5分で読める！ひと駅ストーリー 降車編』（宝島社文庫）
『もっとすごい！10分間ミステリー』（宝島社文庫）
『5分で読める！ひと駅ストーリー 夏の記憶 東口編』（宝島社文庫）
『5分で読める！ひと駅ストーリー 冬の記憶 東口編』（宝島社文庫）
『5分で読める！ひと駅ストーリー 猫の物語』（宝島社文庫）
『5分で読める！ひと駅ストーリー 食の話』（宝島社文庫）

病室の扉がノックされ、私は文庫本から顔を上げた。

「はい、どうぞ」

見知らぬ人物が入ってきて、胃が持ち上がる。恐怖が表情に出てしまったのに気づき、懸命に笑顔を作ってみせた。そうしながら、繰り返し自分にいい聞かせる。

この人は白衣を着ている。

だからこの人は、見知らぬ他人なんかではない。

この人は雅人《まさと》だ。私の、恋人だ――。

「具合はどうだい」

それはたしかに雅人の声だった。確信した瞬間に、安堵《あんど》が全身を包む。彼は丸椅子を引き寄せ、ベッドの傍らに腰かけた。両膝に手を置き、私の顔を覗《のぞ》き込む。微笑《ほほえ》んでいるのか、心配そうなのか。ついこの間までは通じ合っていたはずの恋人の顔に、どんな感情が浮かんでいるのかが、読み取れない。眉があり、目があり、鼻があり、唇がある。だが、それらが一つの像としてまとまらなかった。得体の知れない不安に、足もとから絡めとられる。

笑みを保つことを忘れた私は、知らず身を引いていた。

「どうやら……まだ僕の顔がわからないみたいだね」

「ごめんなさい」

「謝ることじゃないよ。前にも話したように、仁美《ひとみ》は相貌失認の状態にあるんだ。一時的なものであればいいのだけれど」

「治るの」

「医者として無責任な発言をすることはできない……すまない。ただ、よくなることを願っている」

大きくかぶりを振りながらいって、雅人はうつむいた。

私が自動車事故を起こしたのは、一か月前のことだった。夜道を走行中、目の前に飛び出してきた猫を避けようとしてハンドル操作を誤り、対向車線を走ってきたダンプカーと接触した。激しい衝撃とともに、世界が逆さまになったところまでは覚えている。めちゃめちゃに大破した車内からの救助活動は、三時間を要したという。あれほどの事故に遭って、数か所の骨折で済んだなんて奇跡だと、私を処置した担当医はいっていた。

しかし私は、奇跡を感謝する気持ちになんてなれない。なれっこない。

いっそあのとき、死んでいたらよかったのに。

意識を取り戻した私は、病院のベッドに寝かされていた。痛みに呻《うめ》き声を漏らすと、そばでうつらうつらと舟を漕いでいた人物が立ち上がり、病室を飛び出していった。しばらくすると、数人の人影が部屋に入ってきた。白衣を着ているのが医者だというのは、わかった。しかし不思議なことに、それが男性なのか女性なのか、「意識が戻ったようだね」という低い声を聞くまでわからなかった。

よかった、よかったと、私を取り囲む人影が口々にいう。手を取り合い、鼻をすり、涙に声を詰まらせる。父、母、叔母、弟。周囲から家族の声が聞こえた。だが目の前には、私の知る顔は一つもなかった。私の家族の声を持つ、初対面の人々だった。慣れ親しんだ声と、目に映る人物の顔が一致しなかった。最初は夢を見ているのだと思い、次に私は狂ってしまったのだと思った。私は絶叫していた。

相貌失認――それが医者の下した診断だった。側頭葉や後頭葉にある、人の顔を認識する部位が損傷を受けたために、他人の表情の識別ができず、誰の顔かわからなくなり、個人の識別ができなくなる症状だという。だがそこまでだった。この状態がいつまで続くとも、どうすればよくなるとも、希望を抱けるような言葉はなかった。

外傷が治癒し始めたころ、私は声だけは慣れ親しんだ、しかし見知らぬ顔をした恋人の勧めるままに、彼の勤務する総合病院に転院したのだった。「彼女の力になってあげたい。僕なら、きっとなれる」と、彼は私の家族を説得したらしい。医師としての使命感、恋人としての義務感。いや、結局のところ、私に事故を起こさせてしまったという自責の念が、彼を突き動かしているに違いない。

事故は彼のマンションから帰宅する途中で起こった。喧嘩《けんか》になり、私が彼の部屋を飛び出した、二十分後の出来事だった。

「焦る必要はないから」

雅人の手が伸びてきて、全身が硬くなる。そっと包み込まれた温《ぬく》もりに心がほぐれても、顔を上げることができない。そこには私の知らない顔がある。

「もしも……もしも私がずっと、治らなかったら？　一生、このままだったら？」

涙が溢《あふ》れそうになって、ぎゅっと目をつぶった。触れようとするたびに警戒する相手を、何度会っても初対面のような顔をする相手を、いつまでも愛することができるだろうか。私なら無理だ。少しずつ気持ちが離れてゆく。そしてやがて気づく。自分の顔を識別してくれる女性ならば、こんなに辛《つら》い思いをすることはないのだと。

「僕は、かりに仁美がそのままでもかまわない」

「そう答えるしかないよね。私たちはまだ恋人同士だし、雅人は医者だもの」

こんなに意地の悪い私がいたなんて。事故は私を取り巻く世界を一変させた。だが、世界が変わったのではなく、私の黒く汚れた本性が顕《あら》わになっただけなのかもしれない。

「本心からそう思っているんだ。どんな仁美でも、僕は受け入れる」

「綺麗《きれい》ごとをいわないで」

「綺麗ごとじゃない。いきなりこんな状態になってしまって、落ち込むのはわかる。

でも、相貌失認というのは実はそれほど珍しい症例ではないんだ。生まれつき相手の顔を識別できない、先天性相貌失認を発症する確率は、二％ともいわれている」

「そんなに……」

百人のうち二人。驚きの数字だった。

雅人は頷《うなず》いてから続けた。

「そういう人たちでも、支障なく日常生活を送ることができている。顔を識別できなくとも、声や着衣、体格や振舞い……顔以外のさまざまな情報で代償しながらね。顔が識別できないだけで、その他の肉体的機能にはまったく問題ないから、もし仁美がそういう人と出会っても気づかなかっただろうけど。だから、仁美も訓練さえすれば――」

「でも、無理だよ。前と同じ関係には、けっして戻れない」

私は雅人の手を振り払い、両手で自分の顔を覆った。堪《こら》えてきたものが溢れ出す。

ひと息にいってしまおう。そう思ったが、よみがえる記憶が喉を詰まらせた。

もしかして、どこかでお会いしましたか。

一年前、友人と待ち合わせした駅前で、彼はそういって声をかけてきたっけ。白々し過ぎるナンパの手口に、軽いやつだと思ったけれど、付き合ってみると意外なほど真面目で、誠実で、いつの間にか本気になった。その気持ちは今も変わらない。すごくすごく好きなんだよ。本当だよ。

でも、だからこそ……。私は強引に言葉を絞り出した。

「ありがとう、雅人……私のためにいろいろしてくれて、すごく……すごく感謝してる……でもやっぱり、私たち……」

私からいってあげるべきだ。彼を解放してあげなければ。私の見ている世界は、もはや彼と同じではないのだから。

「仁美……」

せめて最後は。私は涙を拭《ぬぐ》い、雅人に笑顔を向けた。だがそこにあるのは、やはり見覚えのない顔だった。悲しくて視界に靄《もや》がかかる。だけどこれぐらいがちょうどいい。辛すぎる現実ならば、むしろ見えないほうがましだ。

「だってほら……そもそも私たち、喧嘩ばかりしてたじゃない」

「そうだね。僕たちは些細《ささい》なことで喧嘩ばかりしていた」

「そうよ」

「あの日も、仁美の髪型を褒めてあげなかった」

「うん……明るくした髪の色が、好きじゃないって」

それがこんな結果を招くなんて。

「お洒落した仁美を、あまり褒めてあげなかったね」

「あまり、じゃない。いつもよ。新しいバッグやネックレスや、ピアス、それにワンピース……いつも、前のほうがよかったっていわれた……私の選ぶものは、ことごとく否定された」

「それは……」

「あなたを喜ばそうと思って、一生懸命お洒落した。なのにいつも素っ気なかった」

「仁美は……そのままでじゅうぶん綺麗だと思ったから。それは前にもいったろう」

「ええ、そうね。だけど私の気持ちを考えてくれた？　私がどれほどみじめだったかわかる？　考えてみれば私たち、趣味も性格も合わなかったの」

そう思うことにしよう。どんな仁美でも受け入れるなんてお笑い種《ぐさ》だ。相貌失認が問題なのではない。事故なんかなくても、どのみち私たちは別れていた。きっとそう……。

「そうじゃない」

珍しく強い口調でいわれ、私は肩を跳ね上げた。

「そうじゃないんだ。仁美は誤解している」

昂《たかぶ》りを抑えつけるように、雅人は長い息を吐いた。そして白衣のポケットを探り、私の前に小さな箱を差し出した。深い藍色のベロア素材で覆われたジュエリーケースだった。

呆然《ぼうぜん》とする私に、彼はジュエリーケースを開いてみせた。

指輪だった。ピントのぼやけた視界の中で、いくつもの丸い光が瞬《またた》いている。

「すまなかった。ずっと傷つけてきたね……もしも僕のことを許してくれるのならば、これを受け取ってくれないか」

「どうして、こんなことを……」

「仁美がつねにこれを身に着けてさえいてくれれば、髪型を変えても、どんな服を着ていたとしても、僕は仁美を識別できる。仁美が新しいアクセサリーや服でお洒落するのを、怖がることもなくなる」

彼がなにをいっているのか理解できず、私は滲《にじ》んだ視界を細めた。

しかし次の瞬間、息が止まる感覚に襲われた。

もしかして、どこかでお会いしましたか。

まさか……そんなことが――。

手の中から文庫本が落ちた。

雅人の表情は今、どうなのだろう。わからない。けれどもそれは、相貌失認のせいではなかった。

私が彼に抱きついたからだった。

誰何《すいか》と星　神家正成

神家正成（かみや・まさなり）

1969年、愛知県春日井市生まれ。千葉県柏市在住。

第13回『このミステリーがすごい！』大賞・優秀賞を受賞し、『深山の桜』にて2015年にデビュー。

◎著書
『深山の桜』（宝島社文庫）

◎共著
『5分で読める！ひと駅ストーリー　食の話』（宝島社文庫）

「だから、見たんやって。旧陸軍の軍服を着た幽霊を」夜間歩哨《ほしょう》任務を下番《かばん》したばかりの高木《たかぎ》伴蔵《はんぞう》は、ふだんのとぼけた顔と違い、真顔のまま興奮気味に言ってきた。

「馬鹿野郎、何で俺が上番《じょうばん》する前に言うんだよ」

坂本孝浩《さかもとたかひろ》は、急速に胸に重たい気持ちが広がっていくのを感じた。昔からその手の話は苦手だった。自衛隊には仕事柄なのか、怪談話がとても多い。

「噂《うわさ》は本当だったな」隣の柳元秀《やなぎもとひで》が、なぜか嬉《うれ》しそうな声を出した。

自衛隊生徒中期課程、機甲生徒の教育訓練が、人里離れた東富士《ひがしふじ》演習場で行われていた。初夏の夜間戦闘訓練の最中、偽装して隠している七四《ナナヨン》式戦車の横で、三人は戦闘服のまま声を潜めて話していた。

迷彩の戦闘服上下に弾帯《だんたい》を締め、半長靴《はんちょうか》を履き、頭には六六式鉄帽《テッパチ》を被《かぶ》っている。

陸士長の階級章が付いている右肩に担った六四式7・62《ロクヨン》ミリ小銃の銃口が、月明かりを反射して鈍く光った。戦闘服の両襟には、桜の形をした金色の桜花《おうか》章——陸曹候補者徽章《きしょう》も光っている。十八歳の幼い顔には、迷彩のドーランが塗られていた。

「略帽のつばは短かったし、正面に付いていた金色の星——絶対旧陸軍の幽霊や」

「自衛隊《うち》の戦闘帽の帽章は、桜だもんな。星ってことはやっぱり……」

高木と柳が、口の端を上げて坂本を見た。

「勘弁してくれよ。ちょうど丑三つ時だよ。俺の時間は」

坂本は右手の腕時計を見た。現時刻は2315《にいさんひとごう》。坂本の歩哨の上番——任務に就くこと——時間は、0100《まるひとまるまる》から0300《まるさんまるまる》までの三直《ちょく》の二時間だ。その後の四直は柳だ。

「まあ、頑張りいや」高木の今晩の歩哨任務は一直だった。既に先ほど終わっている。

高木の脳天気な声にため息をつきながら、坂本は肩を落とした。

十分前に赤川巧《あかがわたくみ》に起こされた。腕時計の蛍光塗料は0050《まるまるごうまる》。七四式《ナナヨン》戦車の横に設営した簡易天幕の、薄暗い赤色の光の中、手早く準備を済ませる。戦闘服のまま仮眠していたので、六四式7・62ミリ小銃《ロクヨン》を担って歩哨の定位置まで向かうだけだ。

赤川が一メートルほどの深さの個人用掩体《たこつぼ》の中で、周囲を警戒していた。本来、歩哨任務は二人一組で行うのだが、今回の訓練は人が足らず、一人ずつだった。枯れ木を踏む音が聞こえたのか、「誰かっ」との低く重い誰何《すいか》の声が、聞こえてきた。

「俺だよ、俺」寝起き声のまま赤川に近づく、小銃の黒い銃口が向けられ再度、「誰かっ」との声が聞こえた。くそ真面目な行動に呆《あき》れながらも、「坂本士長」と答える。

「機甲っ」という続いての合い言葉に、「若獅子《わかじし》」と返す。銃口がようやく下がった。

「申し送りは？」個人用掩体《たこつぼ》に入りながら確認すると、「なし」との声が聞こえた。

「出ていないよな」念のため確認する。赤川の眼鏡の下の目が、何のことかという色になる。「幽霊だよ、幽霊。旧陸軍の幽霊」坂本の低い声に赤川は眉をひそめた。

「非科学的です。この世に幽霊などは、存在しません」そう言って坂本に軽蔑《けいべつ》の眼差《まなざ》しを投げて、赤川は個人用掩体《たこつぼ》から出て、簡易天幕に戻っていった。聞いた相手が間違っていた。坂本はため息をついてから、六四式7・62ミリ小銃《ロクヨン》の負い紐《ひも》を左肩に回し、小銃を腰の位置で水平に構えながら、周囲に警戒の目を向け始めた。

富士山《ふじさん》の麓の東富士演習場の夜は、星が溢《あふ》れるほど輝いていた。月と星明かりで、夜間だがある程度視界が確保できた。草が風に揺れる音だけが、寂しげに響いている。目の前には、緩やかに傾斜して下がっていく赤茶けた演習場の風景が広がっていた。息を吸うと土と草の匂いがした。個人用掩体《たこつぼ》の背後は、小さな林になっている。その中に七四式戦車《ナナヨン》を小隊――四両、隠し、周囲に個人用掩体《たこつぼ》を掘り、夜間警戒していた。

頬を風が撫《な》でた。昼間の熱気もこの時間までは残っていない。心なしかひんやりとした冷気を感じた。いやでも右前方百メートルほどの所にある、崩れたトーチカに視線が向かう。月明かりに照らされた灰色のトーチカは、旧陸軍が作った物だ。誰が名付けたか――慰霊のトーチカ。周りのすすきが寂しげに風に揺れている。

――出るらしい。目撃者が何人もいる。東富士演習場は戦前、富士裾野《すその》演習場として旧陸軍が使っていた。富士山周辺にはそのような遺跡が多い。先月、教育の一環として富士宮市《ふじのみや》にある若獅子神社に慰霊に行った。坂本たちの先輩ともいえる旧陸軍少年戦車兵学校があった場所だ。厳しい訓練の中、殉職事故なども数多く起きたと聞く。

――突然、背中に何かを突きつけられた。変な声が漏れるとともに、構えていた小銃を落としそうになった。同時に、「動くな」と低い声がした。「銃を捨てろ」との声に固まっていると六六式鉄帽《テッパチ》に強烈な衝撃が来た。

「馬鹿野郎、お前、今、戦死したぞ。何、ぼさっと突っ立ってんだ」

慣れ親しんだ助教のため息交じりの声が、聞こえてきた。

右手に指導棒を持ち、抜き打ちの服務検査に来た助教に、数十分間、たっぷりと絞られた。トーチカの逆側から助教は接近してきたそうだ。全く気付かなかった。

助教が去った後、また静かな一人きりの夜がやってきた。草の擦《こす》れる音が寂しげに響く。湿った土の匂いが漂ってくる。こっ酷《ぴど》く叱られたが、幸いなことに時間もかなり過ぎた。後三十分ほどで憂鬱《ゆううつ》な丑三つ時の歩哨任務も終わるかと思うと、自然と肩の力が脱けた。小さくため息をついた時、微かに馴染《なじ》みのある音が聞こえてきた。

空冷ディーゼルエンジンの甲高い音とキュルキュルという装軌《そうき》音――これは戦車の音だ。坂本は眉をひそめ、首を傾げた。この時間に戦車を動かす予定は聞いていない。

それにこの少し軽めの装軌音は、慣れ親しんでいる七四《ナナヨン》式戦車でも六一《ロクイチ》式戦車の音でもない。強《し》いて言えば若獅子神社に行った時に、映像で見た旧陸軍の九七《チハ》式中戦車の音と似ている。音と同時に坂本の目は、トーチカの辺りにぼんやりとした何かを捉えた。茶色い塊が動いている。ゆっくりと屈《かが》んだ姿勢でこちらに向かってくる。

まさか一晩に二回も服務検査に来るとは、助教も暇なんだなと坂本は思った。気付いていないふりをして、側まで来たら大声で誰何して驚かしてやろうとほくそ笑んだ。塊は匍匐《ほふく》前進のように緩やかな動きで近づいてくる。横目で確認しながら、坂本は機会を待った。トーチカから半分ほどの所に来た時、「誰かっ」低く腹の底から声を絞り出した。しかしながら茶色い塊は、誰何の声に気付かないかのように迫ってくる。同時に装軌音が大きくなった。やはりこの音は若獅子神社で聞いた九七式中戦車《チハ》の音だ。急に冷たい風ではなく生暖かい風が、頬を包んだ。背筋を冷たい手で撫でられたような気がした。坂本は肩をすくめながら、再度、「誰かっ」と声を出した。

小銃の銃口を正確に茶色い塊に向けた。歩哨の一般守則として、三度誰何しても答えない場合は、捕獲するか、刺殺、射殺するとある。二度目の誰何の声にも相手は足を止めない。疑念の思いに捕らわれながら、三度目の誰何の声を掛けた。訓練なので当然実弾も空砲も装備していない。六四式7・62ミリ《ロクヨン》小銃の槓桿《こうかん》を引き、相手に向けて引き金を引いた。カチリと撃針の落ちる音が、闇に響いた。

「撃ちました。助教、名誉の戦死です」と大声で言った。

塊が立ち上がった。お褒めの言葉をもらえるかと思った坂本が見たのは、見たこともない――いや戦争映画でよく見た旧陸軍の軍服を着た男だった。首の立ち襟には緋《ひ》色の兵科色が見え、被っている略帽には、旧陸軍の象徴である星がくっきりと見えた。

何も言わず急速に坂本に迫ってくる。心臓が冷たい手で掴《つか》まれた。動悸が速くなり、身体が熱くなり、呼吸が荒くなる。銃剣を小銃に着剣しようと、弾帯に付けた銃剣を抜こうとするが、手が震えてうまく抜けない。慌てふためく坂本の前に、国防色の軍服を着ている男が迫る。その先についている銃剣が、星の明かりを受けて鈍く光った。狙っている。両手には古い木製の小銃が見えた。黒い銃口は坂本を正確に狙っている。その先についている銃剣が、星の明かりを受けて鈍く光った。

全身が震えだし、顔から急速に血の気が引き、歯の根が合わず、激しい音を立てる。九七式中戦車《チハ》の甲高いエンジン音と装軌音に混じり、呻《うめ》き声のような重苦しい咆吼《ほうこう》が東富士演習場に響いた。男の被っている略帽の星が、月明かりに再度光り、目だけが妖《あや》しく光る真っ黒な顔が、目前に迫った。

――坂本は六四式7・62ミリ小銃《ロクヨンショウ》を持ったまま、意識を失った。

「おい、起きろっ」頬を誰かに殴られた感覚がする。「おいっ、しっかりしろ」馴染みのある声に目を開けると、ドーランを塗った柳の顔が見えた。我に返り、上半身を起こして周りを見渡す。個人用掩体《たこつぼ》の横に倒れていたようだ。小銃が無残に地面に転がっている。慌てて周囲を確認する。先ほど見た旧陸軍の軍人の姿は見えない。

「で……出たんだ」掠《かす》れた声が漏れた。「えっ何がだよ」「出たんだよ。旧陸軍の幽霊が……」坂本は両肩に手を回し、首をすくめた後、先ほどの出来事を話し始めた。

柳は黙って話を聞いたのち、呟《つぶや》いた。「馬鹿だな。お前は」坂本は柳の意外な言葉に顔をしかめた。薄笑いを浮かべる柳を睨み返す。

「助教が化けてるに決まってるだろう」柳の勝ち誇った声だ。

「そんなわけねえだろう。どうやってだよ」

「幽霊は立ち襟の軍服に略帽だったんだよな」坂本は頷《うなず》く。幽霊は学生服のような立ち襟の軍服だった。「旧陸軍の略帽は、立ち襟の軍服が廃止された後に、導入されたんだよ。略帽を被るのなら、軍服は立ち襟じゃなく立ち折り襟だ。立ち折り襟には兵科色は付かない。まあ時期によっては混在していたようだがな」立ち折り襟はワイシャツのような襟だ。「それに戦車の音は、俺たちが若獅子神社で聞いた九七《チ》式中《ハ》戦車のと、全く同じだったんだろう」坂本は再度頷く。

「大方、神社から音をコピーさせてもらったんだろう。どこかにラジカセでも置いて流したんじゃねえのか。下手くそな芝居だ。それに戦車部隊なら、立ち襟の兵科色は歩兵の緋色じゃなく、騎兵の萌黄《もえぎ》色だろ。助教も詰めが甘いな」旧陸軍の立ち襟の軍服には、兵科色と呼ばれる兵科ごとの色が付いていた。戦車部隊の前身は騎兵部隊だ。

大きなため息が零《こぼ》れた。そう考えればその通りだ。「何なんだよ……高木の馬鹿野郎が脅かすから」坂本の悪態が、夜の東富士演習場に寂しげに響いた。

目の前の慰霊のトーチカの周りのすすきが、寂しげに風に揺れていた。

坂本らが警戒している地域から二百メートルほど離れた場所にある、機甲生徒隊の簡易天幕の中では、教官と助教の笑い声が響いていた。

「いやあ、今年もうまくいきましたな」

「教育期間の中だるみの時期ですから、がつんとやらんといかんのですよ」

大声を立てて笑う助教の背後には、旧陸軍の軍服が吊《つる》してあり、その横には三八式歩兵銃のレプリカ品が、銃剣を刺したまま立て掛けてあった。

「毎年これが楽しみでしてな。でも今回は時間が足らず、全員を驚かすことができなかったのが無念です」

「それにしても、九七式中戦車《チハ》の装軌音は、やりすぎではないのですか」

「いやあ、あれくらいの演出の方が効果があるのですよ」

「しかし軍服もだいぶ傷んできましたな。略帽はそろそろ買わないといかんのでは」

「そうなんですよ。略帽の星が取れてしまい、今晩は桜花章の桜で代用したんです」

「生徒にばれてしまうのでは」

「大丈夫でしょう。夜だからそこまで見えんでしょう。それにあいつら九七式中戦車《チハ》の装軌音だけで、びびっとりますわ」

満足そうに笑う助教の手には、旧陸軍の略帽があった。略帽の正面には、旧陸軍の象徴である星ではなく、自衛隊の象徴である桜を象った桜花章が、輝いていた。

葉桜のタイムカプセル

岡崎琢磨

岡崎琢磨（おかざき・たくま）

1986年、福岡県生まれ。

第10回『このミステリーがすごい！』大賞・隠し玉として、『珈琲店タレーランの事件簿　また会えたなら、あなたの淹れた珈琲を』にて2012年にデビュー。

◎著書
『珈琲店タレーランの事件簿　また会えたなら、あなたの淹れた珈琲を』（宝島社文庫）
『珈琲店タレーランの事件簿２　彼女はカフェオレの夢を見る』（宝島社文庫）
『珈琲店タレーランの事件簿３　心を乱すブレンドは』（宝島社文庫）
『珈琲店タレーランの事件簿４　ブレイクは五種類のフレーバーで』（宝島社文庫）
『季節はうつる、メリーゴーランドのように』（角川書店）
『道然寺さんの双子探偵』（朝日文庫）

◎共著
『５分で読める！ひと駅ストーリー 降車編』（宝島社文庫）
『もっとすごい！10分間ミステリー』（宝島社文庫）
『５分で読める！ひと駅ストーリー 夏の記憶 西口編』（宝島社文庫）
『５分で読める！ひと駅ストーリー 食の話』（宝島社文庫）

桜の花びらが、夜風に揺れていた。

小学校の校舎に備えつけられた大時計が九時ちょうどを指すと、千里《ちさと》はシャベルを杖《つえ》代わりにして立ち上がり、たったいままで幹に背をあずけて座っていた自分の、お尻があったあたりの土を掘り返し始めた。

かつての親友――若葉《わかば》と二人で作った、タイムカプセルを掘り出すためだ。

昨晩まで降り続いた春雨が落とした花びらに覆われた、土は湿っていて柔らかかった。サク、サクと音がして穴が深くなっていくたび、一歩ずつ後ろ向きに歩むように、昔の記憶がよみがえる。十年後の親友に宛てた私からのプレゼントを、彼女が使う日は来なかった。そんな思いが、はたちを迎えた千里の心にも見えないシャベルを突き立てる。

十年前に十歳の少女が独りで埋めたタイムカプセルは、程なく地中から顔を出した。二人の友情の証《あかし》だった《夢缶《ゆめかん》》の、カラフルだった表面はいまやすっかり錆《さ》びて赤茶けている。千里はシャベルを桜の木に立てかけ、缶を取り上げてこびりついた土を払うと、幾重にも巻かれた粘着テープをはがして蓋《ふた》を開けた。

中に入っていたふたつの包みを見たとき、千里は違和感を覚えた。

順番に包みを開いていく。ひとつはフリーハンドで描かれた、近くの河原を示しているとおぼしき《宝の地図》。そしてもうひとつは、ビニールでぐるぐる巻きにされた安物のおもちゃだった。

千里は愕然《がくぜん》とする。どうしてこのおもちゃがここに……いや、それよりも。

私が入れたはずのプレゼントは、いったいどこへ行ったのか？


――タイムカプセルを作りましょう。十年後、はたちになるわたしたちに、プレゼントを贈り合うの。

間もなく遠い街へ引っ越してしまうという若葉が突然、そんなことを言い出したとき、千里は即座にいいね、と賛成した。

夢缶は二人で力を合わせて手に入れたものだ。《夢チョコ》というくじ付きの駄菓子があって、当たりだとパッケージの内側に、金のハートか銀のハートが印刷されている。金のハートなら一枚で、銀のハートは五枚集めると、《夢がいっぱい詰まった夢缶》なる景品と交換してもらえるのだ。

その中身が気になるという話から、千里たちは夢缶を手に入れるために二人で協力することになった。親の買い物についていく機会があると千里は決まって夢チョコをねだったが、買えども買えども銀のハートさえめったに出ず、金のハートに至ってはついぞ目にすることがなかった。家が裕福で千里の倍は夢チョコを買ってもらえたらしい若葉も、金のハートが当たることはなかったという。結局、二人で銀のハートを五枚集めるまでに一年以上かかった。最後の一枚を当てたとの報告を若葉から受けたとき、千里はまるで戦《いくさ》を終えたとでもいうような安堵《あんど》を覚えたものだった。

そんな、ほとんど意地を張るようにして手に入れた夢缶だが、中身はとても《夢》とは呼べないようながらくたばかりであった。たとえば《ドキドキ相性チェッカー》。ふたつの電極を備えた小型の電子機器で、二人一組でそれぞれの電極に親指を置いてボタンを押すと、そのペアの相性の良さを数値で表してくれるという代物だ。千里たちは喜び勇んで計測したが、《30％》という無残な結果に終わった。もっとも、全然あてにならないじゃん、と腹を立てるのもまた楽しくはあったのだが。

要するに、中身なんて何だってよかった。二人で力を合わせて手に入れたという事実がうれしかったのだ。

その夢缶を、タイムカプセルにするのだと若葉は言う。

引っ越しを翌日に控えた若葉の部屋で、二人は夢缶をひっくり返して中身を出すと、用意したプレゼントをそこへ入れて蓋をした。粘着テープで封をしてしまうとあとは埋めるだけとなったが、あいにくその日は予報外れの雨で埋めに行けず、時間を持て余した二人は、若葉の提案により収納が空になった彼女の家でかくれんぼをして遊んだ。

帰り際、千里は若葉にタイムカプセルと、夢缶の中身を託された。引っ越しの荷物をなるべく減らしたいのだそうだ。

──十年後の今日、誰にも見つからないように夜の九時から掘ることにしましょう。そんな約束を交わしてさよならした数日後、千里は独りで小学校へ行き、タイムカプセルを埋めた。ただ、校庭の外縁に並び立つ桜のうちもっとも南にある木の根元に植えるという取り決めは、土が硬すぎて果たせなかった。やむなく千里は反対の、北端の桜の下に埋めたが、若葉にはそれを伝えずじまいであった。

若葉の訃報が千里のもとに届いたのは、それから二年後のことだった。知らなかったのだ。重い病気の治療のために、遠い街へ引っ越しただなんて。

葬儀には行った。棺に眠る若葉の顔は、闘病を終えた直後であるにもかかわらず、千里が最後に会ったときと何も変わっていないように見えた。死に化粧のおかげかな、とぼんやり思いながら千里は、あまりにも呆気《あっけ》ない別れを前に涙さえ流せなかった。

片方の包みに入っていたおもちゃというのは、あのドキドキ相性チェッカーだった。

千里は考える。夢缶の中身を全部持ち帰ったというのは、ひょっとしたら記憶違いかもしれない。何しろいくつものがらくたを持たされたのだ、ひとつやふたつ足りないものがあったって気づかなかっただろうし、その後どうしたかも覚えがないから、若葉があれをタイムカプセルに入れた可能性は充分にある。
だけど若葉は肝心の、タイムカプセルを埋めた正確な場所を知らない。自分に黙って掘り起こし、中身を抜くことはほぼ不可能だった。ならば、私の入れたプレゼントはどこへ消えたのだろう。

　宝の地図が示す河原へおもむくと、千里は何をすべきかすぐにわかった。
二人でよく木陰に身を寄せた一本桜が、いまでも悠然と枝を広げていたからだ。
三方をベンチで囲まれた桜の裏の、唯一土がむき出しになったところを、千里は再び掘り起こしていく。やがてシャベルの先が探り当てたものを見たとき、彼女は若葉が何をしたのか、ある程度の見当がついた。

　土の下から出てきたのは、もうひとつの夢缶だったのだ。

　若葉の家は裕福で、しかも若葉は病気を抱えていた。駄菓子を欲しがるくらいのわがままを許された若葉が、もっと早くに金のハートを当てていたっておかしくはない。その事実を千里に伏《ふ》せたのは、あくまでも二人で夢缶を手に入れたかったからではなかろうか。

　タイムカプセルを作った日、かくれんぼをしようと言ったのは若葉だ。千里が隠れている間に彼女は、タイムカプセルを自身の持つ夢缶とすり替えることができた。相性チェッカーを入れておいたのは、宝の地図だけではプレゼントが入っていないことに千里が気づいてしまうかもしれない、との懸念を抱いたからだと考えられる。カムフラージュになるものなら、何でもよかったということだ。

千里はふたつめのタイムカプセルを開けた。中にはやはり包みがふたつ。そのうちのひとつは、若葉からの直筆の手紙だった。

〈ごめんね、ちぃちゃん。でも、わたしは十年後も生きていられるかわからないから、ちぃちゃんがどんなプレゼントをわたしにくれたのか、どうしてもいま知りたかったの。こっちの缶は、お父さんに埋めといてもらうつもりだよ。すてきな口紅、ありがとう。今度ちぃちゃんに会うときは、きっとこれをつけるね。若葉〉

十年後、はたちになる若葉へのプレゼントに、おもちゃなどは適さない。悩んだあげく、千里は口紅を贈ることにしたのだ。

病気のことを知らなかったとはいえ、大人にならないと使えないものを贈った自分のことを、天国の若葉はどう感じているだろう。これまでにもそんな思いが時折、千里の心を重くしてきた。だけど、それはどうやら間違っていたようだ。

今度会うときはこの口紅をつける。その一文でピンときた。千里が若葉に《会った》のは、あれからたったの一度しかない。

若くして亡くなった若葉の顔に施された、死に化粧を思い出す。彼女は自分のプレゼントを、ちゃんと使ってくれていたのだ。そんなの、悲しすぎるけど。

千里は最後の包みを開ける。入っていたのは、若葉色のハンカチだった。若葉はそのプレゼントによって、忘れないで、とでも伝えたかったのだろう。

一本桜に背中をあずけて座っていると、夜風が吹いて残りわずかの花びらを散らす。そのさまを眺めながらふと、千里は思う。

そっか。若葉は十歳にして、すでに自らの死を受け入れていたんだ。でなければこんな行動、取り得たはずもない。私との約束を果たせないと悟っていたからこそ、彼女は十年もフライングして、生きている間にタイムカプセルを開けたのだ。

あの頃の彼女の倍は生きた自分だけど、死を受け入れるという境地になんかとうてい至れそうもない。もし、若葉がいまでも生きていたら、それこそタイムカプセルを掘り出すように、当時の心境を根掘り葉掘り訊《たず》ねてみたいくらい――。

若葉がいまでも生きていたら？

束《つか》の間、千里は呼吸を忘れた。とんでもない想像が、脳裏をよぎったからだ。

たとえば若葉が生きていて、校庭に埋めたタイムカプセルを一緒に掘り出していたとしたら。若葉は率先して缶を開け、千里に相性チェッカーの入った包みを渡す。そして千里がそれに気を取られているうちに、自身は宝の地図の入った包みを隠し、代わりに千里が入れた口紅を、あたかもタイムカプセルから出てきたかのように取り出す。二人は相性チェッカーを見て、そんなこともあったと笑い合い……いまでも動くようならば、きっとまた相性を診断してみるのだろう。今度こそ、高い数値となることを期待して。

つまりそのときには、ふたつめのタイムカプセルなんて必要なくなる。

こんなの勝手な想像に過ぎない。だけど、十年後はこの世にいないものと若葉が確信していたのなら、どうして自分では開けることのできないタイムカプセルを作ろうなどと言い出したのか。むしろ、千里と約束することで若葉が、あと十年生きなくてはならないと自らに言い聞かせたのだとは考えられないか。少なくとも、生きている場合とそうでない場合の双方を想定していなければ、誰がこんな手の込んだことをしようと思うだろうか。

千里は十年後の若葉に、大人にならないと使えないものを贈った。それを使える日が、当然来るものと信じ込んで。

同じように、若葉は十年後の千里に、二人でないと使えないものを贈った。それを使える日が来るようにと、心の底から願いながら。

自らの死を、受け入れていたわけじゃない。たった十年生きただけの女の子が、これからの十年も生きたいと思わないわけがないのだ。

桜の花びらがまたひとつ散り、千里の濡れた頬にぺたりと貼りつく。親友がくれたハンカチを瞼《まぶた》に押し当てたまま、千里は花びらが残らず落ちてしまうのではないかと思えるほどに長い間、そこを動くことができずにいた。

柿

友井羊

友井 羊（ともい・ひつじ）

1981年、群馬県生まれ。

第10回『このミステリーがすごい！』大賞・優秀賞を受賞し、『僕はお父さんを訴えます』にて2012年にデビュー。

◎著書
『僕はお父さんを訴えます』（宝島社文庫）
『ボランティアバスで行こう！』（宝島社文庫）
『スープ屋しずくの謎解き朝ごはん』（宝島社文庫）
『さえこ照ラス』（光文社）
『スープ屋しずくの謎解き朝ごはん　今日を迎えるためのポタージュ』（宝島社文庫）

◎共著
『「このミステリーがすごい！」大賞10周年記念　10分間ミステリー』（宝島社文庫）
『5分で読める！ひと駅ストーリー 乗車編』（宝島社文庫）
『もっとすごい！10分間ミステリー』（宝島社文庫）
『5分で読める！ひと駅ストーリー 夏の記憶 西口編』（宝島社文庫）
『5分で読める！ひと駅ストーリー 冬の記憶 西口編』（宝島社文庫）
『5分で読める！ひと駅ストーリー 本の物語』（宝島社文庫）
『5分で読める！ひと駅ストーリー 食の話』（宝島社文庫）

「思い出すわ」

庭に生《な》った柿を眺めながら、英恵《はなえ》は嬉《うれ》しそうに顔を綻《ほころ》ばせた。私は妻の隣に腰を下ろして、縁側《えんがわ》から丸々とした朱色の果実を見詰《みつ》めた。

「何をだ？」

「都合の悪いことは、すぐに忘れるのね。私とあなたの出逢《あ》いじゃないの」

目尻に深い皺《しわ》が刻まれているが、無邪気な笑顔は少女のようだった。かつての英恵の家には大きな柿の木があり、勝手に盗んだ不届き者の小僧がいた。それが二人の馴《な》れ初《そ》めだった。私は苦い顔をして、ぶっきらぼうに応えた。

「そんなこともあったな」

「なぜ柿を取ったのか、ずっと後に理由を教えてくれたわね」

私は目を伏せて、小さく息をついた。遠くから鴉《からす》の鳴き声がした。今日は生ごみの日だ。収集車が来る前に、何処《どこ》かを荒らしているのだろう。

「鳥に盗《と》られたら、口惜《くや》しいだろう」

ふと隣を見ると、英恵はまぶたを下ろしていた。時折、妻は不意に眠りにつく。不安になり口に手をかざすと、かすかな吐息が手の平を湿らせた。

英恵を抱え、布団まで運ぶ。ここ数年ですっかり軽くなった。私も老いで衰え、運ぶだけで難儀《なんぎ》した。

昼前に英恵は目を開けた。

「何か飲むか」

訊《たず》ねると、英恵は遠い眼差しで頷《うなず》いた。台所で湯を沸かし、緑茶を淹《い》れる。盆にのせて運んで差し出す。すると英恵は、不満そうに眉間に皺を寄せた。

「本当にあなたは忘れっぽいわ。緑茶が苦手なこと、前に話したのに」

湯のみの底で、細かい茶葉が澱《おり》になっていた。

「うっかりしていた。別のものを用意しよう」

「いいわ。それより、そばにいて。なぜだかとても不安で」

英恵の手を握ると、険しい表情はすぐに和らいだ。七十余年の歳月が互いの肌に刻まれていた。英恵の瞳は薄く開かれていて、光はゆっくりと弱々しいものに変わっていった。

「ありがとう、進太郎《しんたろう》さん」

それだけ告げて、英恵は再び眠りについた。

空いた手で温《ぬる》くなった緑茶を啜《すす》る。私の好物である知覧《ちらん》産の玉露だった。

一羽の鴉が木に止まり、枝を揺らした。柿が千切れ、地面に落ちる。熟した果実は土の上で潰れた。濃密な香りが、部屋まで届くように感じられた。

妻は脳の病《やまい》を患《わずら》っていた。今では一日の大半を眠る。たとえ意識があっても、記憶が混濁していた。

英恵は今、美しい思い出の中のみで生きている。語られる言葉は全て、若き日の出来事ばかりだ。もう長くないと医者から告げられている。私は何も云《い》わず、寄り添うことを選んだ。


「ひどい家ね。今にも壊れそう」

祖父母の終《つい》の住処《すみか》を見て、孫の英里香《えりか》は不機嫌そうにこぼした。夕焼けの太陽が西に沈もうとしていた。手に提げた紙袋には、柿の葉茶が入っていた。

「頼まれたから買ってきたけど、こんなの誰が飲むのよ」

「英恵が好きなんだ。緑茶は苦手らしい」

「そうなの？」

英里香が目を丸くさせた。きっと身内の誰もが同じ反応をするだろう。

「あの人は、変わらずにあのままなの？」

朽ちかけた平屋を睨《にら》んで、英里香が云った。英恵は昼すぎからずっと、寝室で横になっている。頷くと、英里香は顔を顰《しか》めた。

「お祖母《ばあ》ちゃんが、あんな人だと思わなかった」

此処《ここ》に越すことに最も反対したのが英里香だった。しかし近所に住む親類が他におらず、何かと世話をしてもらっていた。

私が何も云わずにいると、英里香は唇を嚙《か》んで、すぐに帰ってしまった。

孫が消えた後で、私はその場にうずくまった。何度も咳《せ》き込んでから、草むらに痰《たん》を吐いた。鮮やかな赤色が雑草にへばりついた。

家に入ると、英恵が簞笥《たんす》を漁《あさ》っていた。

「何をしている」

私を見止《みと》めると、英恵が胸に飛び込んできた。顔を押し付けて、さめざめと涙を流す。服越しに、私の背中へ爪が立てられた。

「あなたを追って、町を出ようと思ったの。こんな家など、もううんざりよ」

英恵の実家は近隣の機織物《はたおりもの》を一手に牛耳《ぎゅうじ》る豪商だった。そこの箱入り娘が、下働きの男の息子と恋に落ちた。身分違いの純愛に、家族はひどく反対した。遥《はる》か、六十年前の出来事だ。

「釣り合う男になるなんて、望まぬともよかったのに。側《そば》にいてくれれば、それで充分なのだから」

「すまなかった」

細い肩を抱き、ゆっくりと髪を撫《な》でる。出会ったときは、漆塗りのように艶《つや》やかだった。今ではすっかり色が落ち、窓から入る日差しで朱《しゅ》に染められていた。

顔を上げた英恵は、穏やかな微笑を浮かべていた。残された時間はもうない。だがそれと同じくらいに、私にも先がなかった。たとえ全身が癌《がん》に蝕《むしば》まれようと、妻より先に逝《い》くわけにはいかなかった。

「あの日も、今みたいな満月だったわ」

夕刻に眠りについた妻は、夜中に意識を取り戻した。縁側に並んで座ると、十五夜の月が浮かんでいた。濃い山吹色《やまぶきいろ》は、熟し切る前の柿に似ていた。

「あなたは私の前からいなくなった。その間に縁談は進んで、私は嫁ぐことになった」

鈴虫の鳴く中、英恵は責めるように唇を尖《とが》らせた。秋夜の風は冷たく、私は柿の葉茶を用意した。湯呑《ゆの》みから湯気が立ち上《のぼ》る。口をつけると、英恵は幸せそうに目を細めた。

「相手の方はとても良い人だった。誰もが私たちを祝福してくれたわ」

風が強く吹き、柿の木の枝を揺らす。葉がこすれて、ざわめきを奏でた。英恵は私の肩に頭を傾《かし》がせた。

「あなたが柿の実を盗んだ理由。それは私の家と同じ木を庭に生やすため。私があなたを知る前から、ずっと私を愛してくれていたのね」

灰色の雲が流れて月を隠し、辺りが急に暗くなる。にわかに息づかいが弱まった。英恵が目を閉じると、肩にかかる重さが増した。

「進太郎さんは結婚式に、私を攫《さら》いに来てくれた。本当に嬉しかった……」

英恵はそのまま黙ってしまう。凪《な》は止み、鈴虫の声も消え失せた。小さな吐息を逃さぬよう、私は耳を澄ませた。

商売を広げる為に、双方の家が望んだ式だった。そこに男が突然押しかけて、場は騒然となった。あの日のことは、今でも鮮明に覚えている。

間近《まぢか》にある妻の頬をそっと撫でる。あの時英恵が下した決断には、どれ程の覚悟が必要だったのだろう。刻まれた皺の全てを恋しく思った。

届かないと知りながら、私は英恵に告げる。

「お前と過ごした日々は、心から幸せだった」

仕事は順調に進み、子や孫にも恵まれた。英恵は良き伴侶《はんりょ》として、ずっと隣で支えてくれた。常に夫を立て、愚痴《ぐち》一つこぼさなかった。凛《りん》とした佇《たたず》まいは、今にして思えば張り詰めた糸にも似ていた。

「それなのに私は、お前が緑茶を苦手なことさえ知らなかった。私に合わせて、ずっと我慢をしていたのだな」

夫が好む緑茶を、顔色一つ変えずに飲んでいた。身内の誰もが、英恵は緑茶を好きだと思っているだろう。

　息子に会社を譲り、妻と余生を過ごそうとした。その矢先に夫婦して病に罹《かか》った。英恵はあらゆることを忘れていき、遂には過去だけに生きるようになった。

　今の英恵は、私の知らない顔をしている。少女のように喜怒哀楽が変わりながら、表情はいつでも満ち足りていた。

「思い返せば、あたたかな言葉をかけたことなど一度もなかったな」

　刺すような痛みが胸を襲い、漏れそうになる声を押し殺した。

　私はある男を探した。だがすでに他界しており、住まいだけがわかった。男はずっと独り身で、庭には一本の柿の木があった。私は妻と共に、その家で暮らすことにした。

　柿の木は寿命が近づき、肌が朽ちかけていた。この木が生まれたのは六十余年前のことだ。身分違いの少女に焦がれた少年が、せめてもと願った恋慕《れんぼ》の果実から芽生えたのだ。

「結婚式の日に、お前は私を選んだ」

　群青の空を見上げて、深く息を吐いた。身体がひどく重かった。薄雲の向こうで、月の輪郭がぼんやりと浮かび上がっている。

　互いの手のひらを重ね合わせるが、妻は応えない。落ちた柿は鳥に食われることなく、熟れた匂いを漂わせていた。

「だが胸の奥ではずっと、進太郎という男を想い続けていたのだな」

病の進行した英恵は、ある日を境《さかい》に進太郎という名ばかりを呼び始めた。それは式に現れた男の名だった。

結婚式当日のことだ。乱入してきた男は、私の妻となる人の名を叫んだ。だが白無《しろむ》垢《く》を着た英恵は、男から顔を背《そむ》けた。決意はきっと、家の為だったに違いない。

「私はお前の最愛ではないのだろう。それでも、お前を一番に愛していたよ」

昏《くら》い雲が掻《か》き消え、丸い月が再び顔を出した。縁側が鈍い光に照らされる。示し合わせたように、鈴虫が一際《ひときわ》大きく鳴き始めた。

そのときだった。英恵が私の手を握り返した。

「私も、愛していますよ。――さん」

妻が口にした名前に、私は目を見開いた。しばし茫然《ぼうぜん》としてから、私は柔らかく微笑む。互いの吐息が重なり、其《そ》れから静かに弱まっていく。

英恵が目を閉じたのを見届けて、私もまぶたを下ろした。柿色の月は滑り落ちることなく、いつまでも私たちの頭上で輝いていた。

茶色ではない色　辻堂ゆめ

辻堂ゆめ （つじどう・ゆめ）

1992年生まれ。神奈川県藤沢市辻堂出身。

第13回『このミステリーがすごい！』大賞・優秀賞を受賞し、『いなくなった私へ』にて2015年にデビュー。

◎著書
『いなくなった私へ』（宝島社文庫）
『コーイチは、高く飛んだ』（宝島社）

◎共著
『5分で読める！ひと駅ストーリー 旅の話』（宝島社文庫）

わあ、と可愛《かわい》らしい声が上がった。地面に咲いた一輪の花を、少女がまじまじと見つめている。

花自体はタンポポで、特に珍しくもなんともないはずなのだが、十六、七歳ほどに見える少女は頬を紅潮させていた。「すごい、綺麗《きれい》」という言葉がかすかに廣田《ひろた》の耳に届く。

慣れていなさそうな子だな、という感想を廣田は抱いた。黒い瞳がキョロキョロと動いている。この体験会の客層としては、既存製品の愛好者やスパイ目的の競合他社が多いようだが、彼女はどちらにも当てはまらなそうだった。

それはそうと、タンポポが綺麗なのは、ほぼ本物そのままにグラフィックデザインをしているのだから当たり前のことだ。

「いかがですか。すごくリアルでしょう」

話しかけると、少女は肩をびくりと震わせた。普通に話しかけたつもりだったが、振り向いた少女は目を真ん丸にしていた。コントローラーを誤操作して、ヘッドフォンの音量設定を上げてしまったのかもしれない。

「リアル、ね」少女はまっすぐ廣田の顔を見据えながら、小さな声で答えた。「感動しますね。あそこの赤い花、すごくきらびやか」

少女が指差した先には、赤というよりは淡いピンク色のチューリップが並んでいた。

きらびやかというのも当てはまらない。どちらかといえば地味な色だ。

少女の日本語は少しおかしかった。外国の出身なのかな、と廣田は考えた。

確か――と頭をひねりながら、少女の頭のあたりに手をかざす。『山本夏海《やまもとなつみ》』という文字が目の前に浮かび上がった。――そうだ、高校生の山本夏海さん。名簿の一番上にあった名前だ。

名簿は先着順にしてあるはずだった。今日の体験会に参加している四十名は、整理券を勝ち取るために夜通し並んだ猛者たちだ。『1』の整理番号を手に入れた山本夏海に至っては、複数人で交替しながら丸二日は並んだだろう。だが、昨今のVRゲームの基本操作、例えば上半身の体重移動で歩行ができることや足踏みするとジャンプできることさえも知らなかった様子の彼女が、なぜそこまでして新作ゲーム機の体験会に出席したかったのかは謎《なぞ》だった。

まあ、理由が何であれ、開発者の廣田にしてみれば、競合他社の社員であろう中年男性を相手にするよりよっぽど気分が良い。ゲームに慣れている他の体験者は放っておいて、廣田は残り時間を山本夏海の補助をして過ごすことに決めた。

「ヴァーチャルリアリティを体験するのは初めてですか」

訊《き》くと、夏海はこくりと頷《うなず》いた。身じろぎもせずに廣田の顔を凝視している。何か顔についているのかと思って手をやろうとしたが、そもそもゲームの中でそんな心配をするのが間違いだった。

「見え方が、現実世界とほとんど変わらないでしょう。私も初めて体験したときは驚きました。ゴーグル内部の画面を見て操作する従来のモデルも発表された当時は騒がれましたが、これとは比べものになりません」

廣田はそばにある大木の幹を叩《たた》きながら言った。

「事前にスタッフからご説明差し上げたとおり、ヘッドギアにつけられた十五個の電極から、脳の視覚を司る部位に直接刺激を与えているんです。そうすることで、これだけ鮮やかで高画質な映像をお見せすることができるんですよ。いや、『高画質』なんて言葉もそろそろ廃れるかもしれませんね。なんせ、画面もゴーグルも要らないんですから」

この新作ゲーム機『ＶＲ　ＮＥＯ』は、長年テレビゲーム産業のトップを独走してきたセイヨウ電機が先月満を持して記者発表した自信作だった。肝は、脳科学の最先端を行く大学の研究室とタッグを組んで実に四年の歳月をかけて共同開発した、電気刺激によって脳に直接映像を送り込む『次世代ＶＲ』という仕組み。既に技術としてはほぼ確立されていたものを、電機メーカーの強みを活かして安価に実現し、今回商品化にこぎつけたのだった。

このゲーム機の開発責任者である廣田は、本来は表に出て接客をするような立場ではないのだが、今日は記念すべき初回ということで体験会のパートから途中出席している。

「ＶＲ技術を使ったゲーム機が発売されて以来、ユーザの視力が著しく低下したり幼い子どもが斜視になったりと、３Ｄ画面による様々な弊害が指摘されてきました。それを全面的に改善し、より自然な環境でプレイできるようにしたのがこちらの製品です。目を閉じた状態でヘッドギアの電源を入れれば起動する、というこの仕組み、なかなか開発に時間がかかったんですよ」

「すごいですね」夏海が改めて目を輝かせた。

今日の体験会の舞台には、植物の生い茂る林を選んだ。岩や木に軽々とよじ登ったり、草花の匂いを確かめてみたりと、自由に遊んでもらうには格好の設定だからだ。だが夏海は、先ほどから地面の植物や快晴の空を眺めてばかりで、ろくに動こうともしていなかった。まだ操作に不安があるようだ。

「あれは、何の木ですか」

母国語でないと、距離を表す指示語は使い分けが難しいのかもしれない。ようやく廣田の顔から視線を逸らした夏海が、廣田が寄り掛かっていたすぐそばの大木を指差した。

「杉、ですよ」

「杉？　花粉症の？」

杉は分からないのに、花粉症という言葉は知っているらしい。

「山本さんは花粉症なんですか」

「はい」

「それは大変ですね。でも、ＶＲの中だったら大丈夫。鼻水もくしゃみも心配ご無用ですから」

廣田が少しおどけてみせると、ふふ、と夏海が声を漏らした。ゲーム内の補正効果のせいかもしれないが、ぱっちりとした目が印象的な、穏やかな雰囲気の女子高生だ。

「私、今までゲーム持ってなかったけど、これは絶対に買います」

夏海が目を輝かせて言った。動かずに突っ立っているだけで、新製品の本当の魅力はほとんど体験していないだろうに、もう虜《とりこ》になってしまったらしい。彼女の頰は上気していて、顔中で嬉《うれ》しそうに笑っていた。それだけ、現実世界とほぼ変わらないプレイ環境に魅入られたのだろう。

廣田は小さくため息をついた。

もともと、廣田は家電製品の開発部門にいた。あまり興味がなかった家庭用ゲームの部門に異動が決まったのは四年前だ。『ＶＲ　ＮＥＯ』プロジェクト発足に合わせた大抜擢《ばってき》だったが、当の廣田にとっては全く喜ばしくないことだった。

ＶＲゲームには、視力低下以外にも大きなリスクがある。現実世界との混同、というのがその最たるものだ。技術が進歩すればするほど、格闘ゲームで繰り出される一撃必殺の技や、レースゲームでの危険運転、アダルトゲームにおける過激な性描写といったシーンがより体感的なものになる。それに伴って、ゲームはどんどん中毒性を増す。

廣田は年々仕事に嫌気がさしていた。開発競争を勝ち抜くことしか頭にない上層部の連中に従いながら、日々罪悪感を募らせている。

業務に精を出せば出すほど、ゲームにのめりこんで抜けられなくなる人間が増えるのだ。頑張った分だけ害になるなんて、家電製品の設計をしているときは考えもしなかった。自らが開発したＶＲ技術のせいで現実世界の犯罪が増加したら、自分はどうしたらいいのだろう。会社の屋上で首でも括《くく》ればいいのだろうか。

改めて、目の前のいたいけな少女を眺める。

この山本夏海が良い例だ。いかにもゲームとは無縁の生活をしてきましたといった雰囲気を醸し出しているのに、たった二十数分でもう仮想現実の魅力にとりつかれている。

――親御さんに、どうやって謝ればいいのだろう。

夏海の両親に会うことなどないだろうに、廣田は思わずそんなことを考えてしまった。

「こんなふうに、普通に話しかけてもらえるのって、初めてかも」

　ふと、夏海が静かな声で言った。

　何言ってるんだ、と声をかけようとして、廣田は口をつぐんだ。もしかしたら、夏海は現実世界で何か問題を抱えているのかもしれない。極端に暗いとか、軽度の知的障害があるとか、そういう類いの。

　ゲームの中だと、全ての個性は都合良く補正される。そうやって何もかも忘れていられるのが、仮想現実の特徴であり、多くの人を呑《の》み込む真っ暗な落とし穴なのだ。

　廣田の戸惑いを察したのか、夏海は急に笑顔に戻って空を見上げた。

「空は、青」夏海は嬉しそうに口元を緩める。「青ですね」

　ピンポン、とベルの音がした。体験会終了を知らせる合図だった。遠くにうごめいていた他の体験者たちが、一人また一人と消え、現実世界へと戻っていく。

「山本さん、時間だから――」戻ろうか、と言おうとして廣田ははっと息を呑んだ。

　夏海の両目から、大粒の涙が流れていた。

「廣田さん、ありがとうございます。こんな素晴らしいものを作ってくれて、普通の人が買える値段で売ってくれて、本当にありがとう。こんな経験したの、生まれて初めてです」

意味が分からず、廣田はゲームを終了させようとしていた手を止めた。夏海はポロポロと涙をこぼし続けた。

「終わる前に、一つだけ教えてもらえますか。あれは、何の木？　幹は、茶色じゃないみたいだけど、何色ですか」

夏海が指差した先には、白樺《しらかば》の木があった。

若い白樺の木に向かって、夏海は足を前に踏み出した。障害物は何もないのに、癖なのか、前方を探るような動作をしている。

「まさか、君――」

廣田は言葉を止め、恐る恐る歩いている夏海を呆然《ぼうぜん》と眺めた。

静かな時が流れた。愛《いと》おしそうに木の幹を撫《な》でている少女に一言声をかけてから、廣田はゲームから退出した。

「白樺の幹は、白だよ」

目を開けると、椅子が並べられたセミナールームが目に飛び込んできた。運営スタッフの指示に従い、三十九名の客は既に退出し始めている。

廣田はゆっくりと、まだ人が残っている最前列の一席に近づいた。

「この子、どうしたんですか」

女性スタッフが声をかけてきたが、廣田は顔の前で人差し指を立て、足元を指差した。

細く長い白杖《はくじょう》が、椅子のそばに寝かせてあった。

「しばらく延長だ」

廣田はスタッフに告げ、隣の椅子にそっと腰を下ろした。両目をぴったりと閉じている夏海の顔を覗《のぞ》き込む。

青い光が点灯しているヘッドギアをかぶったまま、少女は幸せそうに微笑《ほほえ》みを浮かべていた。

恋のブランド　増田俊也

増田俊也（ますだ・としなり）

1965年、京都府生まれ。

第5回『このミステリーがすごい！』大賞・優秀賞を受賞し、『シャトゥーン　ヒグマの森』にて2007年にデビュー。

◎著書
『シャトゥーン　ヒグマの森』（宝島社文庫）
『木村政彦はなぜ力道山を殺さなかったのか』（新潮文庫）
『七帝柔道記』（角川書店）
『VTJ前夜の中井祐樹』（イースト・プレス）

◎編集
『肉体の鎮魂歌』（新潮文庫）

◎共著
『「このミステリーがすごい！」大賞10周年記念　10分間ミステリー』（宝島社文庫）
『本当の強さとは何か』（新潮社）

坂東早紀《ばんどうさき》は、老人の雑踏と魚の臭いにうんざりしていた。

そこにはずらりとビニール製のプールが並んでいた。

いや、中には錦鯉《にしきごい》が泳いでいるので生け簀《いす》とでもいうのだろうか。

主催者発表で二百人を超える出品者が集まっていた。本当のところ、こんな品評会に取材に来たかったわけではない。今日は本当に街ネタがなかったのだ。支局勤務の新聞記者の悲しさだ。

はじめに話を聞いたのは田崎《たさき》というよく喋《しゃべ》る養鯉《ようり》業者だった。

「今回のような品評会じゃあね、百五十の区分に分けてチャンピオンを決めてるんだよ。大きさで十区分、品種で十五区分、十と十五を掛けると百五十になるでしょ。お姉ちゃん賢そうだからわかるでしょ」

言いながら田崎はときどき早紀のセーターの胸の膨らみを見ていた。大嫌いなタイプである。

早紀はメモを取っているふりをして、別の人はいないかと探した。と、五つほど向こうの生け簀の前に八十年配の爺《じい》さんが場違いの羽織袴《はおりはかま》姿で座っていた。早紀が見ていると、田崎が気づいて「あのじじいに聞いたっておかしなこと言うだけだよ。あれは変わり者だから」と声をひそめた。

「変わり者なんですか？」

「佐々岡重三郎《ささおかしげさぶろう》っちゅう大金持ちで養鯉界でも有名な作出者だったんだけど、若い女に入れあげちまって変な鯉ばかり作るようになっちまった」

「変な鯉って？」

「変だから変なんだ。品評会来ても、十年くらい前から、だあれも相手にしなくなっちまった。なんでも殿様の末裔《まつえい》らしいな。桁外れの金は持ってるし、東大の水産学科出た博士様らしいけど、ああなっちまったらおしまいだ」

だが、退屈な取材に来た早紀はそういう相手をこそ探していたのだ。田崎に頭を下げて、田崎が後ろから止めるのも振り返らず、さっさと佐々岡のところへ挨拶へ行った。

「私のこと、みんな変わり者っちゅうとったでしょう」

第一声で佐々岡はそう言った。

「いえいえ、そんなこと……」

「変わり者っちゅうのは悪い言葉じゃないんですよ、お嬢さん。錦鯉の中にも〈かわりもの〉っていわれてるもんがおるんですがな。品種のカテゴリに入らんやつらでな。普通は小さい頃に選別して捨ててしまうか殺してしまうんですわ。ここ十五年ほど、私はそういう〈かわりもの〉を大切に掛け合わせて特殊な鯉の作出をしてきたんですがな」

佐々岡の生け簀を覗《のぞ》くと、たしかに緑や青、ピンクなど見たことがない色の鯉がたくさん泳いでいた。

「こんな鯉、初めて見ました……」

「そうでしょうな。こんなもの作ってもなんにもならんですがな」

「なんにもならないって？」

「品評会じゃあ、これも全部〈かわりもの〉として扱われてしまうんですがな」

「評価もされない鯉を作っているのはなぜなんですか？」

「いやあ、そのですな……」

佐々岡はなぜかはにかみながら生け簀に手を入れ、小柄なピンクの鯉を優しく撫《な》でたあと、ゆっくりと顔を上げた。

「どうですかな。今日これからうちに来て、私の鯉を見ていかんですかな」

「品評会はいいんですか？」

「どうせ私の鯉は入賞なんてせんですから。でもここにいるのは私の鯉のなかではおとなしいものばかりですわ。うちにはいい鯉がたくさんおるですがな」

なんだか興味深い流れになってきた。

「ほんとうに行ってもよろしいですか」

「行きましょう。近くなんです」

佐々岡の言うとおり家はすぐ近くにあった。かなり古い屋敷だった。鬱蒼《うっそう》とした庭木が建物の大部分を隠しているが、古くともかなり金がかけられているのは、重厚な門構えや鬼瓦の凝ったつくりだけでもわかった。門をくぐると森のなかのような湿度があり、苔《こけ》の匂いに満ちていた。水の流れる音が聞こえる。

玄関を入った。佐々岡は「おおい！」と奥へ声をかけた。すぐに「はあい」と返事がして小柄な女性が出てきた。四十歳手前くらいだろうか、かなりの美人だった。

「女房の祥子《しょうこ》ですがな」

佐々岡が照れくさそうに紹介した。

そうか、この女性が恋の相手だったのだ。たしかに八十を過ぎた佐々岡とは不釣り合いだ。まわりが「女に入れあげてしまって」というのはこんなところからきているのだろう。

祥子はぴっちりとした黒い服を着ていて、よく見ると、それはシャネルのもので、胸には大きなプラダの三角形のブローチを着けていた。

広い上がり框《かまち》は一本の檜《ひのき》から削りだした豪華なものだった。

「どうぞ、お上がりください」

祥子から出されたスリッパはルイ・ヴィトンだった。ヴィトンのスリッパを初めて見た。

縁側には五メートルほどのかなり広い濡《ぬ》れ縁《えん》がついていて、その向こう側が大きな池になっていた。

「さあさあ、こちらへどうぞ」

佐々岡が小さな座卓と座布団ふたつを持って、その濡れ縁に移った。早紀は促されるまま座った。

濡れ縁は池の上にせり出すように作られていた。向こう側に巨大な岩がいくつも並んでおり、その上から小さな滝が音をたてて落ちていた。

「ほれ記者さん、向こうから泳いでくる鯉を見てくだされ。茶色に見えるあれです」

佐々岡が指さした。

焦げ茶色に近い、珍しい色の鯉だった。まだらな部分もあって小汚く見えたが、早紀は黙っていた。

「ほれ、近づいてきましたぞ。よく見てくだされ」

「綺麗な色ですねえ」

早紀は話を合わせるつもりでそう言った。

「違いますがな。あれは色を見る鯉ではないです。柄《がら》を見てくだされ」

「柄ですか……？」

たんなるまだら模様にしか見えない。

「あれはですな、アブダビ首長国の王子が五億円で売ってくれと言ってきたんですが私は断ったものですがな」

「五億って……」

「まあ、ナヒヤーン家にとっては小銭みたいなもんなんでしょうがな」

「でも鯉に五億円なんて……」

「金で価値はつけられん鯉ですがな。女房がどうしても作ってくれとねだるもんですから、私も大変な思いをして作出したものですがな。ほれ、近づいてきましたぞ」

その鯉が巨体を揺すってゆらりゆらりと泳いできた。

「これ、ヴィトンじゃないですか！」

早紀は声をあげた。

遠目にまだらに見えたのは、ルイ・ヴィトンのモノグラムのマークだった。薄い茶色の体全体にLV／LV／LV／LV／LVとびっしりとモノグラムが入っていた。

「どうやって作ったんですか……」

「いやあ、迷惑かけてしまうので詳しくは言えませんがな。東大の研究所の連中にも手伝ってもらいましたがな。とにかく世界にたったひとつの、うちの女房だけのルイ・ヴィトンですがな。私もですな、もともとブランドっちゅうのはよく知らんかったんじゃが、女房にいろいろ教えられましてな。ほれ、あっちから来るのもルイ・ヴイトンですがな」

佐々岡が指さした。

「あ、ダミエだ！」

「そうそう。そのダミエ柄というやつですよ」

「すごい……」

「ヴィトンだけじゃないですぞ。ほれ、あっちにも」

佐々岡がまた別の鯉を指さした。

「ほんとだ……」

GG／GG／GGとグッチのブランドマークが入っていた。

「うちの女房はとにかくブランドが好きでしてなあ。こういうのが欲しいって言われると、なんとしてでもと作ってしまいますがな。女房に甘えられると弱くて……」

佐々岡は皺《しわ》の寄った頬を染めた。

光の照り返しが強いので手をかざして池の中をよく見ると、Ｃのマークがたくさん入っている鯉がいた。コーチだ。格子柄の鯉が近づいてきたと思ったらバーバリーチェックだった。村上隆《むらかみたかし》がデザインしたパンダ柄のヴィトン鯉まで泳いでいた。

と、左奥から大きな真っ黒い鯉が泳いできた。

「あれ？　あの鯉はブランドものじゃありませんね」

「いえいえ記者さん、あれが一番苦労したんですよ。ほれ、寄ってきましたがな」

「ただの黒い鯉に見えますが……」

「違いますがな。もっとよく見てくだされ。ほれほれ、この濡れ縁の下へ来ますよ。覗いてみなされ。ほれ、もっともっと」

促されて早紀は身を乗り出した。

巨鯉が寄ってきて濡れ縁の真下まで来た。

体全体がナイロンのような質感のその鯉の背中には、大きな三角形の鱗《うろこ》があり、その真ん中に「ＰＲＡＤＡ」と文字が入っていた。

特約条項　第三条　安生正

安生 正 （あんじょう・ただし）

1958年、京都府生まれ。

第11回『このミステリーがすごい！』大賞・大賞を受賞し、『生存者ゼロ』にて2013年にデビュー。

◎著書
『生存者ゼロ』（宝島社文庫）
『ゼロの迎撃』（宝島社文庫）
『ゼロの激震』（宝島社）

◎共著
『もっとすごい！10分間ミステリー』（宝島社文庫）
『5分で読める！ひと駅ストーリー 夏の記憶 東口編』（宝島社文庫）
『5分で読める！ひと駅ストーリー 冬の記憶 東口編』（宝島社文庫）
『このミステリーがすごい！四つの謎』（宝島社文庫）
『5分で読める！ひと駅ストーリー 食の話』（宝島社文庫）

今回、乾《いぬい》上級曹長が請け負《う》ったのは、中国南部の山岳地帯に単独で潜入し、麻薬組織のボス、《将軍》と呼ばれる男を狙撃する任務だった。将軍はミャンマー、タイ、ラオスの三カ国が国境を接する、黄金の三角地帯で製造したヘロインを世界中へ流す麻薬カルテルの支配者だ。依頼主は上得意のCIAで、報酬は五十万ドル。

十五年前自衛隊を除隊したあと、射撃の才能を見込まれてウクライナの民間軍事会社へ入隊した乾は、今や暗殺専門の狙撃手としてその名を知られる存在だった。一九九九年、コソボで最初の一人、ユーゴスラビア軍の司令官の頭を撃ち抜いたときは、さすがに罪の意識を覚えたが、やがて、スコープの中で音もなく崩れ落ちる標的を眉一つ動かさないで見送るようになっていた。

今回の目的地は雲南省西部、ラオス北部に接している西双版納《シーサンパンナ》タイ族自治州で、黄金の三角地帯から、わずかに中国領土へ越境したジャングルだ。一帯は広大な山岳地帯で、将軍が組織した私設軍隊の支配下に置かれている。

乾を乗せ、タイ北部の基地を飛び立ったステルスヘリ、MH‐60が、雲底高度の千三百フィートまで降下して灰色の雨雲を突き抜けた途端、地平線まで続く山岳地帯に、濃い霧が漂う幾筋もの沢と、山腹を覆うジャングルが現れた。

乾の正面に座るブラウン中佐が口を開いた。

「中国政府は国内に麻薬組織の拠点がある事実を認めていない。しかし、それは建前だ。今も山岳戦を得意とする成都《せいと》軍区の第十四集団軍が、将軍一派の掃討作戦で近くに迫っている。もし連中がしくじれば、将軍は再び姿をくらましてしまう。君が確実に将軍を始末するのだ。それから万が一、敵に拘束された場合は、互いに特約条項を遵守する。つまり、第一条は作戦対象者もしくは第三者に乙が拘束された場合、甲は乙に対する一切の関係を絶つと同時に乙との関与を否定する。第二条は作戦対象者もしくは第三者に甲の情報を漏らす恐れがあると判断した場合、乙は自らに適切な処置を行うこと。以上だ」

いつものことだが、報酬契約を除けば、まったく片務契約だ。

「将軍の施設はどうする」

「それも特約通り、成果によっては第三条の適用対象になる」

降下まで一分、という機長の声が響き、ブラウンがキャビンの扉を開け放った。吹き飛ばされそうな湿った横風とエンジンの爆音が飛び込んでくる。乾は愛用の狙撃銃、レミントン社製のXM2010の銃身にキスしてから、胸で十字を切った。

降下ランプが青に切り替わる。頼んだぞ、とブラウンが乾の肩を叩《たた》いた。

腕時計の針は午前五時きっかり。

降下扉のステップを蹴って薄明の空に飛び出した乾は、八百フィートきっかりで主傘のコードを引き、枝を何本かへし折りながら派手に着地をきめた。

丸めたパラシュートを土に埋め、衛星と繋《つな》がる軍事用の携帯情報端末で目的地までの方向と距離を確認する。生暖かい湿気が籠《こも》るジャングルは、枝振りの良い熱帯山地多雨林が生い茂り、ブナ科とおそらくツバキ科の樹木の林冠が頭上で重なり合っていた。

狙撃銃を背中にかけ、歩き始めた。日暮れ前には任務を終えたい。

出発して五時間、情報端末を頼りにジャングルを歩く。

二つ目の尾根を越えたとき、麓《ふもと》の沢沿いに広がる樹海の葉間から怪しげな集落が見えた。周囲に気を配って斜面を下ると、土壁の建物を中心にトタン屋根の工場屋が十棟ほど連なり、周囲は有刺鉄線が何重にも張り巡らされている。土のうを積んで重機関銃を配置した陣地が十カ所、至る所に小銃をぶら下げた警備兵が見える。全ての建物は偽装網に覆われ、上空から巧みにカムフラージュされていた。

集落全体が見渡せる場所で地面に伏せた乾は全身を落ち葉で覆い、狙撃銃のスコープに右目をあてた。動きを止め、呼吸を辺りの静寂に溶け込ませながら、乾はじっとチャンスを待った。

何も起こらない四時間が経《た》ち、太陽が西に傾きかけた頃、ようやく中央の建物に動きがあった。

屋上に迷彩服の男が三人現れる。その中の一人、突き出た腹、顔の下半分を覆うヒゲ、生え際が後退した額、間違いない、将軍だ。

歩きながら部下と言葉を交わす将軍が、煙草に火をつけた。

乾に与えられるチャンスはおそらくこの一度。

しかも猶予の時間は、将軍の煙草が燃え尽きるまでの五分かそこらだろう。

止まれ、止まりやがれ。乾は心の中でつぶやいた。

すると願いが通じたかのように、将軍が手摺《てすり》にもたれ掛かった。

すかさず側頭部に照準を合わせる。

——今だ。

引き金にかけた人さし指を絞ろうとした瞬間、人の気配とともに、何をしている、という下手な英語が背後から聞こえた。

——しまった。

振り返ると、乾に小銃を向けた迷彩服の兵士が五人、さらにその後ろ、深緑の軍服に金ボタン、制帽の赤い星を光らせた人民解放軍の将校が斜面に立っていた。

「麻薬製造施設の位置を確認するため斥候に出たら、思わぬ客人に出会ったな。お前は傭兵《ようへい》か。なら雇い主はタイ軍か間抜けなCIAだろう。どうやら将軍の命を狙っているようだが、ならば面白い。チャンスをやる。見事に一発で標的を仕留めれば、命だけは助けてやってもいいぞ」

将校がにやりと笑う。乾の頭に特約条項第二条がよぎった。

乾に近寄りながら将校が腕時計に目をやった。

「私の任務は施設の破壊だが、攻撃開始までまだ十分ある。その間の余興に丁度いい。お前の腕前を見せてもらおう。将軍の施設を砲撃で木っ端《こっぱ》みじんにするのはそのあとだ」

将校が腰のホルスターから抜いた拳銃を、乾のこめかみにあてた。

しぶしぶ乾はスコープを覗《のぞ》き込んだものの、既に将軍の姿は何処にもなかった。当たり前だ、獲物がこちらの事情に合わせて動くわけがない。

見ろ、お前たちのせいで将軍を見失った、とスコープから目を外した乾は吐き捨てた。

少し頭を傾《かし》げた将校が、引き金に指をかけた。

「ならばお前のこの世での任務も終わりだ。あの世で将軍の命を狙え」

「少しは頭を使ったらどうだ。砲撃で施設を破壊しても将軍を逃がせば、奴はすぐに新たな施設を建てる。将軍を仕留めてやるから、おびき出す手助けをしろ。簡単だよ。榴弾砲《りゅうだんほう》を二、三発撃ち込んでくれれば、驚いた将軍は必ず屋上に姿を現す。そうすれば派手なショーを見せてやる」

しばらく乾を見下ろしていた将校が、いいだろうと銃をホルスターに収め、中国語で一言、二言指示すると、通信兵が無線機の受話器を摑《つか》み上げた。

少しの間をおいて、沢の下流、つまり北の方角から数発の砲撃音が響いた。

突然、工場棟が一つ、木っ端みじんに吹き飛んだ。辺りが蜂の巣をつついたような騒ぎとなり、銃を構えた兵士たちが建物から飛び出す。重機関銃が一斉に北を向いた。

すると、予想通り将軍が屋上に姿を現した。

「頭を狙え」将校が乾に命じた。

ボルトを引いて薬室から一発目の銃弾を排出すると、すかさず二発目を給弾した乾は、スコープに右目をあてた。

乾は将軍に照準を合わせた。

――いける。

すかさず乾は引き金を引いた。肋骨《ろっこつ》のすぐ下、腎臓の位置から血しぶきを上げた将軍が、スコープの中で崩れ落ちた。

一部始終を双眼鏡で見ていた将校が口を尖《とが》らせた。

「なぜ銃弾を入れ替えた。しかも頭を外しやがって。下手くそが」

「慌てるな、首尾は完璧だよ。仕上げのショーはこれから始まる」

乾の言葉に将校が怪訝《けげん》そうな表情を浮かべた。

突然、鼓膜を破るような大音響とともに、とてつもない噴煙が施設全体を包んだ。数十メートルはある黒煙と火炎があちらこちらから噴き上がる。

猛烈な爆風に将校たちがなぎ倒された。

その瞬間を逃さず、腰から拳銃を抜いた乾はたちまち六人の胸を撃ち抜いた。

「これはいったい……」

あおむけに倒れた将校が、苦しそうに胸をおさえた。

「お前がいう間抜けなＣＩＡが、国境上空で待機させていたＦ‐２２から、セルロース外殻レーザー誘導爆弾を投下したのだ」

「なぜ……ＣＩＡは施設の正確な位置を……」

「ＧＰＳ発信機の弾頭を装着した特殊銃弾を使った。銃弾を交換したのはそのためだ。発信機は発射の振動で作動する仕組みになっている。腹を狙ったのは、発信機を貫通させないためだ」

口から鮮血が溢《あふ》れ出し、将校の動きが止まった。

乾は無線で司令部を呼んだ。

「ライオン、応答せよ。こちらジャッカル」（こちらライオン。送れ）「作戦は終了した。収容を要請する。なお第十四集団軍の砲撃に偽装して施設を完全に破壊した。よって特約条項の第三条を適用せよ。報酬は上限一杯の二倍だ」

特約条項　第三条：乙が契約内容以上の成果を挙げたと甲が認める場合、甲は契約金の二倍を上限とした額を乙に支払うものとする。

サクラ・サクラ　柚月裕子

柚月裕子 （ゆづき・ゆうこ）

1968年、岩手県生まれ。

第7回『このミステリーがすごい！』大賞・大賞を受賞し、『臨床真理』にて2009年にデビュー。2013年、『検事の本懐』で第15回大藪春彦賞受賞。2016年、『孤狼の血』で第69回日本推理作家協会賞受賞。

◎著書
『臨床真理』（宝島社文庫）
『最後の証人』（宝島社文庫）
『検事の本懐』（宝島社文庫）
『検事の死命』（宝島社文庫）
『蟻の菜園　―アントガーデン―』（宝島社文庫）
『パレートの誤算』（祥伝社）
『朽ちないサクラ』（徳間書店）
『ウツボカズラの甘い息』（幻冬舎）
『孤狼の血』（角川書店）

◎共著
『「このミステリーがすごい！」大賞10周年記念　10分間ミステリー』（宝島社文庫）
『5分で読める！ひと駅ストーリー 降車編』（宝島社文庫）
『もっとすごい！10分間ミステリー』（宝島社文庫）
『5分で読める！ひと駅ストーリー 夏の記憶 東口編』（宝島社文庫）
『ほっこりミステリー』（宝島社文庫）
『5分で読める！怖いはなし』（宝島社文庫）
『5分で読める！ひと駅ストーリー 猫の物語』（宝島社文庫）
『5分で読める！ひと駅ストーリー 旅の話』（宝島社文庫）

海から上がると、浩之《ひろゆき》はマスクとスノーケルを外した。足先につけているフィンを脱ぎ、ビーチチェアに倒れ込む。真っ青な空が、目の前に広がる。さわやかな風が吹き、頭の上でヤシの葉が揺れた。

浩之はペリリュー島にきていた。パラオ共和国の数ある島のひとつで、大きな港のあるマラカル島からボートで約一時間のところにある。広さは南北に九キロ、東西に三キロ。人口は約七百人といわれている。

フィジーやハワイのように、大型ショッピングモールや近代的なホテルはない。あるのはマリンブルーの海とビーチ、島で唯一の土産物屋、ダイブショップ、それからレストラン。宿泊はバンガローだ。

夏休みを利用しての旅行だった。去年、勤めていた会社が外国企業に買収され、外国人が上司になった。上司は事あるごとに、日本式のやり方を否定した。無能呼ばわりされ、自信を失った。鬱屈した毎日から逃れたくてここへ来た。

もうひと泳ぎしよう——

腰を上げかけたとき、どこからか懐かしい唄が聞こえてきた。「さくら　さくら」だ。日本人の観光客が歌っているのかと思ったが、それにしては言葉が少したどたどしい。現地の人間が、口ずさんでいるようだ。日本から遠く離れた島で、なぜ日本古謡が歌われているのだろう。

浩之は立ち上がり、声をたどった。

導かれるように歩を進めると、ビーチの奥に日本の鳥居とそっくりの建造物があるのを見つけた。石材でできた鳥居の上に「ペリリュー神社」と日本語で書かれている。鳥居の奥には小さな祠《ほこら》があり、両脇にシーサーのような狛犬《こまいぬ》が鎮座している。鳥居の手前にある階段に、ひとりの老人が座っていた。くたびれた麻のシャツに、半ズボンをはいている。現地の人間だ。老人はしわがれた声で歌う。

さくら さくら やよいの空は 見わたす限り
かすみか雲か 匂いぞ出ずる いざや いざや 見にゆかん

老人の首から、麻ひもで結ばれた鈴がぶら下がっている。鍍金《めっき》が剝がれた古いものだ。歌に合わせてチリンと鳴る。

「その歌をよくご存じですね」

浩之は片言の英語で訊《たず》ねた。老人は白く濁った目を浩之に向けると、日本語で答えた。

「島の年寄りは、たいがい歌える」

「日本語が話せるんですか」

浩之は驚いた。パラオの言語はパラオ語か英語だ。

老人は弛《たる》んだ瞼《まぶた》を押し上げるように、瞬きを何度もした。

「あんた、まだ若いね」

浩之は今年で三十になる。老人から見れば、孫くらいの歳だろうか。

「だったら、この島で戦争中、なにがあったか知らないだろう」

浩之は反射的にうつむいた。学校教育で、日本は戦時中にアジアでひどいことをしたと教わった。この島でも日本兵は、島民にむごいことをしたのだろう。

老人は視線を海に向けると、水平線の彼方を眺めた。


第一次世界大戦後、パラオは日本の委任統治領になった。

太平洋戦争がはじまると、日本軍にとってパラオは、グアムやサイパンの後方支援基地として、重要な位置を占める要衝《ようしょう》となった。それはアメリカにとっても同じだった。米軍にとってはフィリピン奪還の拠点として、なんとしてでも手に入れたい場所だった。

日本は米軍のパラオ攻略を防ぐため、関東軍最強と呼ばれた第十四師団をパラオに派遣した。そして、麾下《きか》の水戸歩兵第二連隊と高崎歩兵第十五連隊、およそ一万人を、ペリリュー島の守備に充てた。当時、島にはおよそ九百人の住民がいた。

日本はパラオに南洋庁を置き、稲作やさとうきび、パイナップルなどの栽培を教えた。道路をつくり電話もひいた。文字を持っていなかった人々のために尋常小学校を建て、日本語を教えた。病院をつくり、疾病対策として予防接種も行った。共生を図ろうとした日本を、パラオの人々は敬愛した。

しかし、戦況は日本にとって、次第に不利になっていった。そして、日本軍がペリリュー島に飛行場建設をはじめてから七年後の一九四四年九月。米軍が島へ艦砲射撃を行い、いよいよ上陸してくるとの情報が入った。その数およそ四万人。兵力はもちろん、装備の面でも戦力の差は歴然だった。

米軍が上陸するという二日前の夜、島民を代表して数人の若者が、日本軍総司令部を訪れた。守備隊長、中川州男《なかがわくにお》大佐と話をするためだ。

「夜遅くに、なんの用か」

軍服に身を包んだ大佐は、若者たちに椅子《いす》を勧めた。椅子に座ると若者たちは、固い決意を含んだ目で、大佐を真っ直《す》ぐに見つめた。

「我々をあなた方とともに、戦わせてください」

島民が集まり、集会を開いてそう決めたという。

どこからか風が吹き、コンクリートの壁に映っている大佐の影が、大きく揺れた。

一番年嵩《としかさ》の若者が、大佐の方に身を乗り出した。

「島の人間の心は大人も子供も、日本とともにあります。生きるも死ぬも一緒です」

部屋の壁際に待機していた日本兵のなかには、目頭を押さえる者もいた。

若者たちの申し出を黙って聞いていた大佐は、閉じていた目を見開いた。いつもはおだやかな瞳が、強い光を放っている。大佐は椅子から立ち上がると仁王立ちになり、若者たちを睨《にら》みつけた。

「貴様、帝国軍人を愚弄《ぐろう》するか！」

思いもよらない言葉に、若者たちは驚いた。

「いやしくも帝国軍人が、貴様ら原住民と一緒に戦《いくさ》ができるか！」

大佐は踵《きびす》を返し、建物の奥へと戻っていく。若者たちは悲しみと屈辱を胸に、総司令部をあとにした。

若者たちは大佐の言葉を、集会場で待っていた島民に伝えた。島民は誰もが信じられないという顔をし、茫然《ぼうぜん》とした。なかには悔しさのあまり、泣きだす者までいた。

ある男が言った。

「表向きは仲良くなれたと思っても、所詮、国も民族も違う。仲間だと思っていた私たちが、浅はかだったのかもしれない」

翌日、島民は日本軍が用意した船で島を離れ、パラオ本島へ去ることに決めた。支度を整え、すべての島民が船に乗り込んだときには、夜になっていた。

出航をまえに、島民たちは浜辺を眺めた。月が美しい晩だった。浜辺にヤシの木の影ができていた。あたりは風にそよぐヤシがいつもどおり揺れているだけで、変わったことはなにもなかった。

「もう行こう」

誰かが言った。

汽笛が鳴った。

船がゆっくりと動き出す。

浜を離れ、沖へと向かう。

そのとき突然、浜の方から大きな歓声が聞こえた。驚いて島を見ると、そこには浜を埋め尽くすほどの日本兵がいた。ある者は千切れんばかりに両手を振り、ある者は船に向かってなにやら叫んでいる。島民の見送りに来たのだ。歓声はいつしか、歌に変わっていた。日本兵がよく歌っていた「さくら　さくら」だ。

さくら　さくら　やよいの空は　見わたす限り
かすみか雲か　匂いぞ出ずる　いざや　いざや　見にゆかん

月明かりのなか、日本兵は声を限りに歌う。

兵士の真ん中に、中川大佐がいた。直立不動のまま口を大きく開け、歌っている。

島民はやっと気づいた。昨日の大佐の言葉は、民間人である島民を戦いに巻き込みたくないがために言った、偽りの言葉だったのだと。

いつしか、島民も歌っていた。船の縁から身を乗り出し、誰もが泣いていた。日本兵の優しさに感謝し、涙した。

日本兵の歌声は、波の音に消されることなく、船が遥《はる》か沖へ出るまで聞こえていた。

「……その後、日本軍はどうなったんですか」

浩之は訊ねた。

「軍事力から見てアメリカ軍が上陸したら、ペリリューは二、三日で陥落すると言われていた。しかし、日本軍は決死の敢闘を見せ、米軍上陸開始から二カ月半、持ちこたえた」

「二カ月半も……」

「のちに、太平洋方面最高司令官だったニミッツ提督は『制空、制海権を手中にした米軍が、一万人余りの甚大なる死傷者を出してペリリューを占領したことは、いまもって大きなナゾである』と言ったそうだ。本土からの補給が一切なく、物資や食糧が不足していくなかで日本兵は、アメリカ軍の猛攻によく耐えたと思う。想像を絶する殲滅《せんめつ》戦になるとわかっていたから、中川大佐は島民を本島に逃がしたんだ」

「中川大佐という人は、どうなったんですか」

老人の、いまは光を映さなくなった瞳が、わずかに揺れる。

「司令部陣地の弾薬が尽きたとき、中川大佐をはじめとする上級将校は割腹自決を遂げた。そのあと、本土に電文が送られた。文面はサクラサクラの六文字。軍旗を奉焼し、玉砕を伝える暗号電文だった」

老人は空を見上げた。

「終戦後、島に戻った島民は、おびただしい数の日本兵の死体を見た。島民は亡骸《なきがら》を丁重に弔うと、このペリリュー神社に御霊《みたま》を祭った」

浩之は老人の後ろにある、小さな祠を見た。

「あんたにも、島民を救ってくれた日本兵と同じ血が流れているんだよ」

自分にも、同じ血が――

浩之は自分の手のひらを見た。皮膚の下を流れている、細い血管を見つめる。開いた手のなかに、自分を無能呼ばわりする上司の顔が浮かんだ。その顔を握りつぶすように、手を強く閉じる。

「わしはこの地を訪れる日本人たちに、この話を何度となくしてきた。わしらの命を救ってくれた、誇り高き日本兵の話を語り継ぐために」

――わしら。

浩之は老人を振り返った。たったいままで、隣にいたはずなのに姿がない。

「おじいさん」

呼びかける。

返事はない。

風が吹いた。

近くで、チリン、と鈴の音がした。

音の先を見る。祠の右側に座っている狛犬の首から、麻ひもで結ばれた鈴がぶら下がっていた。鍍金が剝がれた古いものだ。

――チリン。

風が吹くたび、狛犬の首で鈴が鳴った。

この物語はフィクションです。もし同一の名称があった場合も、
実在する人物、団体等とは一切関係ありません。

宝島社
文庫

10分間ミステリー　THE BEST
(じゅっぷんかんみすてりー　ざ べすと)

2016年9月20日　第1刷発行
2020年2月19日　第6刷発行

編　者　『このミステリーがすごい!』大賞編集部
発行人　蓮見清一
発行所　株式会社 宝島社
〒102-8388　東京都千代田区一番町25番地
電話:営業 03(3234)4621／編集 03(3239)0599
https://tkj.jp
振替:00170-1-170829 (株)宝島社
印刷・製本　中央精版印刷株式会社

ISBN 978-4-8002-6038-3